*publication P N° 1*
Bibliothek der Provinz

Die wissenschaftliche Methode
verändert den Gegenstand ihrer Untersuchung.

Werner Heisenberg

**Karl Ömperdinger**
eine Rekonstruktion
von
Adreas Renoldner
Titel–Bild
von
Gerhard Haderer
herausgegeben
von
Richard Pils
in
*publication P N°* 1

Großwolfgers 29
A-3970 WEITRA
Tel. 0 28 15 / 35 594
1991
ISBN 3 900878 67 6
printed in Austria
by
Denkmayr
A-4223 Katsdorf
Auflage: 400 Stück

*Andreas Renoldner*

# Karl Ömperdinger

eine Rekonstruktion

# Vorwort

Ich maße mir an, eine wissenschaftliche Arbeit, eine Rekonstruktion von Ereignissen und Abläufen. nicht zuletzt aber den Versuch, das Wesen einer Person schlüssig zu beweisen als "Belletristik" anzubieten.

Meine Funde sind nicht nur für mich wertvoll. So will ich diese Aufzeichnungen und den Forschungsbericht keineswegs irgendeiner verstaubten Universitätsbibliothek anvertrauen, wo sie nur unbeachtet bleiben. Die Rekonstruktion ist von solcher Bedeutung, daß sie verbreitet werden soll.

Ich habe von der üblichen Arbeitsweise mit Fußnoten abgesehen und die Literaturhinweise in einem Anhang nach Kapiteln geordnet. Die Bezüge zu anderen Arbeiten sind gleichwertig in den Text eingebaut - in der Regel handelt es sich um Zusammenfassungen oder Übersetzungen in meiner Diktion -, es entstehen für den Leser keine Unterbrechungen.

Für diese Form spricht vor allem die Tatsache, daß das Forschungsumfeld ein Teil des Ganzen ist, gleichwertig seinen Kleidern, seiner Stimme oder seiner Art zu sprechen.

Ich hoffe, daß es mir gelungen ist, ihn zum Sprechen zu bringen, mir entstand während der letzten Arbeitsphase der Eindruck, als hörte ich ihn mit seiner tiefen, weichen Stimme zu mir reden. Sie war aus der Summe meines Wissens über ihn entstanden.

Unter allen Menschen und Menschenmöglichkeiten in dieser Welt kann man im Ausschlußverfahren letztlich zu einem winzigen weißen Fleck kommen, der lediglich eine Person ausmacht. Wenn ich "Mitteleuropa" sage, so habe ich bereits Milliarden ausgegrenzt, kenne ich seine Herkunft, Eltern, Platz,

Zeit, Land und so weiter, bieten sich bestimmte Charakterzüge an. Gibt es überdies glaubhafte Berichte über seine Kleider, sein Haus, seine Worte und Taten sowie über seine Wirkung auf seine Umwelt, so muß dieser eine verbliebene weiße Fleck der sein, den zu finden mir Lust und Last war.

X., im Sommer 89

# Inhaltsverzeichnis

# Der Schlüsselreiz

Ein milder, aus der Gewohnheit der Winterfröste als "heiß" zu bezeichnender Vorfrühlingstag lag über dem Land. Im Süden, wo die graublauen Gipfel den Blick begrenzen, türmten sich Wolkenpölster und schufen eine drohende, wasserschwangere Mauer, jeden Augenblick mochte sie über die Hügel herfallen und mit großen warmen Tropfen die an die Ackerraine geschmiegten Schneereste zu ihresgleichen verwandeln.

Die Wand stürzte auch ununterbrochen, doch der Sturm nahm sie nicht mit, er zersetzte die alles verschleiernde graue Masse ins Gegenteil: Sie wandelte sich in ein Fernglas mit Linsen und Prismen aus reinstem Kristall. Wer den Blick zu den Bergen wandte, sah sie deutlicher, klarer, näher und kontrastierter als an jedem für die Fernsicht berühmten Oktobertag. Der Wind zog hastig und warm gegen Norden, beugte die Wipfel des Auwaldes und brachte Staub mit.

Ich bin nicht wetterfühlig, glaube nicht daran, auch wenn manchmal an Tagen mit Föhn meine Stimmung gedämpft ist, eine leise Müdigkeit wie der allererste Anflug einer Erkältung meine Glieder erfaßt und ich der bewegten Luft zum Trotz die Bewegungslosigkeit schätzen lerne. Von heftigen Kopfschmerzen, Reißen in den Gelenken und anderen schweren Leiden bleibe ich verschont.

Da ich in der Lage bin, den von mir strikt eingehaltenen Ruhetag pro Woche frei zu disponieren, beschloß ich noch unter der warmen Decke im Bett liegend, die Arbeit sein zu lassen. Ich fühlte mich matt. Nach dem Frühstück, als ich meinen üblichen Spaziergang den Hang hinunter in Angriff nahm, erkannte ich den diesmal unleugbaren Zusammenhang zwischen dem Föhn und meinem Zustand.

Die ersten hellgrünen Grasspitzen schoben sich aus den alten Büscheln, leuchteten zwischen den Blättern des Vorjahres, die den Hohlweg in die Au bedeckten. Der alte, durch den Bau eines "Ländlichen Zufahrtsweges" nutzlos gewordene Karrenweg, der in einer Kehre die lehmige Stufe hinunterführte, war rasch verwildert. Buschwerk streckte die Äste bis in Brusthöhe, ein schmaler Pfad schlängte sich bald rechts, bald links ausweichend wie ein Mäander talwärts. Wie immer führte mich mein automatisches Gehen ans Ufer, ich sah das braune Wasser, das durch Schmelzwasser aus den Bergen verdoppelt Erdreich mit sich riß.

Jedes Jahr verändert dieses Hochwasser die Lage der Schotterbänke im Fluß, jene Stellen, wo im Sommer die Kinder baden. Zuletzt war ein toter Arm entstanden, dessen Wasser angenehme Temperatur erreichen konnte. Ich fürchtete um meinen Lieblingsplatz und ging entgegen meiner Gewohnheit flußaufwärts, benutzte dafür ein schmales Steiglein, das sich um Erlen, Weiden und Haselsträucher wand. Sonst spaziere ich in die Gegenrichtung, wo ein bewaldeter Hügel den Blick aufs häßlich nackte Ackerland verdeckt. Ich beschloß, bei der Schotterbank umzukehren, um nicht in das weite Becken zu gelangen, aus dem nur mehr die kürzlich mit Asphalt belegte Straße zurückführte.

Diese lange Einleitung geschah mit Absicht, jedes Detail daran ist im Rückblick ein Beispiel: Wir agieren immer im Endpunkt einer Kausalkette, unsere Vergangenheit befiehlt uns den nächsten Schritt. Auch damals flogen meine Gedanken über dieses Thema, während ich immer wieder nach vorne spähte, ob die Schotterbank schon zu sehen wäre. Der von gefallenen Blättern bedeckte Boden nährte Schneerosen in selten beobachteter Menge, bei genauem Blick zeigten sich winzige, hellblaue Flecken, die Knospen von Leberblümchen.

Sie erscheinen unter bestimmten Bedingungen. Es bedarf gewisser Temperatur, der Winter muß mit seinen Frösten

Samen oder Wurzeln erfaßt haben, es braucht Regen und Sonnenstrahlung. Hat all dies das rechte Maß, zeigen sie sich. Wenn das Umfeld stimmt, die Reize stark genug sind, regt sich Keimung und Wachstum.

Darin lag die Paralelle zu mir. Der Föhn dämpfte meine Stimmung, der milde Tag und die dadurch beschlossene Ruhezeit, alles äußere Reize, ließen mich so handeln. Das Hochwasser brachte mich dazu, die Route zu ändern und auch darin reagierte ich wie die Blumen. Mein üblicher Spaziergang, Variante kurz, ohne Anfahrt, hatte sich entwickelt, weil er nur kurz den Blick auf das von mir nicht geliebte Land zuläßt, die Ursachen für diese Abneigung könnte ich wieder lange und ausführlich herleiten, angefangen von der Tatsache , daß ich aus bewaldetem Hügelland mit winzigen, eingestreuten Äckern stamme, dort war meine Heimat, dort lernte ich mich wohlfühlen, dort erfuhr ich Geborgenheit. Die weite, freie Fläche läßt mich unruhig werden, wie Menschen aus flachen Gegenden sich in den Bergen beklommen fühlen, weil für sie die Einengung des Horizonts, die mir angenehm ist, bedrohlich wirkt. Doch genug davon.

An der Biegung angelangt, stellte ich fest, daß es zwar die Schotterbank noch gab, der tote Arm aber war bereits ein Seitenarm des Flusses, der kaum langsamer als die Hauptströmung floß, stark genug, um den natürlich entstandenen Damm langsam abzutragen. Ich überlegte, ob ich ihn retten könnte und mir kam die Idee, daß ein paar dicke Äste hängen bleiben müßten. Auf der Suche danach stellte ich fest, daß weiter flußaufwärts ein großes Stück des Auwaldes geschlägert worden war. Dort fand ich teilweise über fünf Meter lange Äste. Unter Aufbietung aller Kräfte zerrte ich jene mit den meisten Verzweigungen ans Ufer - was waren schon ein paar Stunden Anstrengung gegen einen langen Sommer ohne Badebucht! Der fünfte Ast blieb tatsächlich dort hängen, wo ich es gerne gehabt hätte. Nun galt es, die Stelle weiter abzudichten, ich mußte die Strömung derartig hemmen, daß sich in der Folge aus angeschwemmtem

Material ein neuer Damm bilden konnte. Dafür genügten kleinere Stämmchen, die ich weiter drüben am Hang in ausreichender Menge liegen sah. Stück um Stück zerrte ich mit inzwischen aufgerissenen Händen und lehmverschmierten Kleidern zum Ufer und warf sie weit hinaus in den Fluß. Wie erhofft verfingen sie sich und unendlich langsam staute sich das Wasser. Mein Blick fiel auf einen Haufen aus Fichtenzweigen, der ein Stück weiter oben am Hang lag. Genau diese Zweige hielt ich für notwendig, sie würden die breiten Spalten verstopfen und dann war meine Bucht gerettet. Als ich den letzten, breiten Ast hinunterschleifte, sah ich einen flachen Stein, der nicht hieher gehörte. Ich beschloß, ihn anschließend näher zu untersuchen.

Die Landschaft, die nun meine Heimat ist, gehört zum Alpenvorland, eine Gegend, deren Boden aus Schotterdecken besteht, die eiszeitliche Gletscher hieher transportiert haben. Die tieferen Schichten sind manchmal sandsteinähnlich, manchmal bestehen sie aus grobem Konglomerat, zusammengepreßten Kieseln, doch an allen Stellen, wo man zu graben beginnt, stößt man zunächst auf Kalkschotter. Gletscher aus anderen Gesteinsformationen kamen kaum bis hieher, in meiner näheren Umgebung sind mir keine Urgesteinsklippen bekannt.

Es war ein flacher, schwarzer Stein, der wie Basalt wirkte, und der durfte hier nicht vorkommen. Sicher, meine Hobbykenntnisse aus Geologie waren nicht vollständig, es mochte sich um eine punktuelle Absonderheit des Bodens handeln, ich aber hatte das Gefühl, als hätte man den Stein hieher gebracht, vielleicht war er beim Straßenneubau heruntergerollt. In der Zeit des Transports wurde ja von einer Landesecke zur anderen und noch weiter gehandelt, was auch an den Zielen in ausreichender Menge vorhanden war.

Der letzte breite Ast legte sich zu meiner Zufriedenheit vor das große Loch im Damm, ich hatte gut geworfen und neugierig kehrte ich zum Stein zurück. Enttäuscht sah ich auf den ersten Blick, daß es sich um eine Quarzmischung für billige Grabsteine handelte, es war also ein Kunststein, poliert und glatt, ein langweiliges Bruchstück aus einer Fabrik. Trotzdem drehte ich ihn um und fand darunter ein Loch im Boden, zu groß, um von einem Tier gegraben worden zu sein. So zerrte ich die Platte vollends zur Seite, in der Grube lag eine verwitterte Ledertasche, die eine verrostende Stahlkassette enthielt. Ich suchte noch weiter, gab aber bald auf, da ich nichts mehr zu finden erwartete. Auf dem Stein entdeckte ich übrigens keine Spuren. Heute bereue ich, daß ich ihn nicht auf Fingerabdrücke untersucht habe, ich hätte später gewußt, wem ich für einen Vergleich gerne den Abdruck genommen hätte. Doch ich will nicht vorausgreifen.

Die Diskrepanz zwischen den beiden Fundstücken war mir an Ort und Stelle klar: Tasche und Kassette waren um einiges älter als der Stein, dem ich keine zwanzig Jahre gab. Die Tasche aber mußte schon über fünfzig Jahre in der Erde gelegen sein, vielleicht an einer anderen Stelle. Ich kehrte mit dem Fund rasch nach Hause zurück und es begann die Spurensuche, bei der mir der Inhalt der Kassette leider nur wenig behilflich war. Außer dem Namen fand sich darin kein weiterer Hinweis auf die Person.

Ich betone nochmals, daß es sich bei der vorliegenden Arbeit um eine wissenschaftliche handelt. Alle Hinweise darauf, durch welche Mittel und Tricks ich zu den Informationen kam, angefangen von Mostkauf bei Bauern in meiner Umgebung bis hin zum einem winzigen Einbruch, der seine Rechtfertigung durch den Fund bekam, fehlen darin naturgemäß. Ich tue nichts zur Sache, wie meine Auseinandersetzungen mit Ämtern und Behörden, mein Eintritt in den Kirchenchor als zweiter Tenor, um die in Sakristei zu gelangen, mein Interesse an Feuerwehr, Blasmusik und so weiter, nichts zur Sache tun.

Mir war bald klar, daß mich in diesem verstockten und in der Angelegenheit wie zusammengeschweißten Ort nur langsame und getarnte Arbeit weiterbringen konnte. Ein vorschnelles Wort und ich würde nie mehr auch nur das Geringste erfahren. Sie hatten beschlossen, ihn totzuschweigen, so mußte ich mich einschleichen, Vertrauen gewinnen und in der Nacht nachhelfen.

Jedes Ziel hat seinen Preis. Eine von einem Hofhund halbzerbissene Wade, ein ausgeschlagener Zahn und die angegriffene Leber waren mein Einsatz. Nicht zuletzt muß der Aufenthalt im Landeskrankenhaus für Neurologie und Psychiatrie erwähnt werden, wo ich den letzten Informanten nur durch von mir gespielte Paranoia lange genug beobachten und im Selbstgespräch belauschen konnte. Die Bedeutung des von ihm eingebrachten, alles zusammenfügenden Mosaiksteins - erst durch ihn kam der tiefere Sinn und manche Aufklärung in meine gesammelten Fakten - ließ mich das Leid und vor allem die miserable Küche ertragen.

Ich werde von nun an nicht mehr in Erscheinung treten, es geht nur um den Mann mit der wundersamen Eigenschaft:

KARL ÖMPERDINGER

Teil Eins (1)

# Das Umfeld

# Einführung

Die Theorie besagt, daß in der Folge des Urknalls eines Tages die Erde nach der letzten Eiszeit dastand, Menschen zogen darüber, rodeten, wurden seßhaft und schließlich entstand das, was heute um uns ist.

Während sich für einen, der eine Person sucht, Milliarden von Jahren in einem Satz zusammenfassen lassen, ja dieser Satz gar nicht aufscheinen müßte, obwohl der Urknall, so es ihn gegeben hat, der theoretische Anfangspunkt aller Kausalketten ist, nimmt alleine der Punkt "Der Weg" oder "Der Boden" ein paar Seiten ein, was auf den ersten Blick des Unwissenden gleich unwesentlich zu sein scheint.

Ich gebe folgendes zu bedenken: Ein frühgeschichtliches Nomadenvolk in den weiten Steppen Asiens bringt spezifische Charaktereigenschaften in die Welt, die Bergbauern im nördlichen Hindukusch verhalten sich anders als peruanische Küstenindianer. Auch einer, der im Alpenvorland lebt, wird von seiner Umgebung geprägt.

So stelle ich der Arbeit das Kapitel "Umfeld" voran. Meine Suche brachte mir zunächst Spuren Ömperdingers, wie in Kapitel Drei oder Vier dargestellt. Der Leser hat es leichter, er fängt dort an, wo alles beginnt: In Raum und Zeit. Er lernt Hinter-und Untergrund kennen, eine feste Bühne, auf der er zur rechten Zeit erscheinen wird.

Ich bin versucht zu sagen, daß ich "mit aller Gewalt" die Bruchstücke, abgebrochenen Sätze und verschwommenen Spuren zu einem Ganzen zusammengesetzt habe. Das war mühsam, die Freude über das rekonstruierte Ergebnis, das sich rund und vollkommen zeigt, entschädigt mich für Mühsal und manches Leid.

## 1.1. Der Raum

Bereits 1936 schrieb Dr.Harris Clivy[1] in der Psychomedical Tribune:

---

1) Dr.Harris Clivy besaß 1962 einen Wagen, in den er sich ein zweites Bremspedal hatte einbauen lassen. Dieses befand sich links von der Kupplung und konnte mit dem linken Fuß bedient werden. Er begründete das als Vorsichtsmaßnahme. Eines Tages war er auf dem Parkplatz bei einem Lebensmittelgeschäft vorgefahren, wo er plötzlich vergessen hatte, welches der drei Pedale die Bremse war. Panisch hatte er herumgetreten, der Wagen war wie ein junges Lamm gesprungen und schließlich gegen einen Begrenzungspfosten gekracht. Clivy nahm an, daß ihn die Enge des Wagens in dieses Vergessen getrieben hätte, auch die Übelkeit mancher Passagiere bei langen Autofahrten mochte darauf zurückzuführen sein.

*Immer häufiger finden sich in der letzten Zeit in den Wartezimmern der Ärzte Patienten, die die Symptome eines extrem eingeschränkten geistigen Horizonts zeigen. Diese Bezeichnung mag in die Irre führen, kann man desgleichen doch von vielen Zeitgenossen behaupten. In diesen Fällen aber handelt es sich eindeutig um eine Gemütserkrankung, ähnlich schweren depressiven Zuständen.*

*Die Krankheit beginnt mit leichten Depressionen, Morgenmüdigkeit, Lustlosigkeit, leichter Übelkeit und Ansätzen von Vergeßlichkeit. Diese Symptome verstärken sich, bis es nach drei oder vier Jahren zu extremen Beschwerden kommt. Manche fangen plötzlich und grundlos zu weinen an, leiden unter dauerndem Brechreiz, andere stehen nicht mehr aus dem Bett auf. Am auffälligsten aber zeigt sich die Vergeßlichkeit, die oft absurde Züge annimmt, die Patienten werden dabei arbeitsunfähig. Sie vergessen nicht nur die Bedeutung von Geld, Arbeit und Familie, sondern auch ihre Nachbarn, sie wissen nicht mehr, daß ein Tag auf den anderen folgt, schlafen im Stehen oder in eine Ecke gelehnt. Manche drehen statt am Lichtschalter an der Glühbirne, bis sie selbst deren Funktion nicht mehr kennen. Wenn sie Hunger haben. kauen sie an allem, was ihnen in die Hände fällt. Einer vergaß sogar, daß er Füße hatte und kam, von der verzweifelten Tante begleitet, auf den Händen zum Arzt.*

*Werden diese Patienten zu Verwandten oder Bekannten aufs Land gebracht oder wechseln sie aus anderen Gründen die Wohnung, so sind sie innerhalb weniger Wochen völlig geheilt. In allen 137 Fällen des Jahres 1934 konnte nachgewiesen werden, daß die Krankheit ausschließlich Personen befällt, die in den den unteren Stockwerken von Hochhäusern wohnen, wo nie direktes Sonnenlicht durchs Fenster kommt, der Blick aus der Wohnung nur häßliche Hinterhöfe oder düstere Lichtschächte zeigt.*

siehe auch: Teil Drei, 1968 / 4.20. / 4.27.

Betrachtet man das Alpenvorland, findet sich an vielen Plätzen eine ähnliche Raumwirkung. Vor allem im Nördlichen gibt es Plätze, an denen die hinter hohen Bergen oft monatelang versteckte Sonne nie den tiefsten Grund der kleinen Täler mit ihrem Licht erreicht. An eng begrenzten Stellen hat man diese "Kernschattenzonen" vor sich, sie verteilen sich punktförmig über das Land. Es ist, als stünde man an einem windstilllen Spätherbsttag unter einem mächtigen Laubbaum, die wenigen noch haftenden Blätter verdunkeln den hellen Kies des Platzes wie die Flecken einer Hautkrankheit. Diesen Zonen des ewigen Schattens kann der Mensch rasch entkommen. Oft genügen einige Schritte zur gegenüberliegenden Talseite, manchmal muß man den nach Süden geneigten Hang ein paar Meter hinaufsteigen. Innerhalb kurzer Zeit steht selbst der schwächste Greis am oberen Rand des vom Bächlein gegrabenen Einschnitts und blickt weit übers Land. Ringsum dehnen sich sanfte Hügel mit fruchtbarem Ackerland und kleinen Wäldchen, nur im Süden ragt ein Berg auf.

Somit ist die Enge des Raums für einen, der im Tal wohnt, auf diesen Punkt beschränkt. Er weiß, daß er jederzeit Ausblick haben kann und der Weite des freien Atems nahe ist. Der Blick aus dem Fenster ähnelt jedoch dem eines eingangs erwähnten Hochhausbewohners. Es bedarf des Antriebs und der Bewegung, um ins Licht und zur Freiheit zu gelangen. Bewegung und Tat bringen das Glück der Weite.

Der nahe Lebensraum wird durch die Enge des Einschnitts und durch die Enge der Dämmerung zu einem Raum, der wie verdunkelt wirkt, als hingen riesige Vorhänge ums Haus, in dem zu leben man freiwillig oder gezwungen verdammt ist. Die kalte Vorhölle drückt, der Schnee liegt lange, nichts vermag richtig zu wachsen, nur an heißen Sommertagen wird die Kälte zu angenehmer Kühle.

Eingeengte Weite, damit ist alles gesagt.

siehe auch: 1.2.2. / 1.3./ 1.5.1.2.1. / 1.6.1./ 1.9.1.

## 1.2. Der Weg

### 1.2.1. Der Fahrweg

Ein Mönch aus Siena schreibt im "Tractatus viarum" [2]:

---

2) Dem Titel ist zu entnehmen, daß manche im 15.Jahrhundert des Lateinischen nicht besonders mächtig waren.

*Ein Weg ist wie die Wurzel des Baumes. Er windet sich ins Land, nimmt Raum, wo er ihn nehmen kann.*

So ist auch der Zufahrtsweg entstanden. Flußwärts stürzt das Bächlein über eine Steilstufe in die Hauptschlucht, bachaufwärts gelangt man zu einer Stelle, wo die Wände des Einschnitts zurücktreten und sanfte Hänge bilden. Von dort zieht der Fahrweg den Bach entlang zum Haus, die Errichtung von vier Brücken war dafür notwendig. Die ganze Länge wird der Karrenweg gegen den Bach durch mächtige Steinmauern abgestützt, meist füllen Wasser und Straße den gesamten Talgrund.

Die steilen Hänge bieten oft nicht einmal Büschen genügend Halt, der heute stellenweise verschüttete Weg mußte mehrmals im Jahr von herabgestürzten Steinen, Schotter oder kleinen Erdrutschen befreit werden. Immer wieder verwüsteten Muren die

Straße. Dabei rasten die Massen mit solcher Wucht ins Tal, daß sie die Stützmauern wegrissen. Heute finden sich an diesen Stellen deutlich sichtbare Spuren der Ausbesserungsarbeiten, die Steinquader sind dort heller und weniger bewachsen. Die Ortschronik berichtet von einer Mure im Jahre 1916, die das Bächlein einige Meter hoch aufstaute, dann brach das Wasser durch den lockeren Damm, innerhalb weniger Minuten entleerte sich der Stausee und stürzte in einer gewaltigen Flutwelle in den Fluß. Über zwanzig Kilometer weit wurden tief liegende Wiesen und Äcker überschwemmt, durch die kurze Dauer des Ereignisses wurden jedoch keine großen Schäden angerichtet. Die Straße, die beim letzten Haus endet, war allerdings über ein Jahr nicht benutzbar.

siehe auch: 4.26.

### 1.2.2. Der Pfad

Über wenige kurze Kehren ist der Oberrand der Schlucht in kaum fünf Minuten zu erreichen. Der Pfad ist beeindruckend angelegt, er windet sich um die oft senkrechten Stellen, hinter einer Felsnase erreichet er steiles Gelände, nützt mächtige Wurzeln als Stufen, dann biegt er zurück an die Kante und schlängelt sich durch Gebüsch. Es zeigen sich kaum künstliche Eingriffe, nur die letzte, etwa drei Meter hohe Wand aus Konglomeratgestein, wurde zu einem Hohlweg abgegraben.

Der im Tal Stehende würde nie vermuten, wie rasch und mühelos die hohe Wand bezwungen werden kann. Der Pfad zieht ohne merkliche Steigung hinauf, geschickt nutzt er Absätze, Rinne und Kante. Obwohl er kaum breiter als dreißig Zentimeter ist, wirkt er sicher und bequem.

Dazu noch einmal der unbekannte Mönch aus Siena:

*Kein Pfad findet sich zwei Mal, denn der Geist des Beschreiters prägt ihn. Jüngst also lebte ich an einem Ort in der Wildnis.*

*Dort wurde ein Kloster errichtet, ich war als Planer der Bibliothek zugegen und wohnte mit den anderen Mönchen in einem Zeltlager. Während der zwei Jahre meiner Anwesenheit beobachtete ich, daß die Wege des gemeinen Volks, der Hilfskräfte aus der Gegend, so roh und wild waren wie die sie benutzenden Menschen. Auf ihnen wuchs kein Gräslein, der nackte harte Fels war unter der dünnen Erdschicht zutage getreten.*

*Über den Pfaden der Mönche aber schwebte der Geist Gottes. Dies galt besonders für den Weg zu einem benachbarten Hügel, von dem aus die Anlage in der Vogelschau zu betrachten war. Alles grünte auf und neben dem Weg, ja er selber war üppiger bewachsen als die Umgebung. Dies stand im Gegensatz zur Annahme, daß ständiges Betreten die Pflanzen im Wuchs behindern würde, sie vielleicht sogar wie auf dem Pfad des Volkes ausrotten müßte. Im Frühjahr blühten entlang des Mönchswegs die Büsche, lange bevor sie ringsum die Knospen öffneten.*

*Nun mag dies alleine nichts beweisen, man kann Lage und Boden dafür verantwortlich machen. Ich jedoch fand ein Drittes: Der über das Lager fast vor dem zukünftigen Abt regierende Pater Kellermeister, der durch seine Regentschaft in der Küche zu ungeheurem Ansehen kam, nützte die ihm zugestandene Ruhepause zur Non für ein Schläfchen. An dieser Stelle füge ich ein, daß ich dort in der Wildnis die köstlichsten Speisen gegessen habe, angefangen von Sülze über Blutwürste bis hin zu gebratenen Hammeln. Der Kellermeister meinte, daß der Erbauer eines Klosters nicht hungern und fasten dürfe, sonst bemesse er die Mauern, Türen und den Dachstuhl zu schwach. Sein Schläfchen also verbrachte er an einem Platz außerhalb des Lagers, den nur er aufsuchte. Als ich ihn einmal holen mußte, er wurde aus für die Geschichte nicht weiter interessanten Gründen gesucht, entdeckte ich ihn, seiner Spur folgend, am schönsten Platz dieser Erde. Ich näherte mich mit solcher Leichtigkeit, daß ich zu schweben glaubte. Neben einer winzigen Quelle, die ihr Wasser im Halbkreis um ein ebenes Wiesenstück entließ, umrahmt von einer kleinen Felswand, die Büschen und zwei Apfelbäumen Halt gab, ruhte der Pater Kellermeister. Auch er schien zu schweben, nach seinem Gang zu mir herüber glaubte ich zu bemerken, daß die Halme an der Stelle seiner Ruhe nicht gebogen und niedergedrückt waren. Das Wiesenstück und der Pfad leuchteten in allen Farben, die Blumen und blühendes Gras zu zeigen vermögen.*

*Von diesem Tag an hielt ich ihn für einen Heiligen. Oft sind es nicht Päpste und Äbte, die Gott am nächsten stehen, sondern einfache kleine Patres, ja vielleicht sogar solch halbirdische Patres, deren Gedanken mehr um das leibliche Wohl als um den Geist Gottes in uns kreisen.*

siehe auch: 1.8.2.3.

## 1.2.3. Die Pfade der Tiere

Die Pfade von Hirsch und Reh kann jedermann deutlich erkennen, besonders in der Nähe von Futterstellen und Tränken. Oft erreichen sie sogar Ausmaße von schmalen Menschenwegen. Professor Dr. Abu Alla-chaim[3] von der Universität Kairo wies kürzlich Pfade der Vögel nach.

3) Der Professor trat übrigens, was nur wenige wissen, in Nachtclubs und Varietes auf. Er konnte seine Ohren wie ein Nilpferd zwirbeln und rasend schnell rotieren lassen. Durch Übung brachte er es so weit, daß er seitlich liegend auf den kreiselnden Ohren Teller balancierte. Mit diesen Auftritten soll er mehr verdient haben als mit seiner Forschungsarbeitarbeit an der Hochschule.

Hier die Zusammenfassung seines Berichts "Die Pfade der Vögel" aus dem Jahrbuch der aktuellen Forschungen der Universität Kairo:

*Nun scheint die wissenschaftliche Bestätigung für die in der Gegen der Nilquellen erzählten Sagen gefunden zu sein: Vögel, Insekten und andere fliegende Tiere benutzen nur bestimmte "Luftschneisen".*

*In unserer Versuchsanordnung filmte eine an einem Fesselballon in 800 m Höhe fix befestigte Kamera ein Bild pro fünf Sekunden mit konstantem Bildausschnitt. Die computergestütze Auswertung der Aufnahmen eines Sumpfgebiets am oberen Blauen Nil ergab, daß bestimmte Stellen von den Vögeln grundsätzlich gemieden wurden, es gab mehrere Bahnen für Kurzstrecken (unter 100 m Länge) und für Langflüge (über 500 m Länge). Im einen Quadratkilometer großen Gebiet stellten wir vier Langflugschneisen fest.*

*Von den Endpunkten der Routen steuerten die Tiere das gewünschte Ziel oft durch sinngemäßes Zurückfliegen an. Auf den Langstrecken wurden um bis zu 30 % höhere Fluggeschwindigkeiten gemessen. Die Suche nach den Markierungspunkten dürfte die erste Spur gebracht haben. Einige von uns im Gebiet ausgesetzte ortsfremde Brieftauben benützten spontan die von uns gefundenen Strecken, von den dreißig Tauben flog nur eine "quer", womit ein Zufall ausgeschlossen scheint. Beim Flug der letzten Taube war Wind aufgekommen. So wird vermutet, daß die Schneisen durch Duftspuren in der Luft markiert sind.*

siehe auch: 1.7.1.

## 1.3. Der Platz

Das Tal des Baches zieht von Westen nach Osten. Zwei schon lange verfallene Häuschen nutzten die nördlich gelegenen Nischen, vor ihnen liegt durch den an diesen breiteren Stellen mäanderartig fließenden Bach ein wenig ebener Grund. Schließlich gelangt man an eine Stelle, an der das Tal für kaum fünfzig Meter nach Norden biegt, sich nach Westen wendet und zuletzt in den ursprünglichen geraden Verlauf zurückkehrt. An der Südseite ragt ein Felssporn auf, um ihn entsteht eine halbmondförmige Sichel aus flachem Grund. Das Kreissegment hat einen Durchmesser von gut sechzig Metern, die Sichel an ihrer mächtigsten Stelle einen von etwa dreißig.

Der in den Kessel ragende Fels gabelt sich in zwei Ausläufer, in diese drei natürlichen Wände wurde eine Frontmauer eingesetzt und somit ein Haus errichtet, das lediglich eine vollständig künstliche Wand hat.

Der etwa kreisrunde Platz, an drei Seiten vom Bach, an der vierten von Haus und Felsen begrenzt, ist an keinem Punkt in seiner Gesamtheit überschaubar. Selbst am Nördlichsten, also im Scheitel stehend, wird die Sicht in die Spitzen der Sichel verdeckt.

Alles liegt im Schatten. Nur im Juni und Juli erreichen die Sonnenstrahlen den Scheitel und etwa vier Quadratmeter des festen Bodens. Der den Außenrand bildende Bach wird hingegen länger beleuchtet, er wirft glänzende Lichtkringel auf Hauswand und Felsen.

Den Kessel begrenzen senkrechte Wände. Das Wasser beginnt sie langsam zu unterspülen, so sind kleine Überhänge entstanden. Aber auch am Felssporn nagt der Bach. Er prallt gegen die Westseite, wendet sich zur Außenwand und strömt an der Ostseite neuerlich in den Kessel zurück, wo ihn der Fels zurückwirft und er bald steil abfallend dem Fluß zueilt. Der Betrachter kann das Vertrauen des Hausbauers in die Festigkeit des Gesteins erfühlen. Die halbe Rückseite wird ununterbrochen bestürmt, es ist nur eine Frage der Zeit, bis das über die Nabelschnur des Felssporns an den Mutterleib Erde gebundene Haus von ihm abgetrennt ist. Es mögen zwar Jahrtausende vergehen, doch eines Tages wird das Wasser sein großes Hindernis weggespült haben.

Dazu kommt noch, daß an stürmischen Tagen der Westwind mit großer Kraft durch die Schlucht gezwängt wird und ebenfalls gegen die Seitenwand prallt. Er hat zwar nicht die Macht des Wassers, doch vermag auch er etwas zu bewirken.

Der Platz wird also von Wasser, Dämmerung, Fels und Schlucht bestimmt. Selbst die Summe aller hier in kaum vergleichbarer Weise gefundenen prägenden Größen vermag nicht die Stimmung zu erklären, die den Betrachter überkommt.

In langer Suche gelang es, eine Arbeit zu den Ursachen dieses Gefühls ausfindig zu machen, eine Beschreibung des Gefühls folgt in 1.11.2. Der aus Transibirien stammende kleine Denker und Forscher Zwutow Abaca[4], von mongolischer Abstammung, verfaßte die in einer Lokalzeitung veröffentlichte Abhandlung.

---

4) Der wahre Name des Forschers ist nicht bekannt. Sein Pseudonym besagt, daß er sich als einen bezeichnete, der mit den Zielen beginnt und später, in der Folge von Zeit und Ereignissen, seine Beweggründe findet. Er faßte also nicht einen Plan und führte ihn aus, sondern er war am Ziel und entwickelte rückwirkend den Plan, der ihn an dieses Ziel gebracht hatte. Er fühlte sich als Wiedergeburt jener alten Sagengestalt, die aus dem Grab stieg und nach einem Mannesleben seiner Mutter in den Schoß kroch. Er behauptete von sich, daß seine letzten Dinge seine ersten waren.

*Während aller Forscheraugen die Knochen jener gewaltigen Elefanten mit Zottelpelz und Stoßgezähn betrachten, die Fundstellen jedoch außer Acht lassen, war es mir seit jeher viel bedeutsamer, warum an manchen Stellen vier oder fünf Skelette gefunden wurden. In jahrelanger Arbeit untersuchte ich diese Plätze und aus den Fakten ergibt sich folgendes:*

*Beseitigt man alle Schichten, die sich über die Orte gelegt haben, kehrt man also auf den Stand zurück, den die Mammuts vor sich gehabt haben, finden sich Schotterboden, darum festes Gestein, dazwischen im Halbrund Wasser für den letzten Todestrank, mögen die Stellen heute auch trocken sein.*

*In ihrer Gier nach immer neuen Funden ging also die Paläontologie und Paläozoologie in der Mammutfrage am Wesentlichen vorbei und nur deshalb tappt sie heute noch im Dunkeln. Nur mir, der ich Tage und Nächte an diesen Plätzen verbracht habe und nur mir, der ich ein auferstandener Wiedergeborener bin, vom Omega zum Alpha zurücklaufend, konnte die Bedeutung der Fundstellen ins Auge fallen. Nur mir konnte "DIE LÖSUNG DER MAMMUTFRAGE" gelingen.*

*Meine jahrelangen Forschungen bringen das zu Tage, was ich in meiner Geburtsstunde wußte. Nun notiere ich es rasch, so versuchend, es der Vergessenheit zu entreißen. Ich fühle sie nahen, schon sind mir einige Punkte ein wenig verschwommen, die noch vor wenigen Tagen klar im Kopf standen:*

*"Wir kommen aus dem Nichts und kehren dorthin zurück."*

*Diese Feststellung ist begründet, ich und die Mammuts sind der Beweis, ich der lebende, die Mammuts der tote. Ich bin der Engel des Todes, mit mir hat die Menschheit den Wendepunkt erreicht, überwunden und sie kehrt ins Nichts zurück.*

*Die Fundstellen sind Friedhöfe und Gebärstellen zugleich. Die Toten erstehen wie ich wieder zum Leben, schreiten rückwärts voran und kriechen in ihrer Mutter Leib, so lange, bis alle zurückgegangen sind und eines Tages in unendlich ferner Zeit werden wir wie die Mammuts verschwunden sein, unser Leben, einmal vorwärts und einmal rückwärts gelebt, hat sich selbst ausgelöscht und es wird sein, als wären wir nie gewesen. Somit ist alles erklärt und kein Rest bleibt zurück.*

*Die letzten Mütter der Mammuts hat man gefunden, die in sie drängenden, winzigen Mammuts haben ihnen die Kraft genommen, selber noch bis zum Schluß zu gehen, sie verstarben an Ort und Stelle als Allgebärerinnen des Todes. Aus ihnen kam vor Urzeiten alles Mammutleben und in sie kehrte es wieder zurück.*

*Die Gruben und Löcher in ihrer Vermischung aus Erdenschoß, Wasser und Luft, waren ihrerseits vor Urzeiten Allgebärerinnen, aus der Mutter Erde kamen die Mütter der Mammuts, die Mutter Erde nahm sie wieder zurück und wird auch die Knochen wieder nehmen. Mögen sie heute geschickt präpariert vor dem Zerfall bewahrt werden, eines Tages werden auch sie unweigerlich in die Erde zurückkehren und es wird sein, als wäre nie ein Mammut gewesen. Sie waren ein Spiel der Materie und kehrten in sie zurück, spurlos auf ewig.*

*Somit sind die Fundstellen herrlich und tragisch zugleich. Aus der Sicht der Mammuts waren sie Allbeginn und Apokalypse, aus der Sicht der Erde hat sie gegeben, eine Form ermöglicht, einen Versuch begonnen und abgeschlossen, die Stellen tragen in sich Trauer und Freude, sie sind zugleich Mörder und Lebensspender.*

siehe auch: 1.1. / 1.2.1. / 1.2.2. / 1.4.4. / 1.6. / 1.7.2. / 1.8.2.3. / 1.11. / 1.15. / Einleitung Drei / 4.3. / 4.12./ 4.14. / 4.18. / 4.30.

## 1.4. Das Haus

### 1.4.1. Das Gebäude

Gegen Ende des 17. Jahrhunderts wurde in den Raum, der an drei Seiten von Felsen begrenzt wird, das Haus gebaut. Es war notwendig, vier Mauern zu errichten, wobei die dem Berg zugewandten geschickt mit dem festen Gestein verbunden wurden. Das Gebäude hatte ein Stockwerk und darauf ein einfaches, von der Front zum Berg hin ansteigendes Dach, dessen Neigung ebenfalls von den natürlichen Gegebenheiten bestimmt wurde. In den letzten Jahren war es mit Ziegeln gedeckt.

An der Westseite nutzte man ein natürliches Loch im Fels als Fenster für den Raum im ersten Stock, die übrigen Fenster und die Tür weisen nach Norden. Um genügend Licht in die Räume zu bekommen, gab es im ersten Stock nur einen großen Raum, ebenerdig gelangte man in einen Vorraum an der Westseite, von dessen hinterem Ende die Treppe nach oben führte, und in eine größere, östliche gelegene Wohnküche, etwas für damalige Zeiten Unübliches. Hinter der Küche finden sich Reste einer abgetrennten Speisekammer, die die Kühle des Gesteins nutzte und gleichzeitig Keller war, Grabungen ergaben, daß es keinen anderen gab.

Östlich des Gebäudes findet sich ein verfallener Holzschuppen. Er wurde aus Platzgründen weit in den Bach hinausgebaut, vier Holzpfosten tragen den größten Teil, nur die ersten Bodenbalken ruhen auf dem mit großen Steinen befestigten Boden.

Vom Haus steht heute nur mehr die Holztreppe und ein Teil der Decke sowie die ganze Vorderseite, der hintere Teil ist vermutlich wegen herunterstürzender Steine vollkommen verfallen.

siehe auch: 1.3. / 1.5.1.4. / 4.15.

### 1.4.2. Die Beheizung

Das Auffälligste im Gebäude sind die Reste des Ofens. Er liegt an der Zwischenwand im vorderen Teil des Hauses, ist vorne wie ein gemauerter Tischherd gebaut, dann steigt er wie ein Kachelofen in die Höhe und ragt als solcher im ersten Stock gut eineinhalb Meter durch den Fußboden. Das ist insofern ungewöhnlich, als man damals in einfachen Häusern immer nur Küche und Stube beheizte. Vielleicht erforderte es die Lage des Hauses, auch den oberen Teil zu wärmen.

Weiter fällt ins Aug, daß der Ofen wie das Gebäude im vorderen Teil erstaunlich gut erhalten, im hinteren, als Kachelofen ausgeformten Teil aber erstaunlich stark verfallen ist.

siehe auch: 1.4.4. / 1.4.5. / 1.7.2.3. / 4.14.

### 1.4.3. Funde

Es gab im Haus nichts Nennenswertes zu finden, die wenigen halbwegs bedeutenden Gegenstände werden an den entsprechenden Stellen im zweiten Teil erwähnt.

siehe: 2.9. / 2.10.

### 1.4.4. Der Zerfall

Während im vorderen Teil des Hauses Türen und Fensterläden noch exakt schließen, ist vom hinteren kaum mehr etwas erhalten. Gegen Ende meiner Spurensuche im Haus war mir das Phänomen restlos unerklärlich geworden, es fanden sich nicht viele Steine aus dem Hang in den Räumen. Der Zufall spielte mir dazu eine Quelle in die Hand. Da er mir für die Arbeit bedeutsam erscheint, berichte ich kurz davon:

Die Arbeit war bereits gesetzt, ich bekam die Druckfahne zur Korrektur, der ein Schreiben des Setzers beilag. Er ist wohl einer der wenigen aus der Zunft, die beim Arbeiten mitdenken und nicht stumpfsinnig ein Wort nach dem anderen in die rechte Form zu bringen versuchen, ohne allfällige Widersinnigkeiten zu bemerken. Dieser Setzer hat sogar die gesamte Arbeit in seiner Freizeit gelesen. Er ließ mir zukommen, daß er bezüglich 1.4.1. und 1.4.2. eine mich sicher interessierende Mitteilung zu machen habe. Sein Onkel stamme aus X., wo meiner Meinung nach Karl Ömperdinger gewohnt hat.

Ich setzte mich sofort mit dem Setzer in Verbindung und erfuhr seinen Namen, nämlich Ömerdinger, es mag sein, daß er ein weitschichtig Verwandter des von mir Gesuchten ist. Dieser Herr Ömerdinger gab mir den Hinweis auf die Geschichte von Melitta Angsen[5], wofür ich ihm herzlich danke. Ich schiebe sie an dieser Stelle ein.

---

5) Melitta Angsen sammelte die Märchen aus Schneckenhäusern, wie man in ihrem Testament fand. Sie gab an, daß manche der Häuser eine winzige Bibliothek enthalten, in der noch winzigere Bücher stehen, die mit Hilfe der Linse eines Schneckenauges gelesen werden können.

### *Das Märchen von den zwei Brüdern*

*Hoch im Norden des Landes lebten einst zwei Brüder den größten Teil des Jahres. Gemeinsam fällten sie Bäume, lebten von Jagd, Vorräten und seltenem Nachschub. Wenn die ewige Nacht herandämmerte, die dort für über zwei Monate die Sonne nicht aufgehen ließ, ordneten sie die Stämme zu riesigen Flößen, ketteten sie aneinander und fuhren auf ihnen den Fluß hinunter. Vom Erlös des Verkaufs lebten sie den Winter über in Stockholm in Saus und Braus. Sie warfen das Geld mit beiden Händen zum Fenster hinaus und gebärdeten sich wie Fürsten.*

*Meist werden solche Menschen von anderen zum eigenen Vorteil gebraucht, man läßt sich aushalten und einladen, Frauen und falsche Freunde umringen sie. Die beiden aber wurden gemieden. Sie veranstalteten glänzende Feste, zu denen alle bedeutenden Männer und Frauen der Stadt geladen waren, die fröhliche Stimmung des Beginns gefror jedesmal bereits am frühen Abend und bald saßen die beiden alleine im festlich geschmückten Saal vor dem leergefressenen Buffet. Die Kapelle spielte noch ein oder zwei Musikstücke, ehe sie von den Brüdern ebenfalls entlassen wurde.*

*Immer wieder versuchten sie es und jedesmal nahm alles den gleichen Verlauf. Es hieß, daß sie die Feste veranstalteten, um Frauen kennenzulernen. Obwohl sie stattliche Männer waren, nicht zu groß und nicht zu klein, von kräftigem Aussehen, gesund, dazu mit Redegewandtheit ausgestattet, sie wirkten also auf den ersten Blick durchaus liebenswert, wandten sich alle nach wenigen Minuten des Gesprächs ab, irgendwelche Vorwände für die Entfernung suchend. Alle in Stockholm sprachen darüber, man zerbrach sich den Kopf, warum es so war, warum sie, wie manche erzählten, eine erschreckende Leere ausstrahlten. Den Brüdern schien das nichts auszumachen, im Gegenteil, sie wußten wer und wie sie waren, wie sie wirkten und darüber waren sie nie betrübt.*

*Eines Winters blieben sie aus. Nach anfänglicher Verwunderung waren die Menschen erleichtert und bald waren die Brüder vergessen. Zehn Jahre später wurde am Stadtrand ein riesiger hölzerner Palast errichtet. Niemand kannte den Bauherrn, auch die Arbeiter hatten ihn nie gesehen. Der Zimmerermeister berichtete, daß er in seinem Briefkasten in regelmäßigen Abständen beträchtliche Geldsummen finde, anfangs gab es Baupläne und die Mitteilung, daß der Bauherr am Tag der Fertigstellung erscheinen werde. Alle waren neugierig und so versammelte sich zum Neujahrstag eine gewaltiger Menschenmenge vor dem Grundstück. Am letzten Tag im Jahr waren die letzte Schindel, die letzte Zaunlatte und der letzte Fensterladen befestigt worden.*

*Am frühen Nachmittag erschien ein prächtiger Schlitten, gezogen von zwei weißen Pferden. Die Vorhänge des wie eine Kutsche gebauten Gefährts waren geschlossen. Es folgten viele Wagen mit Gerät und Möbeln, der Zug fuhr durch den Garten zum Hauseingang und hielt. Die Menschen starrten über den Zaun, sahen Träger und Diener, den Hausherrn bekam jedoch niemand zu Gesicht.*

*Als sich die Transportschlitten wieder entfernten, wurden Zettel ins Volk gestreut, worauf zu lesen stand, daß tags drauf die feierliche Eröffnung des hölzernen Palastes mit einem rauschenden Fest begangen werden sollte. Jedermann war dazu eingeladen. Wieder versammelte sich eine große, diesmal festlich gekleidete Menge vor dem Tor. Es war auf die Minute genau acht Uhr, als zwei Diener herbeieilten und das Tor öffneten. In diesem Augenblick brach auch das Feuer aus, schon schlugen die ersten Flammen aus dem Dach.*

*Ohne daß es einer betreten hatte können, brannte es bis auf die Grundmauern nieder. Die Teiche waren dick zugefroren und als man endlich mit Wasser kam, war nichts mehr zu retten. Alle Diener eilten ins Freie, sie erzählten, daß die Bauherrn, ein fremdes Brüderpaar, in ihrem Haus verbrannt wären.*

*Am folgenden Tag erschienen die holzfällenden Brüder wieder in der Stadt. Sie hatten gerade Quartier bezogen, als man ihnen vom abgebrannten Palast erzählte. Sofort brachen sie dorthin auf, suchten aufgeregt in den Trümmern, legten alsbald eine Kellertür frei und verschwanden in der Tiefe. Der Wirt fand am Morgen ihre Zimmer leer, sie waren mit Hab und Gut abgereist, ohne Geld für die Nächtigung zu hinterlassen. Der Mann fand sich um den kleinen Betrag geprellt und schickte den Hausknecht zum Aschenberg, wie der Platz im Volksmund bereits hieß. Vielleicht könne er dort die Brüder noch antreffen.*

*Der Hausdiener fand sogleich die Kellertür und stieg in die Tiefe. Die hölzernen Stufen nahmen kein Ende, er richtete den Strahl der Laterne zur Seite und stellte fest, daß er in einem breiten Treppenhaus nach unten ging. Über zwei Absätze gelangte er in ein riesiges Vorhaus, als er durch das Haustor ins Freie trat, stand er in jenem Park, in dem das inzwischen abgebrannte Haus errichtet worden war. Verwirrt umrundete er den Palast, dabei stellte er zu seinem noch größeren Erstaunen fest, daß auch der abgebrannt war, jedoch nur seine hintere Hälfte. Wie entzweigehackt stand das Gebäude halb vor ihm.*

*Der Mann eilte heim und berichtete das dem Wirt. Eine Gruppe von Männer brach auf, um die Sache zu untersuchen, sie fanden jedoch die Kellertür nicht. Dort, wo nach den Angaben des Hausknechts vor wenigen Stunden eine Tür den Weg in die Tiefe ermöglicht hatte, ragte ein Fels auf. Er war von Asche und Ruß bedeckt, zeigte also Spuren, die darauf hinwiesen, daß er während des Brandes im Haus gestanden sein mußte. So kehrten alle um und verspotteten den verwirrten Hausknecht.*

siehe auch: 1.5.1.2.2. / 1.5.1.3. / 1.7. / 1.8.4. / 1.9.2. / 4.30.

## 1.4.5. Der Geist des Hauses

Es folgen Zitate aus meinen Forschungsaufzeichnungen, sie beschreiben Ereignisse während der Sucharbeiten im Haus:

*1.April 1985:*

*Erste Begehung. Entdeckung eines Neugriechisch-Wörterbuchs, das auf dem Umschlag einen mit Kugelschreiber geschriebenen Namen trägt: Karl Ömperdinger.*

*12.April:*

*Erste exakte Untersuchungen. Als ich mich dem Haus nähere, rutschen Schneereste vom Dach und fallen mir auf den Kopf.*

*Als ich die Türe öffne, fällt sie aus den Angeln und trifft mich am Kopf.*

*Als ich zur Mittagszeit vor dem Haus sitze und die vorbereitete Jause aus dem Papier hole, findet sich darin nicht das Wurstbrot, sondern ein Dachziegelstück, das die Form des Brotes hat. Ich werfe es zornig gegen die Hauswand, es prallt ab und trifft mich am Kopf.*

*Als ich das Haus neuerlich betrete, trifft mich der Kot einer auf den Dachsparren sitzenden Taube auf dem Kopf.*

*17. April:*

*Nach der Lektüre des Büchleins suche ich die Kellertür. Ich schaufle den Schutt aus dem Haus. Als ich nach der Mittagspause das Haus wieder betrete, liegt der Schutt an Ort und Stelle im Haus, als hätte ich nichts gearbeitet.*

*Während des zweiten Versuchs lege ich eine kleine Bodenluke frei. Ich zerre den schweren Stein zur Seite und stehe vor einer gefüllten Senkgrube. Als ich sie rasch wieder schließen will, fällt der Stein hinein. Alles, womit ich die Öffnung schließen will, fällt hinein.*

*23. April:*

*Im Haus stinkt es entsetzlich, obwohl alle Fenster und die Tür geöffnet sind.*

*Als ich einen Balken aus dem Haus zerre, fällt er mir auf den rechten Fuß.*

*Als ich in den ersten Stock steige, bricht das dritte Brett der Holzstiege, ich verstauche mir den rechten Fuß.*

*Als ich die Rückwand des Hauses auf einen Hohlraum abklopfe, bricht ein Stein aus der Wand und fällt mir auf den rechten Fuß.*

*Als ich in den Spalt zwischen Hauswand und Fels steige, bleibe ich mit dem rechten Fuß hängen. Ich muß den Schuh zurücklassen, kann ihn wegen der Tiefe des Spalts nicht erreichen.*

*Als ich aus dem Haus trete, verletze ich mich an der rechten Fußsohle.*

*18.Mai:*

*Es bleibt nur mehr eine Möglichkeit: Der Ofen ist die Tarnung für den Kellereingang. Als ich die Ofentür öffne und hineintaste, verbrenne ich mir die rechte Hand am glühenden Holz - die Ofenplatte ist jedoch kalt!*

*Ich entferne die riesige Herdplatte, schaufle die Glut heraus, kühle den Ofenrost mit Wasser. Trotzdem verbrenne ich mir daran nochmals die rechte Hand.*

*Der Ofen läßt sich rasch zerlegen. Bald zeigt sich ein Gang, der steil hinunterführt. Eine Leiter ermöglicht den Abstieg. Als ich zwei Meter tief geklettert bin, verbrenne ich mir die rechte Hand an einer glühend heißen Holzsprosse.*

*In vier Metern Tiefe stehe ich in einem Schacht. Die Taschenlampe erlischt. Ich wechsle die Batterie, als ich die Lampe wieder einschalte, wird sie glühend heiß und verbrennt mir die rechte Hand.*

*Trotz langer Suche finde ich keinen Weiterweg. Die Wände und der Boden sind fest, es gibt keine Fugen oder Hinweise auf eine verborgene Tür. Ich steige hinauf, setze den Ofen zusammen, jetzt ist die Herdplatte heiß und ich verbrenne mir die rechte Hand.*

siehe auch: 1.5.1.4.

## 1.5.1. Der Boden

### 1.5.1.1. Die Decken

Bohrt man an jenem Platz, wo das Haus errichtet wurde, in die Tiefe, müßte man folgendes vorfinden:

An der Südseite tritt fester Kalkstein auf, er bildet auch diese Wand des Tals. Die Klippe erreicht im Haubenstock (863 m) noch innerhalb der Gemeindegrenzen den höchsten Punkt. Nördlich und südlich finden sich darüber Schotterterrassen. Der Kalkstock ruht auf Schiefer, darunter erscheint fester, wasserundurchlässiger Basalt. Diese Decken, eine über die andere gelegt, reißen ab, wahrscheinlich auch unter dem Tal, werfen Falten und finden an anderen Stellen, oft um hundert oder mehr Höhenmeter verschoben, ihre Fortsetzung.

Über die Ursache der Deckenverschiebungen stellt der Geologe Gerard Travoir eine interessante Hypothese auf:

*Der Deckenbegriff:*

*Dieser Begriff ist nichts als Irreführung, legt er doch zugrunde, daß zu gewissen Zeiten des Erdalters gewisse Gesteinsformationen entstanden wären und sich übereinandergelegt hätten. Unser Team aber mußte feststellen, daß unser Bild der Erdgeschichte unrichtig ist. Ja selbst die Begriffe "tote Materie", "tote Erde" und "anorganisches Material" erscheinen uns zu unserer eigenen Verwirrung heute fraglicher denn je. Wir glauben beweisen zu können, daß der sogenannte Himmelskörper Erde einst ein lebendiges Wesen war. und daß wir auf der Oberfläche eines riesigen Leichnams leben. Jene Gesteinsdekken erscheinen uns wie Kleidungsschichten, die das amöboide Kugelwesen im Todeskampf zerfetzte und sich vom zuckenden Leib zu reißen versuchte. In ihrem Erstarren haben sie die uns heute vorliegenden, sogenannten Decken entstehen lassen, betrug doch die Körpertemperatur des Kugeltiers zu dessen Lebzeiten gegen 3500 Grad Celsius.*

Gerard Travoir erhielt daraufhin den Spitznamen "Geramibe", also "Amöbengerhard". Er wurde von der traditionellen Wissenschaft lächerlich gemacht und forschte als Privatmann weiter. Knapp vor seinem Tod 1971 trat er ein letztes Mal an die Öffentlichkeit. Er gab zu, daß er sich in jenem Aufsatz geirrt hatte, nur lag die Richtung des Irrtums dem entgegengesetzt, was die offizielle Wissenschaft gerne gehabt hätte.

Nach seinen letzten Forschungen lebt das Kugelwesen noch, es ist zwar etwas abgekühlt, doch an Thermalquellen und anderen vulkanischen Erscheinungen kann man noch immer die Lebenskraft des Tieres feststellen, Erdbeben zeigen seine Bewegungen. So erklärt sich die heilende Kraft der Thermalquellen, die selber kondensierte Lebenskraft sind. Im Testament fand sich der Satz:

*"Das Tier ruft mich, ich spüre, wie es meine Lebenskraft aus mir zu saugen beginnt."*

siehe auch: 1.7. / 1.8.2.3. / 1.12. / 2.1.6. / 4.3. / 4.12. / 4.15. / 4.24. / 4.31.

### 1.5.1.2. Tektonische Brüche

#### 1.5.1.2.1.

Jeder Geologe wird beim ersten Blick in jenes Seitental nördlich des Haubenstocks sagen, daß es sich damit wie mit allen anderen Tälern verhalten wird: An der Kante zwischen hartem Kalk und lockerem Schotter schwemmte im Lauf der Jahrtausende das Wasser die eiszeitlichen Kiesel und Felsbrokken hinaus in den Fluß, es hatte wenig Mühe, die zu brüchigem Konglomerat verbackenen Steine zu lösen. So erklären sich auch die steilen Wände. Das Wasser grub sich derartig rasch in den Boden, daß die übrigen Kräfte der Verwitterung nicht dazukamen, die Seitenwände verflachen zu lassen, nur stellenweise zeigen sich die ersten Ansätze dafür.

Dazu meint Frau Dr. Maria Battivi[6] aus Parma:

---

6) Dr. Battivi kam erst spät zur Geologie. Sie war Assistentin am völkerkundlichen Institut, als sich über Nacht in ihrem Garten ein vier Meter langer, einen Meter breiter und zwei Meter tiefer Spalt auftat. Sie begann das Phänomen zu untersuchen, wohl aus Angst, daß so ein Ereignis auch ihr Haus betreffen könnte. Die Untersuchungen ergaben, daß in acht Metern Tiefe ein Gesteinsquadern mit genau diesen Maßen

verschwunden war. Bis heute blieb unklar, ob sich dort bereits länger eine so geformte Höhle befunden hatte.

*...Wer genauer blickt, findet an manchen Stellen der als tektonische Grabenbrüche bekannten Täler Seitenrisse. Ein Hinweis ist der im allgemeinen exakt geradlinig oder wie eckig gerissen verlaufende Graben. Üblicherweise entstehen durch die innere Dynamik des Wassers Mäander und runde Biegungen. Auch sind solche Gräben oft für die Wasserführung der Bäche zu tief eingeschnitten....*

siehe auch: 4.28.

## 1.5.1.2.2.

Der Pole Zbignjew Wischitzniewsky[7] meint in seinem allgemein als Standardwerk über tektonische Brüche bezeichneten Hauptwerk:

---

7) Wischitzniewsky widmete sich in den letzten Jahren ausschließlich seinem Hobby, der exakten Messung der Schwerkraft. Dabei will er herausgefunden haben; daß über manchen Quellen die Schwerkraft kurzfristig schwankt, was er zu seinem Bedauern trotz intensivster Bemühungen nie direkt beobachten und messen hatte können. Über Wasseradern hingegen maß er mehrmals, daß die Konstante dort um einen Bruchteil an der dritten Stelle nach dem Komma erniedrigt war.

*Nicht bekannt ist hingegen, daß manche an diesen Bruchlinien auftretende vulkanische Erscheinungen, Geysire, warme Quellen und Vulkane, im Falle einer sich nach unten erweiternden Ausformung des Bruchs an Ort und Stelle übliches Material - Basaltbrocken, Kalkklippen etc...- nach oben drücken und so der natürliche Ausgang verstopft wird. Öffnet man den unter Überdruck stehenden unterirdischen Raum, oder öffnet er sich durch ein Erdbeben, so kann es sein, daß jener Verschlußbrokken absinkt und die ursprüngliche Öffnung wieder freigibt. Dies berichtet Timothy Jenkins von einer Gasbohrung in Alaska. Am Tag der Eröffnung des Gasvorkommens strömte das Gas mit ungewöhnlich hohem Druck aus, als man die Lage in den Griff bekam, erzählte ein von der Jagd zurückkehrender Arbeiter, daß in etwa vier Kilometern Entfernung ein von ihm immer wieder bestiegener Hügel verschwunden war. An seiner Stelle gähnte ein riesiges Loch, aus dem Gas aufstieg.*

siehe auch: 1.3. / 2.8.2.

### 1.5.1.3.

Auf Grund der in 1.5.1.2. zitierten Quelle findet sich im wissenschaftlichen Grundlagenteil die "Sage vom Krumperer Lois". Sie stammt aus dem Band "Deutsche Erde, Deutsche Sagen", gesammelt von Gerfried Hacker[8].

---

8) Im Testament Hackers fand sich ein Hinweis darauf, woher er die Märchen hatte: "So gelang mir die Entzifferung der Runen auf alten Opfersteinen. Jede der Runen enthält eine Geschichte in Kurzform, sie enthält das Wesen der Geschichte, den Kern der Aussage. Aus diesen Kernen formte ich die Märchen. Wird etwa erzählt, daß Karl von Gerheim den Bären mit bloßen Händen gewürgt und vor den Pflug gespannt hat, so meint die Rune, daß einer etwas allgemein als stärker und kräftiger Angesehenes gebändigt und verwendet hat. Daraus ließen sich viele Märchen formen, bis hin zur Erfindung der Wasserstoffbombe und anderen Errungenschaften der heutigen Zeit, in der die lange als stärker geltende Natur gebändigt wird.

Die Geschichte des verrückten Regenwurms, der alle Regenwürmer seiner Wiese ins Feuer führt, mag aus heutiger Sicht wie eine Parabel auf Adolf H. klingen. Leider kann diese Spur von mir nicht weiter verfolgt werden. Sie würde bedeuten, daß die Inhalte der Runen nicht Geschichten und Märchen sind, wozu ich sie gemacht habe, sondern Prophezeiungen von zukünftigen Ereignissen. Möge ein anderer Nachforschungen in dieser Richtung anstellen."

*Im zukünftigen Gau Oberdonau lebte einst ein Bauer, der durch seinen Tod zu diesem Namen kam.*

*Es war in einem kleinen Dorf am Alpenrand, wo zwischen zwei Bauern erbitterter Streit ausbrach. Die beiden schürten ihn, statt ihn zu schlichten, jeder versuchte für seinen Standpunkt Verbündete zu finden und nach ein paar Monaten war wegen eines angeblich um einen Meter versetzten Grenzsteins das Dorf in zwei Parteien gespalten.*

*Die Bewohner von Hang und Hügel hielten zum einen, die draußen im Flachland zum anderen. Die am Berghang hatten schon immer die anderen beneidet, dort lagen die größeren Höfe und das fruchtbarere Land. Als es zu den ersten Handgreiflichkeiten kam, beschloß der Pfarrer einzugreifen. Der unselige Streit mußte ein Ende finden. Mit aller Kraft setzte er sich für die Schlichtung ein und endlich wurde sein Vorschlag angenommen: Ein Gottesurteil sollte über den schmalen Streifen Landes entscheiden.*

*An einem Maitag versammelten sich nahezu alle aus dem Dorf, der Pfarrer stand in der Mitte zwischen den Parteien, legte die Grenzen fest und gab die Aufgabe bekannt: Jeder solle auf seiner Seite eine Ackerfurche anlegen, Kartoffel setzen und das Jahr abwarten. Wer im Herbst die größte Kartoffel ernten konnte, war der Sieger, ihm gehörte der Streifen.*

*Nun war dieses Jahr besonders reich an Regen und Unwettern. Ein Hagelschauer nach dem anderen brach über das Land herein, zerstörte Ernten und Bäume, ja selbst die robusten Kartoffeln wurden im Wuchs behindert. Um den Wettstreit zu gewinnen, ließen sich die Bauern viel einfallen. Schließlich bauten sie sogar über ihre Reihe hölzerne Schutzdächer gegen die Eiskörner, sie düngten, jäteten und pflegten die Saat.*

*Gegen Ende August, die Pflanzen gediehen prächtig und vom kleinen Acker war eine riesige Ernte zu erwarten, ballten sich schwarze Wolken über dem Dorf zusammen. Ein bis dahin noch von keinem erlebtes Unwetter brach los. Aus Angst um ihre Kartoffel liefen die beiden als einzige hinaus ins Freie. Sie trafen sich bei den Ackerfurchen. Da ertönte ein ungeheurer Donnerschlag, der den ganzen Ort erzittern ließ, die Erde tat sich auf und verschlang beide samt ihren Kartoffeln.*

*Die Leiche des einen wurde drei Tage später flußabwärts angeschwemmt, der andere Bauer, jener von der Bergseite, blieb verschwunden. So hieß es bald, daß die steinerne Säule im tiefen Tal der bestrafte Krumperer Lois sein soll.*

siehe auch: 1.5.1.2.2. / Teil Drei,1978 / 4.17.

### 1.5.1.4. Der Riß

Wie in 1.4.5. erwähnt, fand sich im Haus ein altes, verwittertes Büchlein. Es war an vielen Stellen unleserlich. Nach Aussage eines Experten stammt das Büchlein aus dem 17. Jahrhundert.

Der Erbauer des Hauses, ein Karl Ömperlinger, war adeliger Herkunft. Er stammte aus dem Geschlecht der Schaunberger, verleugnete seine Herkunft und ließ sich unter obigem bürgerlichen Namen in X. nieder, wurde Totengräber und errichtete mit seinem Vermögen das Haus. Es liegt zweifellos ungünstig, doch die Entdeckung Ömperlingers war die Ursache, daß er ausgerechnet dort baute. Es gab einen Gang in die Tiefe, der nur ihm als Eingeweihten zugänglich war.

Der Gang führte durch einen breiten Riß, der Fortsetzung der oberirdisch als Gabelung des Felssporns sichtbaren Ausformung, in die Tiefe. Über hölzerne Leitern und zwei künstliche, spiralförmige Tunnel, die versperrte Teile des Spaltes überwinden, gelangte er in eine Höhle.

Leider fehlen die Stellen, an denen vermutlich beschrieben wurde, wie der Gang gefunden werden kann und wie der möglicherweise vorhandene Öffnungsmechanismus im Loch unter dem Herd zu betätigen ist. Ich zitiere wörtlich:

*"Trotz der völligen Finsternis und dem Fehlen jeglicher Lichtquelle ist alles deutlich sichtbar und erkennbar. Es ist dort hell wie an einem Sonnentag, doch das Licht ist von anderer Art, es erscheinen keine Schatten.*

*Dort blühen Blumen, ähnlich unseren Rosen, man riecht den Duft des Lebens, die Steine blühen und gedeihen, als wären sie und die Erde ein lebendiges Wesen. Unten ist es warm, ein kühler Quell springt aus der Wand des runden Saales. Tage vermag man dort zu verbringen, ein liebliches Singen steht in der Luft, das verzaubert und berührt, manchmal zu Tränen, manchmal zu seligem Lachen. Im Nebenraum, düster und kleiner, wohnt der Tod.*

*Mehrmals versuchte ich den Zugang in die dunkle Höhle zuzumauern, schon am folgenden Tag aber waren die Steine verschwunden, als hätte ich sie nie dorthin geschleppt und mit Mörtel verbunden. Zuletzt verschloß ich das Loch mit einem schweren Eisengitter, auch das war wenig später spurlos verschwunden.*

*Schon der Blick zur Höhle läßt mich vor Kälte erschaudern, dort unten erst kam mir zu Bewußtsein, wie nahe Tod und Lebensfülle beieinander liegen. Sie sind ein Ding, Leben und Tod sind von gleicher Qualität, miteinander verwandt wie der Vormittag und der Nachmittag, wie der rechte und der linke Schuh. Sie sind ebenfalls aus gleichem Material gefertigt, nur der Ort läßt sie gegensätzlich sein. Weil eine Höhle hier ist, ist sie Leben, weil die andere dort ist, ist sie Tod. Könnten die beiden zusammenkommen, so wäre nichts, weder Leben noch Tod, was ich mir nicht vorstellen kann. Tatsache ist, daß sich an der Grenze der Räume alles auflöst."*

Später:

*"So denke ich, daß das Leben wie Feuer, der Tod wie Wasser ist. Gießt man Wasser ins Feuer, so verdampft es und verschwindet, desgleichen erlischt das Feuer. In der Vermischung vernichten sie einander und nichts bleibt zurück: Weder Wasser noch Feuer."*

Auf den nächsten Seiten gibt es durch große Lücken unzusammenhängende und daher nicht verständliche Ausführungen darüber, warum er Totengräber wurde und warum er seine Herkunft verleugnete. Eines ist jedoch wieder deutlich lesbar:

*"So scheint mir, daß der Platz die Quelle des Lebens und des Todes ist. Durch eine Teilung des Nichts in zwei Hälften, eine lebendige und eine tote, ist alles geworden. Welche Kraft die*

*beiden auseinanderhält, vermag ich nicht zu sagen. Es ist ein Zustand, als überquere ein Artist auf morschem Seil eine Schlucht. Ständig droht die Gefahr, daß das Seil reißt und der Artist abstürzt, niemand kann sagen, wann das geschehen wird."*

siehe auch: 1.5.1.2.1. / 1.8.2.3. / 1.13. / 1.14.2. / Teil Drei / 4.11.1. / 4.13. / 4.15 / 4.27.

### 1.5.2. Die Erdschicht

Der Erdboden des sichelförmigen Platzes um die Felsnadel besteht aus erstaunlich dunklem und fruchtbaren Humus. Trotz der ungünstigen Licht-und Temperaturverhältnisse findet sich an manchen Flecken nahezu üppige Vegetation.

Leider gibt es dazu keine Quellen. Das Phänomen wurde bisher von keinem Forscher entdeckt, dürfte somit äußerst selten sein. Es handelt sich um eine dunkle Erde, wie sie selbst durch intensive Bodenpflege kaum erreicht werden kann.

siehe auch: 1.6. / 4.12. / 4.18.

## 1.6. Die Pflanzen

### 1.6.1. Büsche und Stauden

Nach Höhe und Art des Bewuchses von Anfahrtsweg und Kesselgrund dürfte der Platz seit 10 bis 15 Jahren nicht mehr gepflegt worden sein. Er ist heute verwildert, es erscheinen schon über vier Meter hohe Büsche, zwei Vogelbeerbäume, junge Weiden am Bachrand, Haseln und Erlen. Die Weißdornbüsche können schon älter sein. Es fällt auf, daß sieben kreisrunde Flecken mit einem Durchmesser von drei Metern frei von Büschen und Bäumen sind.

Der Schweizer Botaniker Dr.Luigi Montavista[9] beschreibt dazu passend eine nördlich des Mönch gelegene Hochweide.

9) Montavista hatte übrigens seinen größten Erfolg mit seinen winzigkleinen Modellflugzeugen, die er Modellen von Flugzeugen nachbaute. Im Gegensatz zu den Vorlagen aber konnten seine wie echte Flugzeuge fliegen, in der Luft kollidieren und abstürzen. Er hielt sie in einem Glaskasten, den er "Aerovivarium" nannte und dessen Deckel wie eine Vergrößerungslinse geschliffen war. Um die Flugzeuge zum Fliegen zu bringen, sprühte er etwas Wasser in den Kasten und entzündete darunter drei oder vier Kerzen. Dazu erklärte er, daß seine Flugzeuge aus Feuersporen geschnitzt wären, jedoch nicht aus den faustgroßen, die nach Großfeuern über das Land laufen, sondern den kleinen aus einem Koksofen.

*Alpigeralp*

*Schon bei meinem ersten Besuch der Alpigeralp 1902 fiel mir im Alter von zwölf Jahren die Besonderheit der Vegetation auf. Der Eindruck sollte mich nicht mehr verlassen, er bestimmte meine Berufswahl und somit mein Leben. Ich habe nie etwas anderes getan, als mich diesem Phänomen zu widmen, jetzt, wo ich die Stunde des Todes nahen fühle, fasse ich das Ergebnis der Arbeiten zusammen.*

*Das Besondere an der Alpigeralp sind runde Buschgruppen. Nun wird jeder sagen, daß das nichts Besonderes ist. In diesem Fall aber sind sieben Buschgruppen regelmäßig angeordnet, kreisrund, keine über vier oder unter drei Metern im Durchmesser und keine ist künstlich angelegt. Sie werden nicht durch Rodung, Schnitt oder die grasenden Kühe in dieser Form gehalten. Die wissenschaftlichen Belege und Tabellen für die jetzige Zusammenfassung finden sich in manchen Artikeln, der Großteil liegt bei meinem Rechtsanwalt Dr. Josef Störli in Zermatt und darf erst nach meinem Tod geöffnet werden.*

*Wie mehrmals beschrieben, liegt die Alm im Schatten des Mönch, der sie im Süden um zweitausend Meter überragt, durch einen rechts und links herablaufenden Grat wird verhindert, daß auch die Morgen-oder Abendsonne die Stelle erreichen könnte. Sie liegt immer im Schatten.*

*Betrachtet man die Alm aus einem Flugzeug oder auf einer Planskizze, so ist es, als stünde man an einem windstillen Herbsttag unter einem mächtigen Laubbaum, die wenigen noch haftenden Blätter verdunkeln den hellen Kies des Platzes wie die Flecken einer Hautkrankheit.*

*Diese Anregung stand am Anfang meiner Arbeit, ich fand sie in einem absurden wissenschaftlichen Werk aus der jüngsten Zeit, das sich nur am Rande auch mit Kreisphänomenen in Geologie, Botanik und anderen Gebieten der Forschung auseinandersetzt. (Renoldner, Andreas, "Sprechprobe", Neuzeug 1989)*

*Bekannt sind Hexenringe von Pilzen. Dabei wachsen die Fruchtkörper in Ringen, etwa beim Nelkenschwindling (Marasmius oreades), um einen der typischsten Fälle zu nennen, an der Stelle des Erscheinens stirbt das Gras ab, da die Pilze ein für Gras tödliches Gift enthalten. Diese Spur verfolgte ich über viele Jahre. Irgendetwas, vielleicht eine Krankheit des Bodens, vernichtet in den runden Flecken Gras und Blumen, in der Folge siedeln sich Büsche an, die sich auf Almen wegen der unablässig grasenden Kühe nicht ansiedeln können. Das Buschleben ist eine Folge des Gräsertodes.*

*Meine Studien zu Lebensgemeinschaften, intensive Beschäftigung mit dem Bodenleben bis hin zu Einzellern und schließlich die Analysen der chemischen Zusammensetzung des Bodens brachten es zutage: Die selbst etwa kreisrunde Almfläche enthält an jenen Stellen, wo die Büsche wachsen, erstaunlich hohe Mengen an sonst nur in winzigen Spuren enthaltenen Elementen.*

*In der Folge zog ich einen Geologen bei, der mir nach jahrelangen Versuchen und Bohrungen die Ursache erklärte: Ein unübliches, unterirdisches Gangsystem mündet in dieser Alm in einer Art Sieb, wodurch Wasser langsam aufsteigt und den Boden mit den Stoffen anreichert. Ich wollte schon die Arbeit abschließen, als ich von einem Hobbybotaniker an der Südseite des Mönch hörte, der dort seit Jahren die Erklärung für ein ähnliches Phänomen suchte: In einem dichten Gestrüpp aus Büschen entdeckte er sieben kreisrunde Grasflächen, die immer drei, nie aber vier Meter im Durchmesser haben. Darunter befand sich ebenfalls ein siebartiges Gangsystem.*

*Die beiden Erscheinungen hängen zusammen. Während üblicherweise Diffusion und Molekülbewegungen in einem Medium zu einer gleichen Verteilung der Inhaltsstoffe an allen Punkten sorgen, wirkt dieses Gangsystem wie ein Polarisator. Alles, was das Wachstum von Büschen fördert, wird an die Nordseite transportiert, alles, was Gras erscheinen läßt, an die Südseite. Negativ formuliert reichert sich im Norden der Tod der Wiese, im Süden der Tod der Büsche an.*

*Ich sage das deshalb so pointiert, weil ich das Geheimnis gelüftet zu haben glaube: Das Geheimnis der Trennung von Leben und Tod. Auch diese Arbeit liegt bei meinem Rechtsanwalt. Eine Liste der Personen, die sie lesen dürfen, liegt bei.*

siehe auch: 1.5.4. / 4.11.1. / 4.12. / 4.15.

## 1.6.2. Die Grasflecken

Was die Vegetation auf den kreisrunden Flecken angeht, zitiere ich den schottischen Forscher Patrick Lornsay[10], der die Arbeit 1907 in Inverness veröffentlichte.

---

[10]) Lornsays bekannteste Arbeit, sie war zum Zeitpunkt ihres Erscheinens sogar aufsehenerregend, ist die inzwischen wieder vergessene Studie "Vom Leuchten" (Inverness 1892). Darin behauptet er, daß Körper wie ein Chamäleon die Farbe ändern. Diese Änderung steht im Zusammenhang mit dem Zustand des Körpers. Licht in verschiedenen Farbtönen ist die Sprache der Materie. Zwischen den Polen Licht und Dunkel liegt nach Lornsay das Spektrum der Farben, Gelb nahe dem Licht, Blau nahe dem Dunkel. Die einander bekämpfenden Pole erreichen in jedem Körper eine Pattstellung. Diese Stellung gibt die Farbe, sie ist immer eine Mischung aus Leben und Tod, einmal dem einen, dann dem anderen näher.

Als Beweis führt Lornsay die schwarze Erde an, die aus verrotteten Pflanzen, also verstorbenen Lebewesen besteht, auf der Gegenseite spricht er von den Farben des Wassers: Die weiße Helligkeit eines Wasserfalls, die Gischt des Meeres. Je nach

Zustand zeigt das Wasser auch Abstufungen. Das ruhende Meer wird dunkler und blau, modrige Tümpel sind schwarz.

"Je dunkler, desto näher dem Tod."

Dieser Merksatz war für Lornsay der Beweis, daß es keine tote Materie gibt, sie ist nur manchmal tot.

Auszug aus: "Die Vegetation":

*"Betrachtet man die für bestimmte Standorte typischen Pflanzen, so findet man das schönste Beispiel an nordseitigen Stellen von Hügeln, in Schluchten und anderen Vertiefungen, alles Stellen, die die Sonne nie erreicht. Dort wachsen Gesellschaften, die zum Schutz vor der Kälte dicht behaart sind. Die Pflanzen hüllen sich in einen Pelz, um trotz der ewigen Kühle gedeihen zu können. So findet man Disteln, bepelzte Blattpflanzen und das bekannte Wollgras."*

siehe auch: 1.5.1.1. / 1.13.

## 1.7. Die Luft

### 1.7.1. Die ruhende Luft

Bevor der entsetzliche Senkgrubengestank, den ich durch meine Ungeschicklichkeit wie einen bösen Geist aus der Erde gelassen hatte, langsam den Kessel zu erfüllen begann und alle zuvor erfühlten Eindrücke zerstörte, empfand ich die Luft wie in folgender Geschichte. Sie wurde von Raisa Potzkow[11] aufgezeichnet.

---

11) Frau Potzkow erzählte einmal, wie sie zu ihren Erzählungen kam. Westlich des Kaukasus am Asowschen Meer kannte sie einen Platz, an dem manchmal Menschen mit dunklen Gesichtern lagerten, Menschen, die alle Sprachen verstanden, die die Straßen der Vögel kannten und die sich die Freiheit nahmen, zu sein oder nicht zu sein. Von diesen Dunklen, die wie Elfen und Gnome den Menschen nur sichtbar waren, wenn sie selber es wollten, hatte sie die Lage einer Quelle erfahren, über der an warmen Sommerabenden die Mückenschwärme Zeichen einer uralten Schrift in die Luft malten. Jedes war der Kern eines Märchens, um die sie die Märchen formte. Den Schlüssel zu den Zeichen hatten ihr ebenfalls die Dunklen gezeigt.

Aus: “Geschichten aus den kaukasischen Bergen”

*Einst suchte man tagelang nach einem verschollenen, halbwüchsigen Schafhirten und seiner Herde. Schon wollte man mit dem großen Klagen beginnen, der Bursch war sehr beliebt gewesen, als der Totgeglaubte zurückkehrte. Es fehlten zwar drei Tiere aus der Herde, die anderen aber waren dick und rund, als hätten sie nicht den Sommer über in den Bergen, sondern im Tal auf den fettesten Weiden gegrast. Er blieb in der Freude schweigsam und still, nur seine Augen leuchteten, als habe er ein Wunder gesehen.*

*Ein großes Freudenfest wurde veranstaltet, man schlachtete einige der Schafe und ihr Fleisch war wie Himmelsbrot, zart und fest, alle versicherten, noch nie in ihrem Leben so köstliche Spieße mit Fleisch und Innereien gegessen zu haben. Im Winter stellte sich heraus, daß die Wolle der Tiere von unglaublicher Festigkeit, gleichzeitig aber weich wie der Flaum junger Enten war. Als wieder die Zeit kam, um die Herden auf die Sommerweiden in die Berge zu schicken, wollten alle Bauern dem Burschen ihre Tiere mitgeben. Er nahm nicht mehr mit als zuvor, versprach aber, jedes Jahr mit einer anderen Herde zu gehen.*

*Wieder brach er auf und kehrte länger als üblich nicht zurück. Diesmal suchte niemand nach ihm, alle warteten gespannt auf seine Rückkehr und das Ergebnis war noch beeindruckender: Die Schafe waren noch dicker, ihr Fleisch schmeckte noch besser, die Wolle war noch fester und weicher. Es fehlten zwar sieben Tiere, angesichts des Zustandes der restlichen Herde wurde das aber nicht beanstandet.*

*Als der Hirt im dritten Jahr wieder loszog, folgte ihm einer der Bauern, obwohl es der Bursch ausdrücklich verboten hatte. Den Seinen erzählte er, er habe im Winter sein Gewehr vergessen, er erinnere sich genau an den Platz und wäre spätestens in einer Woche wieder zurück.*

*Mit Mühe konnte der Mann der Herde folgen, denn die Tiere liefen wie junge Pferde dahin, sie wußten, wohin sie der Hirt treiben wollte. Drei Tage lang ging es durch ödes Bergland, die Schafe liefen Tag und Nacht, bis sie einen schmalen Einschnitt am Fuß eines Berges erreichten. In einer Reihe verschwand die Herde darin, wie der Bauer, der hinter einem Stein versteckt stand, beobachten konnte. Zuletzt betrat der Hirt mit seinem Hund den Gang und wendete sich ein letztes Mal, ohne den Verfolger zu entdecken.*

*Nach einigen Stunden wagte sich der Bauer neugierig in das trockene Tälchen. Es war so schmal, daß höchstens zwei Schafe nebeneinander darin gehen konnten. Kalte Luft und Dämmerung machten den Platz unwirtlich. Plötzlich öffnete sich vor dem Mann ein großer Kessel, der mit pelzigen Pflanzen bewachsen war und ebenfalls in ewigem Schatten lag. Der Boden hatte viele Vertiefungen, in jeder der Gruben lagen drei oder vier Schafe zusammengekauert, sie streckten die Köpfe in die Luft und schnaubten, dann und wann kauten sie an einem Blatt. In einer Grube lag der Bursch mit seinem Hund, auch sie hatten die Augen geschlossen und atmeten tief.*

*Der Mann kehrte um, da entdeckte er in einer der Gruben ein Schaf, das die ersten Zuckungen des Todes zeigte. Sofort lief er hinunter und wollte es untersuchen, das Tier aber wehrte sich mit aller Kraft. Dabei traf es ihn mit einem Huf am Kopf und er sank für einen Moment bewußtlos zusammen. Als er wieder zu sich kam, fand er sich in der Grube neben dem toten Tier. Er fühlte sich schwach und spürte, wie ihn seine Lebenskraft rasend schnell verließ, sie stieg mit der Luft aus seinem Mund auf und floß wie ein flimmernder Schatten hinüber zu jener Vertiefung, in der der Bursch lag. Mit letzter Kraft versuchte der Bauer zu entkommen, er schleppte sich den kurzen Hang hinauf, doch es gelang ihm nicht mehr. Er starb mit einem letzten tiefen Seufzen, sein letzter Blick über den Grubenrand zeigte ihm unzählige flimmernde Spuren kreuz und quer durch die Luft des Kessels ziehen, sie kamen aus vier Gruben und verteilten sich im gesamten Raum, glänzten wie kleine Sonnen und wärmten die Luft.*

*Im Herbst kehrte der Bursch mit seiner Herde zurück. Die Tiere waren wohlgenährt und fröhlich wie immer, nur der Bursch, der in der kurzen Zeit zu einem Riesen gewachsen war, verkündete, daß er nie mehr Schafe hüten gehen werde. Als man ihm berichtete, daß einer aus dem Dorf vermißt werde, weinte er bitterlich und fastete siebzig Tage und Nächte.*

siehe auch: 1.2.2. / 1.5.4. / 1.6. / 1.8.3. / 1.13.2. / 1.14. / 1.15. / Teil Drei / 4.3. / 4.12. / 4.21. / 4.29.

## 1.7.2. Die bewegte Luft

Nur die in der Gegend häufigen Wetstwinde erreichen den Kessel. Leichte Brisen verebben bereits im ersten Teil der Schlucht, sie bleiben an den Vorsprüngen der Wände und schließlich am Felssporn hängen, beim Holzschuppen bewegt sich kein Gräslein. Weht der Wind aber stark, dann ist es, als presse er sich durch die Enge. Er beschleunigt zu ungeheurer Geschwindigkeit und tost wie ein Orkan, immer wieder werden Bäume entwurzelt. Während oben im Ort gerade die Fahnen zu flattern beginnen, dröhnt es aus dem Tal hinauf. An den Felszakken bricht sich die Luft, es erhebt sich ein Pfeifen, Winseln und Stöhnen, als wänden sich hunderte Tiere einer verendenden Herde in Todesschmerzen.

Bläst im Ort ein richtiger Sturm, dringen aus dem Kessel Laute, wie man sie der Wilden Jagd zuspricht. Dann vermag unten keiner mehr aufrecht zu stehen, sogar Grasbüschel werden aus der Erde gerissen und die Macht der bewegten Luft teilt den Bach, sodaß man trockenen Fußes ans andere Ufer gelangen könnte.

1.7.2.1.

Eine alte Frau erzählte dazu:

*Eines Tages schwebte ein Ballon aus dem Westen daher. Als er in die Nähe des Dorfes kam, erhob sich starker Wind. Der Ballonfahrer hatte keine Sandsäcke mehr an Bord und konnte nicht höhersteigen. Um nicht gegen die ersten Häuser geworfen zu werden, zog er die Reißleinen und versuchte im flachen Teil des Tals zu landen. Schon liefen ein paar Männer hin, um den Korb zu halten, als er in den Sog der Schlucht geriet und mit einem Schlag rasend schnell beschleunigte.*

*Wenig später erschien der in der Schlucht wohnende Mann im Dorf und berichtete, daß ein Ballon in die Schlucht gestürzt war. Er war am Felssporn hängen geblieben, der Korb jedoch hatte sich losgerissen. Der Sturm hatte ihn nicht abstürzen lassen, sondern weiter durch die Schlucht geblasen, als wäre er noch am Ballon gehangen.*

*Tatsächlich wurden Tage später Teile des Korbes und Utensilien daraus, darunter ein in fremder Sprache abgefaßtes Büchlein, flußabwärts angeschwemmt gefunden. Vom Ballonfahrer aber entdeckte man keine Spur.*

1.7.2.2.

Ein alter Mann erzählte die Geschichte so:

*Ein reicher Bauer aus der Nachbargemeinde wollte unbedingt mit einem Ballon fahren. Allen Warnungen zum Trotz beschaffte er sich einen und stieg unter Anleitung in die Luft. An diesem Tag wehte starker Wind und er wollte bis ins Ungarische kommen. In seiner Aufregung, das Ungetüm erhob sich tatsächlich mit ihm in die Luft, verwechselte er die Anleitungen und warf nicht einen Sandsack ab, sondern zerrte an den Reißleinen. Sofort sank der Ballon wieder und geriet in die Schlucht, wo ihn der Wind gegen den Felssporn warf. Daran zerschellte das Luftgefährt, der Korb blieb heil hängen. Als sich der Wind gelegt hatte, stieg man über eine Leiter hinauf, fand den Korb aber leer. Vom Bauern fehlt bis heute jede Spur.*

#### 1.7.2.3.

Eine andere Frau erzählte die Geschichte so:

*Nach ihrem Bericht ging es wie im ersten zu. Der Wind trieb den Ballon gegen den Felssporn, wo er zerriß. Durch die Wucht des Aufpralls pendelte der elastische Weidenkorb mit dem Fremden wie eine Jahrmarktsschaukel zurück, beschrieb einen senkrechten Kreis und krachte auf das Dach des Hauses. Der Ballonfahrer fiel dabei geradewegs in den Kamin.*

*Als der Hausbesitzer am Abend heimkam und Feuer machen wollte, zog der Ofen nicht. Gleichzeitig vernahm er einen Hilferuf aus dem Kamin. Obwohl er sogleich den Ofen im ersten Stock aufstemmte, konnte er nur mehr den toten Mann herausziehen.*

siehe auch: 4.14.

## 1.8. Das Wasser

### 1.8.1. Das Körperwasser

Mehr als die Hälfte des menschlichen Körpers besteht aus Wasser. Dazu gibt es ein dem griechischen Philosophen Kakkippos[12] zugeschriebenes Fragment.

---

12) Kakkippos, zu deutsch: häßliches Pferd, hat vermutlich gelebt. Ob er so häßlich wie ein Pferd war, oder ob er ein häßliches Pferd besaß, ist nicht überliefert, wie man eigentlich gar nichts über ihn weiß. Ja selbst das Fragment, das in einer Übersetzung von Friedrich Mitterauer vorliegt, halten manche für eine Fälschung aus dem 16.Jahrhundert.

*Gießt du Wasser von Quellen in den Wein, so erfaßt dich Frische und Mut, wie der junge Bock springst du von Fels zu.....(2,5 Verse fehlen)......aus der Zisterne, vermag dich die Weisheit zu packen (fangen), lange ruhte das Naß und reifte an Alter und Klugheit (Wissen). Die Barbaren hingegen, die das Wasser nie mit Wein veredeln und es in gegerbten Fellen mit sich tragen wie unsere Krieger, werden zu reißenden Wölfen, es erfaßt sie das Tier (das Tierische) und sie sprechen nicht, sondern gurgeln und brabbeln (barbarizein) (drei Verse fehlen) So achte, Grieche, stets Wasser mit Wein zu veredeln, auf daß es die ihm innewohnende Wirkung auf schöne Weise an dir vollbringe. Ist der Lauf des Baches mehr als 30 Stadien (etwa 4,5 km) durch das ebene Land gegangen (geflossen), überkommt dich Trauer und Gleichmut, Wasser aus Tümpeln bringt den Schlaf.*

Abgesehen von den abschließenden Warnungen, die sich wohl auf Verunreinigung beziehen, sieht Kakkippos also einen Zusammenhang zwischen Wasser und Psyche. Leider gibt es dazu aus jüngerer Zeit keinerlei Berichte, man geht wohl davon aus, daß Wasser gleich Wasser ist.

siehe auch: 4.11.2. / 4.28.

## 1.8.2. Das Bächlein

### 1.8.2.1. Der Brunnen

An der nach Westen zeigenden Felswand des Sporns steht ein einfacher hölzerner Brunnen, aus dem bemoosten Holzrohr fließt klares Wasser in breitem Strahl in den als Becken dienenden, ausgehöhlten Baumstamm. Das Holzrohr ist auf eine hölzerne Astgabel gestützt. Folgt man der alten Leitung, die aus ineinandergesteckten, ebenfalls ausgehöhltem Stangenholz besteht, wobei die Verbindungsstellen bereits zu vermodern beginnen, findet man, sofern man das Knie des Baches an der

Westseite durchwatet, neben der Felswand eine steile, schmale Rinne, in der hinter Gebüsch verborgen das Bächlein den Hang herunterstürzt. Dreißig Meter über dem Wasserspiegel des Baches beginnt die Leitung in einem gemauerten Becken, zwei feine Gitter und ein vorgelagertes Holzsieb sollen verhindern, daß mitgespültes Material in die Leitung gerät. Der gemauerte Speicher faßt etwa zweihundert Liter, sein Boden ist von feinem Sand bedeckt.

### 1.8.2.2. Das Bächlein

Es stürzt über kleine Felsbrocken durch den Wald, bildet kleine Becken, gerade Fließstrecken und umkreist Bänke aus feinem Sand. Das geschieht auf einer Strecke von kaum dreihundert Metern, alles wirkt wie das Modell oder die Miniatur eines Baches, winzig und doch echt.

Am Waldrand tritt es in eine steile Rinne, fließt in dem künstlich angelegten Bett an einem Bauernhof vorbei, zweigt sich in drei Rinnsale auf und vereinigt sich wieder, ab der Hälfte des Hanges bereits in einem tiefen Graben mit Seitenwänden aus Lehm. Auf der Schotterterrasse, die auch den Boden des Ortes bildet, zieht es in vier Bogen durch die Wiese, am Ufer stehen Weiden und Haselbüsche, eine Brücke quert das Bächlein, das an dieser Stelle heute in eine Blechröhre gezwungen wird. Dann erreicht es die Kante und stürzt in die Schlucht.

### 1.8.2.3. Die Quelle

Im Nordhang des Haubenstocks, auf einer Höhe von 547 Metern über dem Meeresspiegel, liegt ein kleiner Kessel im Wald. Er ist nach einer Seite offen. Der kaum drei Meter im Durchmesser weite Raum besitzt einen Boden aus feinem Schotter, durch den die Quelle aus der Tiefe tritt. Der Mittelpunkt liegt etwas erhaben und ragt im Herbst und im Winter, wenn weniger Wasser fließt, aus dem Wasser. Vor allem dem Rand der Grube zu finden sich Spalten und Löcher, aus denen das klare Wasser sprudelt.

### 1.8.2.4. Die Jauche

Auf der Höhe des Bauernhauses wird das klare Wasser durch den Zufluß von Abwasser und Jauche getrübt, bereits am Ende des Hanges wirkt es wieder rein.

Dazu bringe ich die Aufzeichnungen einer Testreihe des Francicus Reinprechtsperge, einem Zeitgenossen des berühmten Arztes und Alchemisten Carolus von Brigantium. Das Zitat stammt aus "Alchemie des Wassers" von Kuno Gerhartner[13], Untertitel: "Alte Quellen gesammelt und in heutige Sprache gefaßt."

13) Gerhartner selber experimentierte auf alchemistischer Basis. Er glaubte einen Zusammenhang zwischen Wasser und Feuer entdeckt zu haben. Als ihm ein Stein in einem Wasserglas in einer ungeheuren Explosion zersprang - bei dem Unglück wurde sein Labor verwüstet, alle Unterlagen wurden vernichtet - , verlegte er sich auf ein anderes Gebiet.

*1 Gramm vergorener Exkremente in tausend Litern Wasser wirkt wie folgt:*

*Ins Gras gegossen, blüht der Löwenzahn und welkt der Storchenschnabel.*

*Ins Moos gegossen, geschieht nichts.*

*In Nadelwald gegossen, erhöht sich die Zahl der Zapfen in den Wipfeln.*

*In Laubwald gegossen, wird der Boden naß.*

*Der Kuh in den Trank gemischt, füllt sich ihr Euter und hebt sich ihr Schwanz.*

*Der Hummel vor die Erdhöhle gegossen, fliegt sie laut brummend davon.*

*Auf die Henne gegossen, frißt sie der Fuchs nicht.*

*Vor Fliegen gegossen, trinken sie bis zum Platzen.*

*Trinken es Pferde, treibt es ihren Schweiß.*
*Der Ziegen Bart wird nach viermaliger Gabe grünlich.*
*Der Schafe Schwanz wächst ein kurzes Stück.*
*Den Hund bewahrt es vor Krankheit.*

*1 Gramm in zweitausend Litern Wasser wirkt wie folgt:*
*Alles ins Gras gegossen, welkt der Löwenzahn und blüht die Sumpfdotterblume.*
*In Laubwald gegossen, sprießen Erdbeere und Tollkirsche.*
*Der Kuh in den Trank gemischt, fällt ihr das Kalben leichter.*
*Der Hummel vor die Erdhöhle geleert, ertrinkt sie.*
*Auf die Henne gegossen, läuft sie davon.*
*Vor Fliegen gegossen, geschieht nichts.*
*Trinken es die Pferde, neigen sie zum Galoppieren.*
*Ziegen geben mehr Milch.*
*Schafe, besonders Widder, werden ängstlich.*
*Der Hund nagt gierig am Knochen.*

*1 Gramm in dreitausend Litern Wasser wirkt wie folgt:*
*Weder Pflanzen noch Tiere zeigen Wirkung. Als ich fünf Menschen davon trinken ließ, erzählte mir jeder, er habe während des Trinkens für einen Augenblick den Teufel gesehen.*

siehe auch: 4.1. / 4.11.1. / 4.11.5. / 4.28.

### 1.8.3. Der Bach

Das Wasser fließt sanft durch den Einschnitt. Wenn es gegen die Felswand prallt, schlägt es Wellen und schäumt ein wenig, dann wird es in einen Bogen gezwungen, die Hauptströmung befindet sich an der Außenseite des Kessels, schon fast unter den Felsen. Zur Sichelfläche hin folgt eine Zone mit kleinen Wirbeln und Gegenwasser, dabei lagern sich da und dort winzige Sandbänke ab. Das innere Ufer ist von der angeschwemmten Erde schlammig. In der Folge prallt der Bach von der Ostseite gegen den Felssporn, wendt und eilt steiler bergab dem Flusse zu.

An der Ostseite des Hauses, halb unter der über den Bach ragenden Holzhütte, hat sich in die Felsen hinein eine kleine Höhle gebildet. In besonders trockenen Zeiten blickt man in ein kreisrundes Loch voller Wasser, ein Grund ist nicht zu erkennen, wegen der Düsterheit des Orts zeigt sich ein tiefschwarzer Wasserspiegel. Im Loch dreht sich das Wasser langsam im Kreis, wenn es mit dem Bach in Verbindung steht, beginnt es rasend zu wirbeln.

Der aus dem nördlichen Tschad stammende und in Belgrad unterrichtende Dr.Ngomo Wugasa[14] hielt im Juni 1985 eine aufsehenerregende Vorlesung an der technischen Universität. Hier eine Zusammenfassung der Mitschrift:

---

14) Von Wugasa wird berichtet, daß er sich durch rasendes im Kreis Drehen unsichtbar machen konnte.

*Klares Wasser, das tiefschwarz ein Loch füllt, hat die Menschen schon immer beunruhigt. Das hat aber mit der Tatsache, daß auf Grund optischer Gesetze der Boden des Beckens nicht zu erkennen ist, auch wenn er oft nur knapp unter dem Wasserspiegel liegt, nur am Rande zu tun. Instinktmäßig weicht man davor zurück. Wer das Unbehagen überwindet und ins Wasser steigt, fühlt sich wie an jedem anderen Badeplatz, die Angst scheint unbegründet gewesen zu sein.*

*Durch Zufall entdeckte ich einen überraschend hohen elektrischen Potentialunterschied zwischen dem im schwarzen Loch kreisenden und dem danebenfließenden Wasser (630 Millivolt).*

Dazu bietet Wugasa eine durch viele Daten nahezu lückenlos bewiesene Theorie an:

*Wirft man in genau jene "schwarze Löcher", die den Potentialunterschied aufweisen, ein Stück Holz, kann man beobachten, daß es oft mehrer Tage ununterbrochen im Kreis schwimmt und nur selten an den Rand gerät, wo es von der Strömung weitergetragen werden kann. Im Kessel bleibt also das Wasser ta-*

*gelang gleich, wird nicht oder kaum gemischt und kreist dort, dreht sich unaufhörlich, so wie sich Sonne, Mond, Erde, Planeten, Sonnensysteme und Milchstraßen unaufhörlich drehen. Das Kreiselprinzip scheint der Materie innezuwohnen, nimmt man doch an, daß auch Elektronen um den Atomkern kreisen, der sich seinerseits mit dem sogenannten Kernspin dreht und so weiter. Das Aneinanderreiben von Flüssigkeit und umgebendem Gestein oder zwischen den Flüssigkeitsschichten kann das Phänomen des Potentialunterschieds noch nicht ausreichend erklären. Ich nehme an, daß sich im Zentrum des Kreiselns wie in Himmelskörpern das Wasser verdichtet, es zieht sich um den Schwerpunkt oder Drehpunkt zusammen, in diesem exakten Mittelpunkt entsteht eine winzige Wassersonne im Durchmesser von einigen Molekülen. An diesem Punkt herrschen Bedingungn wie in der Sonne, eine ungeheure Verdichtung von Masse, Erwärmung, ja Erhitzung bis zur Kernfusion und daraus entstehender Strahlung. Ein Handschlag des Schwimmers genügt, um das labile Gleichgewicht zu zerstören und alles "normal" werden zu lassen, natürlich ändert auch jedes Heben oder Senken des Wasserstands die Bewegungsabläufe, das Wassser im Kessel wird durchmischt und es braucht ein paar Tage ungestörten Kreiselns, bis neuerlich ein winziger Sonnenpunkt entstanden ist.*

In diesem Zusammenhang berichtet Wugasa von einer in seiner Heimat erzählten Sage, wonach im Mittelpunkt jedes schwarzen Wasserlochs ein winziger Stern wohnt, der in dunklen Nächten von Geduldigen beobachtet werden kann.

siehe auch: 1.9.2. / 1.14. / 4.6.

## 1.8.4. Der Fluß

Quert man den abfließenden Bach zur Nordseite des Tals, beginnt hinter einem verwilderten Wiesenfleck ein überwucherter Pfad, der früher begangen worden ist und der hinter Büschen versteckt seinen Anfang nimmt. Bald fällt das Tal steil ab, nach einer leichten Kletterstelle und zwei Serpentinen endet er auf einer Felskanzel, die ein Stück über den Fluß hinausragt. Im Becken, das vom seitlich einmündenden Wasser in das Bett gegraben wurde, erkennt man im hellgrünen Fluß deutlich die dunklen Schatten von Forellen, die an dieser besonders sauerstoffreichen Stelle in der Strömung still stehen. Hier mag der Hausbewohner gefischt haben.

Bis zum Aufkommen der Holztransporte auf der Straße diente auch dieser Fluß dem mitunter gefährlichen Flößen. Mehrere Baumstämme wurden aneinandergekettet und von einem Mann gesteuert, damit sie möglichst heil hinaus zu den Sägewerken im flachen Land gelangten. Es gibt zahlreiche Klippen und enge Biegungen, an der die Bäume ohne Steuerung zersplittert wären, auch hätte ein quergestellter Stamm das Hinuntertreiben der folgenden Bäume behindert. Immer wieder kam es dabei zu Unfällen, mancher Flößer ertrank in den reißenden Fluten, zwischen den Stämmen eingeklemmt oder von der Strömung gegen Felsen geschleudert.

Etwas Eigentümliches berichtet Karl Gottfried Knecht[15] in seiner “Monographie der Flösserey”.

15) Knechtl war übrigens ein Vorläufer der heutigen Wildwasserpaddler. Er hatte einen alten Brunnentrog aus Holz noch weiter augehöhlt und fuhr mit dem so leichter steuerbaren Gefährt durch Schluchten mit reißender Strömung.

*Wiederholt brachen an einer bestimmten Stelle des Inns Flöße auseinander, die Ursache dafür blieb verborgen. Es fanden sich dort weder Klippen noch Strudel, starkes Gegenwasser oder eine Biegung, der Fluß zog ruhig und sanft dahin, es war eine der wenigen Stellen, an der die Flößer das Ruder losließen, sich schüttelten und die Muskeln lockerten, um für die nächsten Stromschnellen gerüstet zu sein. Kaum aber ließ einer das Ruder los, kam Bewegung in das Gefährt, die Stämme schlugen gegeneinander, zerrten an den Ketten, stellten sich nach allen Richtungen quer und manchmal gelang es nicht mehr rechtzeitig, die Bewegungen abzufangen und das Floß zu beruhigen.*

*So begaben sich eines Tages zwei Männer auf ein Floß, sie wollten an jener Stelle besonders aufmerksam sein und ergründen, warum dort immer wieder ein Unglück geschah. Sie waren kaum angelangt, als sich die Stämme aufbäumten. Einem der Männer fiel auf, daß das auf seltsame Weise geschah: Manche hoben sich am Bug in die Höhe und senkten sich am Heck, andere taten das gegengleich. Die Flößer wurden durcheinandergeschüttelt, verloren das Gleichgewicht, einer packte im letzten Moment vor dem Sturz ins Wasser den Ast eines am Ufer stehenden Baumes. Der Ast brach und der Mann stürzte auf das Floß zurück. Dabei hielt er das Holzstück nach Art eines Wünschelrutengängers in der Hand und es riß ihn kräftig der Erde zu.*

*So holte man einen erfahrenen Rutengänger. Der watete lange im Wasser auf und ab und stellte dabei einwandfrei fest, daß quer durch den Fluß eine Erdader verlief, die die Bäume an der Wurzelseite stark anzog.*

siehe auch: 2.8.2.

## 1.9. Die Grenzen

### 1.9.1. Die Grenzen des Raums

Wer aus dem Fenster des Hauses blickt, sieht düsteres, von wenigen Büschen und Bäumchen bewachsenes Halbrund, der Himmel erscheint erst, wenn man sich weit hinausbeugt. Steht man im Scheitelpunkt des halbmondförmigen Platzes, wirkt der Kessel weiter. In den Spitzen des Halbmonds, wo der einen umgebende Raum am engsten ist, beim Schuppen oder der Brücke, erkennt man in der Ferne das helle Grün der Wiese beim Taleingang beziehungsweise die entfernt liegende Wand des Flußtals.

So wirkt der Raum in seinem Mittelpunkt am kleinsten und am Rand, wo die Fläche des freien Bodens am geringsten ist, am unbegrenztesten. Die objektive Weite ist eng, die objektive Enge weit.

Dazu findet sich ein Märchen von Jeanne Moirat[16]:

---

16) Moirat notierte die Märchen, dir ihr ein alter, im Flecken Reallon wohnender Mann erzählte. Er lebte in einem Haus am Eingang der Schlucht und gab an, daß ihm an Tagen mit starkem Nordwind das Gehen schwer fiel. An diesen Tagen war ihm, als klammere sich die Erde an seine Beine und halte ihn zurück. Wenn er sich nicht wehrte und sich nicht die Hänge hinaufschleppte, wo mit jedem Schritt die Behinderung nachließ, er also seiner Wetterfühligkeit nachgab und sich in einen Schafspelz gewickelt vor seinem Haus ins Gras legte, um sich von der Müdigkeit zu erholen, stiegen in ihm die Bilder von Märchen auf. Wenn er die Bilder erzählte, waren es Geschichten mit Abläufen und Handlung, obwohl sie selber starr und gleichbleibend waren.

Einmal war er dem Ursprung der Erscheinung nachgegangen und hatte entdeckt, daß der Geruch einer ihm unbekannten Pflanze mit pelzigen Blättern in ihm die Märchen entstehen ließ. Um das zu bestätigen, hatte er sich an einen anderen Platz gelegt und war dort traumlos eingeschlafen. Als er erwacht war, hatte er die Pflanze nicht mehr finden können.

*Einst zog ein Bursch aus dem kleinen Ort Reallon im Süden des Gebirges in die Welt hinaus. Dazu veranlaßte ihn aber nicht, daß er als fünftes Kind eines Bauern kaum Verdienstmöglichkeit hatte. Er war unzufrieden mit seiner Heimat, er haßte das enge Tal und die hohen Berge rundum. Vor seinem Aufbruch sagte er:*

*"Heute Nacht träumte ich, ich säße in einem Wasserschaff, das in einem leeren Brunnentrog stand. Draußen blökten die Schafe, ich konnte sie nicht sehen und den Grund für ihre Unruhe nicht erkennen. Also versuchte ich aufzustehen, doch das Schaff hielt mich fest. Mit jedem der Versuche, mehr zu erkennen, wuchs der Rand des Brunnens in die Höhe, je mehr ich mich reckte und streckte, desto tiefer und dunkler wurde der Trog, zuletzt saß ich hilflos im hölzernen Loch.*

*Mir kommt meine Heimat wie dieses Loch vor, hier kann ich nichts erkennen. Ich höre von draußen Berichte und Erzählungen, jetzt will ich die Sprecher selber sehen."*

*Nach diesen Worten zog er los. Tagelang wanderte er den Bach entlang, der Bach wurde zum Fluß und noch immer ging er weiter. Er kam in fremde Städte und in die Ebene, die im Norden von den Bergen begrenzt wurde. Sie behinderten noch immer die weite Sicht.*

*Seine Flucht vor der Enge führte ihn nach Marseille und er sah auf dem Meer sein Ziel. Als Matrose auf einem Frachtschiff segelte er um die Welt. Keiner im Dorf glaubte, daß er je wieder zurückkommen würde, doch bereits zwei Jahre später traf er mit reichlich Erspartem ein, kaufte sich Ziegen, Schafe und ein Maultier und zog noch weiter ins Tal hinein. An einem dunklen Platz, um den der Horizont noch höher lag als bei seinem Elternhaus, errichtete er ein Häuschen und lebte glücklich und zufrieden. Keinem der Neugierigen aus dem Dorf verriet er, was diesen Wandel bewirkt hatte.*

*Als er ein alter Mann war und in Reallon wieder ein junger Bursch über die Enge zu schimpfen begann, ließ er ihn rufen und erzählte ihm seine Geschichte:*

*"Ich war wie du und zog hinaus in die Welt. Erst auf dem Meer war ich in der unendlichen Weite zufrieden und glaubte mich am Ziel. Über ein Jahr lang sah ich fremde Länder, fremde Menschen und fremde Sitten, wovon hier nur verfälschte Berichte zu hören sind. Glaube mir, es ist nicht herrlicher, schöner oder besser als bei uns. Es ist bloß anders.*

*Eines Tages erwachte ich nach einem Traum, der die Fortsetzung dessen war, der mich damals zum Fortgehen bewegt hatte. Ich saß also in einem schwarzen Loch, das um mich in die Höhe wuchs. Bald war ich wie begraben und sah, hörte und roch nichts. Dann fühlte ich mich wie auf dem Boot, das Dunkel wurde zu einer unendlichen Wasserfläche, über die der Blick zwar bis ins Unendliche geht, doch er vermag nichts wahrzunehmen, es gibt nur Wellen, nichts als Wellen und einen Sonnenball.*

*Ich begann zu tasten und erfühlte eine Tür. Durch sie trat ich aus dem Gefängnis der Meeresweite in ein enges Tal und ich fühlte mich wie im Paradies. Da lag der Duft der Kräuter und der Erde in der Luft, es gab Bäume, Blumen, Sträucher und Felsen in unendlicher Vielfalt an Farben und Formen, alles nah und erreichbar. Ich lief hinaus, sah die Tiere, das Wasser im Bach und den Schnee auf den Gipfeln, in der engen kleinen Welt gab es so viel, wie ich es draußen vor lauter Weite nie gesehen habe.*

*Heute ist mir, als wäre das, was allgemein als Weite angesehen wird, in Wirklichkeit ein enges Grab, die Vielheit hier ist weiter und offener als jede Ebene. Dort liegt ein Ding neben dem anderen und du vermagst nur wenig zu erfassen, hier jedoch, wo es neben-und übereinander liegt, weitet sich durch die Enge der Horizont, ja nur in der Enge kann er so reichhaltig werden."*

siehe auch: 1.6.2. / 1.9.2. / 1.14. / 2.5. / Teil Drei, 1957 / 4.9. / 4.11.4.

### 1.9.2. Die Grenzen des Blicks

Auch dieses Zitat stammt aus Karl Gottfried Knechtls "Monographie der Flösserey":

*Einst stritten drei Flößer, wer von ihnen am weitesten gesehen habe.*

*Der erste erzählte: "Einst stieg ich auf einen gletscherbedeckten Berg. Ein Jäger begleitete mich. Als wir auf dem Gipfel angekommen waren, sahen wir im Süden das Welsche, im Westen den Arlberg, im Norden München und im Osten einen fernen See, vermutlich den großen ungarischen."*

*Der zweite erzählte: "Eines Tages stieg ich vom Floß nicht ab. Ich fuhr darauf Tage und Nächte den Strom hinunter bis zu dem Meer, das das Schwarze genannt wird. Somit habe ich weiter gesehen. Wer sich bewegt, und wenn er in der tiefsten Schlucht steckt, sieht eines Tages weiter entfernt liegende Orte, als sie je ein Sitzender sehen kann."*

*Der dritte erzählte: "Früher hätte ich euch beiden recht gegeben. Der Reisende und der auf einem hohen Gipfel sehen auf ihre Art am weitesten. Voriges Jahr aber erlebte ich etwas, das ich euch nun berichte:*

*Es galt das letzte Floß hinauszubringen, schon nahte der Sommer und das Wasser sank. Nach einem starken Gewitter nützte ich den Wasserschwall und band in aller Eile das Floß. So kam es, daß es sich an einer wilden Stelle auflöste. Mit dem Ruder stand ich auf den verbliebenen drei Stämmen, die in einen Strudel gezogen wurden und zu kreisen begannen. Es war ein riesiger Strudel, ich kämpfte mit aller Kraft gegen ihn, doch das Wasser zog mich zum Mittelpunkt. Ich beschloß, das abzuwarten und dann mit einem kräftigen Schlag im rechten Augenblick aus der Falle zu entkommen. Die Felsen zogen rasend vorbei, bald wußte ich nicht mehr, in welche Richtung das Wasser zog.*

*Plötzlich, ich kann es heute noch nicht fassen, tauchten ins Verschwommene hinein klare Bilder auf. Ich sah gelbe, schwarze, rote und weiße Menschen, Herden von unbekannten Tieren zogen über Ebenen. Ich sah fremde Städte, manche auf Bergen, manche in Ebenen, manche in Tälern und wieder manche im Wasser gebaut, wie es von Venedig erzählt wird.*

*Irgendwann verschwammen die Bilder wieder, mich schwindelte und ich fand mich auf den Stämmen sitzend den Fluß hinuntertreiben. So habe ich in der rasenden Drehung im Zentrum des Wirbels die Welt bereist, die Bilder der Welt kamen zu mir oder ich zu ihnen, mein Blick ging weiter, als einem Sterblichen sonst möglich ist, weiter, als wäre ich mein Leben lang gereist.*

*Als ich heuer wieder an jene Stelle kam, hatte sich die Lage der Sandbank und die des Strudel ein wenig geändert, er war kleiner und das Floß glitt ruhig darüber hinweg."*

siehe auch: 1.8.3.

### 1.9.3. Die Grenzen der Bewegung

Hier ein Bericht von Charles Denante[17] über die Grenzen der Bewegung:

17) Denante war Archivar an der heeresgeschichtlichen Abteilung des königlichen Museums in Amsterdam, seine Arbeit war zugleich sein Hobby. Er soll gesagt haben, daß nirgendwo so viele Menschen in so kurzer Zeit sterben wie auf einem Schlachtfeld und daß diese Schauplätze des geballten Todes ihn faszinierten. Immer wieder bereiste er solche Plätze, um dem Geheimnis des Todes auf die Spur zu kommen. Sein Beruf diente ihm dazu, die Schlachtplätze so genau wie möglich zu bestimmen, in seiner Freizeit suchte er nach ihnen. Er war der Meinung, daß es nicht zufällig an manchen Orten zu Entscheidungsschlachten gekommen war. Diesen Orten wohnt nach Denante eine bestimmte Qualität inne, eine sogenannte Grenzqualität. Die Grenze zwischen Leben und Tod liegt dort nur wenige Zentimeter unter der Erdoberfläche.

*Lange schon beschäftigt mich die Frage, warum es an bestimmten Plätzen zu Schlachten kam. Erst in den modernen Kriegen, wo man lange Frontlinien zu bilden imstande war, gab es selten bestimmte Punkt in der Landschaft, auf denen zwei Heerhaufen aufeinanderprallten.*

*Zweifellos fanden Schlachten vor Stadtmauern statt, wo sozusagen im letzten Moment den anstürmenden Feinden Widerstand geboten wurde. Es bleiben aber viele übrig, die irgendwo im freien Gelände einen unbedeutenden und wie zufällig entstanden Schauplatz bekamen.*

*Grundsätzlich muß man davon ausgehen, daß die Heerführer durch Späher, Boten und die Zivilbevölkerung vom Standort des gegnerischen Haufens Bescheid wußten. In der Nacht vor der Auseinandersetzung ruhte man, in angemessener Entfernung wurden Lager aufgeschlagen, das Gelände wurde erkundet und jede Seite versuchte, den für sie günstigsten Platz für das morgendliche Aufeinandertreffen zu wählen.*

*Im Vergleich von unzähligen Berichten und Schauplätzen konnte ich feststellen, daß das nur in den seltensten Fällen geglückt ist, ja mehr noch, sehr oft gewann jene Partei, die im Vergleich von Ausrüstung, Zustand der Soldaten und Menge der*

*Bewaffneten eigentlich schlechter abschnitt. Es gab in über 70% der analysierten Fälle Überraschungssieger, die aus der Diskrepanz zwischen Schlachtplanung und tatsächlichem Verlauf entstanden. In der Regel zogen die Kommandierenden die richtigen Schlüsse und gaben die entsprechenden Befehle, die losstürmenden Soldaten taten aber sehr oft nicht das, was ihnen aufgetragen worden war. Dazu fand ich eine dafür charakteristische Beschreibung eines unbekannten Soldaten, der im Siebenjährigen Krieg auf bayerischer Seite kämpfte und die Niederlage durch Zufall überlebte:*

*"So kam es zu einem Treffen unweit meines Heimatorts. Ich kannte die Gegend gut und drang zu meiner Überraschung bis zum Kommandierenden vor, er hörte mir tatsächlich zu, wie ich als Ortskundiger die Gegend beschrieb und fragte sogar, wo ich die Österreicher empfangen würde. Dazu hatte ich mir ebenfalls Gedanken gemacht und ich schlug vor, sie in die Schlucht zu locken. Es mußte ein Leichtes sein, sie durch hinuntergeschleuderte Felsbrocken kampfunfähig zu machen.*

*Tatsächlich lauteten die Befehle so, daß mir schien, der Führer der Heerschar habe meine Vorschläge angenommen. Ein Teil von uns sollte sich zum Kampf stellen, nach kurzer Zeit wenden und wie flüchtend ins Tal hineinlaufen. Die Feinde würden sie zweifellos verfolgen und die versteckte zweite Gruppe könnte sie alsbald in die Zange nehmen. Eine kleine dritte Gruppe unter meiner Leitung war am Oberrand der Schlucht postiert und hatte die Aufgabe, Steine hinunterzuwälzen.*

*Wir zogen zu acht noch in der Nacht los und verteilten uns am Rand der Schlucht. Am Vormittag drang Schlachtenlärm herüber, keiner erschien jedoch unten im Tal. Nach langem Warten wollten wir den Unseren zu Hilfe eilen, wir fanden die Schlacht beendet und die Österreicher als Sieger. Mit seinen letzten Worten teilte mir ein Bekannter mit, daß er hätte laufen wollen, aus ihm unerklärlichen Gründen hätte er aber nicht laufen können. Mit Mühe waren die meisten bloß zum Eingang der*

*Schlucht gekommen, spätestens dort hatten sie die Feinde eingeholt. Je schneller er zu laufen versucht habe, desto bleierner wären seine Beine geworden. Eine unbekannte Macht hatte sie zum Kampf an Ort und Stelle gezwungen, sie hatten den Platz nicht verlassen können."*

siehe auch: 1.5.4. / 1.6. / 1.7. / 1.9.1. / 1.15. / 4.12. / 4.13.

## 1.10. Die Zeit

Die Theorie Einsteins besagt, daß zwischen Masse und Zeit ein direkter Zusammenhang besteht. Nicht solche allgemein bekannte, wenn auch von niemandem verstandene Aussagen beschreiben das Zeitumfeld Ömperdingers am treffendsten, sondern es ist die kryptische Arbeit des sich selber als Helmut Zweistein[18] bezeichnenden Mannes, der die Art der Zeit am aufschlußreichsten erklärt.

---

18) Zweistein blieb unbekannt. Er publizierte nicht, sondern teilte seine Forschungsergebnisse den Freunden und Verwandten in Briefen mit. Das geschah nicht direkt. In seinem Testament hinterließ er die zunächst unverständliche Formulierung, daß in der Zusammenschau seiner Schriften sein Werk verborgen ist, "wie auch die Zeit selber sich verbirgt."

Ein Enkel Zweisteins wollte sich nie damit abfinden, daß sein Großvater als Spinner abgetan wurde. Er kam auf die Idee, alle Briefe zusammenzutragen, darin entdeckte er durch einen mündlichen Hinweis Zweisteins bestimmte Codewörter, etwa "Allerliebste(r)" oder "nichtsdestoweniger", die folgenden zwei oder drei Worte galt es zu entnehmen und nach dem Zeitpunkt der Absendung des Briefs zu ordnen. Bald stand der Enkel vor einer umfangreichen, im zweiten Teil äußerst lückenhaften Arbeit, der Text ließ bereits in der nicht redigierten und aufgefüllten Fassung das Epochale am Werk Zweisteins erkennen. Leider sieht die Wissenschaft an ihm vorbei oder über ihn hinweg.

### *1.10.1. Der Fluß der Zeit*

*Im ersten Teil entlarvt Zweistein den Begriff als anthropozentrisch. Uns erscheint die Zeit wie ein Fluß, in Wirklichkeit ruht sie in sich, abgeschlossen und wie ein rundes, überschaubares*

*Ganzes. Wir haben wie die berühmten Flächler, zweidimensionale Wesen auf einer Kugel, nicht die geringste Ahnung von ihr. Sie ist uns fremd und letztlich unverständlich, all die Klagen über den Lauf der Zeit, das Vergängliche und die Kürze des schönen Augenblicks sind unsinnig.*

*Wir erleben die Erde als statisch und fest, obwohl sie sich rasend schnell dreht. Um die eigene Achse wirbelnd kreist sie um die Sonne, die ihrerseits mit dem gesamten Sonnensystem kreist, gleichzeitig um den Mittelpunkt der Milchstraße herumrast, die Milchstraße fährt im Kreis ums das Zentrum eines Konglomerats von Milchstraßen, die ihrerseits kreisen und rasen. Wir befinden uns in mehrfach gewundener, verdrillter, nervenzerfetzender und schwindelerregender Kreiselei und behaupten gleichzeitig starr und dumm, daß der Boden unter unseren Füßen starr und fest wäre.*

*Damit ist die Zeit erklärt.*

*Sie ist wie ein Haus am Wegrand, ein Haus, das länger gebaut ist als unser Weg geht. Die Ereignisse sind Bilder an der Wand. Nehmen wir eine Katze, die auf einen Schreibtisch springt und einen Brief zerfetzt: Die Katze auf dem ersten Bild springt immer, auf dem zweiten zerfetzt sie immer den Brief, das ist ihr Wesen, die Idee der Katze als springendes und briefzerfetzendes Wesen manifestiert sich in der Zeit.*

*Die Bewegung der Welt und der Weltensysteme bringt es mit sich, daß wir an den dauernden Bildern wie an den Buchstaben in einem Brief vorbeirasen. Wir sehen eine Phase des Katzenwesens nach dem anderen, gleiten vorbei, für einen Moment zeigt sich deutlich der Sprung, dann das Tier, wie es die Krallen ins Papier schlägt, zuletzt ist die Katze verschwunden und winzige Fetzchen bedecken den Tisch.*

*So stürzen über uns Bilder um Bilder herein, wir reagieren auf sie, sie sind unsere Welt. Wir leben entlang einer Welt aus vorbeirasenden Bildern, räumlichen und körperlichen Bildern, ähnlich einem aus Gips gegossenen Puppentheater. Ja wir selber sind Bilder, eine einzige Folge aus unterschiedlichen Figuren, die immer wieder gleiche Stellungen und Haltungen einnehmen. Unsere Bewegung läßt die Zeit als Ablauf erscheinen.*

### *1.10.2. Die Qualität der Zeit*

*Immer wieder gelangen wir in der Kreiselei zu den Bildern des Vortages, niemals aber erkennen wir das Gleiche, die Bilder haben sich verändert. Die Katze des Vortages ist nicht völlig ident mit der heutigen, die hinter dem Ohr Haare verloren hat. Auf dem Tisch liegt kein Brief.*

*Daraus schließt Zweistein, daß die Zeit von schlechter Qualität ist*[19]*. Sie ist vergleichbar mit Schuhen, die aus altem Leder mit mürbem Zwirn genäht wurden, die Gipsstatuen sind Gebilde aus Sand und Kleister, ein winziger Regenschauer genügt, um alles zu verändern. Die schlechte Qualität verhindert, daß wir die Zeit als statisch erkennen. Wäre sie aus gegossenem Edelstahl, hätten wir ihr wahres Wesen längst begriffen.*

---

19) Der Ausdruck "miserables Wrack" hat dazu beigetragen, daß Zweistein ins Zwielicht geriet. Unglücklicherweise begann der Brief an seine Tante Crescentia mit "Allerliebstes miserables Wrack!". Die Tante hatte von der Arbeit Zweisteins und von seinen Codewörtern keine Ahnung, bezog die Anrede auf sich und soll mit ihm fortan kein Wort mehr geredet haben.

### *1.10.3. Die Farben der Zeit*

*Nach Zweistein ist der riesengroße Körper namens Zeit von herrlichsten Farben, uns unbekanntem Bunt. Er enthält zwar unser Blau, Grün, Rot und so weiter, die irdischen Farben sind jedoch ein Bruchteil dessen, was man bei stillstehender Betrachtung der Zeit erkennen könnte. Diese paradiesische Leuchtkraft wird nur in Träumen und in der Todesstunde wahrgenommen. Sie blendet den Betrachter, somit sind Berichte von Lichterlebnissen in der Todesstunde wahr, jener Stunde, in der man sich aus dem Lauf der Zeit begibt, das Rasen und Kreiseln aufgibt, zur Zeit zurückkehrt und bei ihr stehen bleibt.*

*Unsere Farben sind ein schwacher Abglanz. Auch ein im Galopp über eine Wiese rasender Reiter sieht nur einen verschwommenen Fleck, das saftigste Sommergrün verzittert vor seinen Augen zu etwas gräulich Grünem.*

### *1.10.4. Die Gefühle der Zeit*

*Das abschließende Kapitel weist große Lücken auf, da es sich Zweistein in seinen letzten Lebensjahren mit so vielen verdorben hatte, daß sie seine Briefe vernichteten. Sein Enkel, Karl Godel, meint überdies, daß sein Großvater ins Reich der Zeit gegangen wäre, um die Aussagen zu überprüfen, er ist aber bis heute nicht zurückgekehrt. Vermutlich hat es ihm dort so gut gefallen. Ab 1.10.4. nennt Zweistein die Zeit ein Hypothetisches Lebewesen.*

#### *1.10.4.1. Der Haß.*

*Unendlich in sich ruhend haßt die Zeit jegliche Bewegung. Sie betrachtet uns mit abgtrundtiefem Abscheu, obwohl wir ein Teil von ihr sind. Es ekelt sie, wenn sie uns vorbeirasen sieht. Im Lauf der Zeit hat sich ihr Haß in Resignation gewandelt*[20]*.*

---

20) "Im Lauf der Zeit": Für die Zeit verhält es sich wie für uns. Relativ gesehen hat sie das Gefühl, daß sie an uns vorbeirast und wir unsererseits die Zeit sind.

#### *1.10.4.2. Der Neid*

*Gleichzeitig fühlt die Zeit zu uns Neid. Sie neidet uns den Überblick, sie vermag sich im ruhenden Blick in ihrer gigantischen Größe nie zu erkennen. Dabei sitzt sie dem Irrtum auf, daß wir sie erkennen könnten. An ihr rasen wir als Schemenschatten vorbei und ihr scheint im Traum, als wüßten wir mehr. Zweistein meint dazu, daß sie ihr fehlende Kenntnisse und Eigenschaften in uns projeziert.*

### *1.10.4.3. Die Zwietracht*

*Aus 1.10.4.1. und 1.10.4.2. ergibt sich 1.10.4.3.*

*Die Zeit ist in sich zwieträchtig. Sie haßt die Bewegung, die sie uns neidet. Aus dieser Zwietracht entsteht die schlechte Qualität der Zeit. Mit sich selbst unzufrieden und in sich gespalten verfällt sie zusehends. Ein Jahrhunderte dauernder, langsamer Verfall ist erkennbar, wenn man sich die Sagen vom Goldenen, Silbernen und Bronzenen Zeitalter vor Augen hält. Anfangs leuchtete die Zeit golden herüber, inzwischen herrscht graubraune Eintönigkeit.*

*Eine Hypothese ist der Schluß Zweisteins, daß unser Wirbeln und Kreisen erst langsam so geworden ist. Vor urdenklichen Zeiten waren wir eins mit der Zeit, wir waren sie und sie war in uns. In einem Flügelkampf spaltete sie sich in einen ruhenden und einen laufenden Teil, nach Zweistein war das der Moment der Erbsünde.*

*Somit hat die Zwietracht eine zweite, größere Dimension, was schon im Namensteil "Zwie-" enthalten ist. Die Zeit ist nicht nur in sich gespalten, auch wir sind von ihr gespalten.*

### *1.10.4.4. Die Trauer*

*Zweisteins Werk weist in Spuren Ansätze auf, in denen er der Zeit Trauer über den Zustand zuspricht. Er ist dessen nicht vollends sicher, bedarf doch Trauer seiner Meinung nach das Erkennen eines Zustandes, wie in "Der Neid" angeschnitten, hat die Zeit den Überblick jedoch verloren oder sie besaß ihn nie. Das könnte auch der Anlaß für die beschriebene Spaltung gewesen sein.*

### *1.10.4.5. Folgerung*

*Die Zeit wird von negativen Gefühlen beherrscht. Somit darf es niemand wundern, wenn sie selbst häßlich geworden ist, verfällt und uns häßlich erscheint.*

siehe auch: 1.13.2. / 4.25.

## 1.11. Der Zustand

### 1.11.1. Der Zustand des Platzes

Es geht nicht um den augenblicklichen Zustand, der von Verfall, Verwilderung und Düsternis geprägt ist, etwas zum Großteil aus der langen Verlassenheit Entstandenes. Versucht sich der Betrachter in die Zeit zurückzuversetzen, in der das Haus noch bewohnt war, gemäht und ein kleiner Garten mit Blumen gepflegt wurde, läßt sich selbst in der heutigen Verwilderung ein Zustand erkennen, den wohl am treffendsten Gerard Pontigneux[21] in seinem großartigen Werk "Details der Bretagne" beschreibt.

---

21) Pontigneux wohnte in der Gegend von Cherbourg, wo nach Meinung von Charles Denante zur Zeit der römischen Besatzung besonders viele Kämpfe stattfanden. Angeblich lebte im heute "Cotentin" genannten Landstrich, einer Halbinsel, ein besonders unbeugsamer Stamm von Galliern, die nicht nur nach Partisanenart, sondern auch im offenen Kampf wiederholt die Römer schlugen. Sie sollen die Feinde an spezielle, den Druiden bekannte Plätze gelockt haben, wo ihre Stärke auf wunderbare Weise wuchs und die der Römer schwand.

Es muß wohl so ein Platz sein, an dem das Haus Pontigneuxs stand. In einem Eck des Gartens wollte nie etwas wachsen. Eines Tages säte er dort Sonnenblumen und beobachtete zu seinem größten Erstaunen, wie die Saat innerhalb weniger Stunden aufging, nach drei Tagen waren die Blüten reif, einen Tag später brachen sie vertrocknet zusammen. Sie waren dem Tod entgegengeeilt.

*Nahe Guehenno liegt ein kleines Wäldchen, das im Volksmund "das miese Land" genannt wird. Während meiner Suche nach Absonderlichkeiten fragte ich mehrere Anrainer, ob dort die Erde von schlechter Qualität wäre, etwa zu sauer oder zu sandig. Immer wieder bekam ich zur Antwort, daß "schlechte Qualität" ein schlechter Begriff wäre, dort wäre die Erde bei der Erschaffung der Welt nicht ordentlich fertig geworden. Zwar wären die Steine Steine, die Erde Erde, der Sand Sand, oberflächlich betrachtet wäre alles normal, doch es stimme etwas damit nicht.*

*Keiner vermochte mir Genaueres zu sagen. Ich untersuchte das Zentrum des Wäldchens, fand aber nichts Auffälliges. Durch Zufall hörte ich in Brest die Erzählung eines alten Mannes. Das Märchen handelte, wie mir beim Lauf des Zuhörens klar wurde, genau von jenem Wäldchen bei Guehenno.*

*Als die Welt geschaffen wurde, war der Teufel bereits am Leben. Da der Satan ununterbrochen quengelte und wie ein lästiger Bengel keine Ruhe gab, dem Herrgott ständig ins Werk pfuschte und der die halbe Zeit damit beschäftigt war, die zerstörten Dinge wieder zu reparieren, sagte Gott zu ihm: "Ich gebe dir einen Flecken Landes. Dort darfst du Herrgott spielen und etwas erschaffen. Was immer es auch sein mag, ich werde es mir besehen und vielleicht sogar stehen lassen. Also benimm dich und versuche etwas Brauchbares herzustellen." Nach diesen Worten setzte er den Teufel in ein kleines Wäldchen und eilte davon, um rasch seine Werke zu tun.*

*Da saß nun der arme Teufel und wußte nicht ein noch aus. Sein Leben lang hatte er nichts getan, als Bestehendes in Böses zu verwandeln. Dem Leben hatte er die Krankheit gegeben, in den Frieden den Streit gelegt und in die Liebe den Haß. Er war geübt und meisterhaft darin, in das bestehende Gute schwarze Flecken zu malen, doch selbst etwas Neues schaffen konnte er nicht.*

*Lange überlegte der Teufel und endlich, es dämmerte schon der Abend heran, kam ihm die Idee: Er wollte "Das Nichts" schaffen. Das absolute Nichts war das einzige, das nicht ein schwarzer Fleck in etwas Bestehendem war, im Gegenteil: Hatte nicht Gott alles aus dem Nichts geschaffen?*

*Er strengte sich an, sammelte alle Kräfte und endlich lag vor ihm ein schwarzes Loch, in den Nichts war. Kaum war er fertig, als der Herrgott zurückkam und die Hände über dem Kopf zusammenschlug. Er verbannte den Teufel auf einen anderen Stern, dann begann er, den Schaden so gut wie möglich zu beheben. Dabei hatte er selbst große Schwierigkeiten, er konnte sich dem Nichts nicht nähernd, war doch auch er im Nichts nicht. Mit aller Kraft stieß er ganze Sonnen hinein, das Nichts verschlang sie wie nichts und fraß sich voll. Endlich gelang es dem Herrgott, durch eine ganze, rasch hineingeschleuderte Milchstraße das Nichts zu füllen.*

*Wer aber heute an der Stelle sitzt, spürt deutlich, daß der Boden dort nicht jene Sicherheit bietet, die er an allen anderen Stellen der Erde hat. Das notdüftig verstopfte Nichts liegt heute noch darunter.*

siehe auch: 1.5.4. / 1.7. / 1.9.3. / 1.15. / 4.12. / 4.13. / 4.17. / 4.18. / 4.26.

## 1.11.2. Der Zustand des Betrachters

Alle Freunde, die in meiner Begleitung den Kessel besahen und vor dem Haus standen, waren nach ihren Aussagen bald im gleichen Zustand wie ich, als ich den Platz zum ersten Mal betrat.

Diesen Zustand beschreibt am schönsten der romantische Dichter Karl Gottfried von Birkesheim, der Tage an jenem inzwischen verfallenen Heiligtum verbracht hat, wo nahe dem Fluß Acheron Priester die Toten befragten.

*Als ich am Rückweg von Delphi den Abstecher ins Nekromanteion machte, erwartete ich nichts mehr. Die alten Stätten haben längst ihren Reiz verloren, nichts von dem, was sie früher berühmt gemacht hatte, konnte sich über die Jahrtausende retten. Nichts auf der Akropolis, nichts in Mykene, nichts in Delphi, alles ist zerfallen.*

*In der Ferne zeigte sich bereits das kleine, ehemalige Heiligtum, ich besuchte es nur für eine letzte Bestätigung. Den Hügel hinaufschreitend packte mich plötzlich eine nie vorher gekannte Ruhe, eine Stille des Herzens, sie war wohl ähnlich der, die einen im Augenblick des Todes überkommt. Dazu gesellte sich leiser Friede und unendliche Stille, Gefühle, die ich in solcher Stärke nie zuvor erfühlt habe. Einige Minuten stand ich starr, dann besah ich den Ort und suchte eine Absonderheit, die all das in mir auslösen mochte, es war aber wie überall an diesen Stätten: Unkraut, Staub, Verfall und Eidechsen auf den heißen Steinen.*

*Sofort setzte ich mich und versuchte mein Gefühl in Worte zu fassen. Kaum hatte ich die Ode fertig, Datum und Monogramm daruntergesetzt, als ein Ziegenbock auf mich losstürmte, mir das Blatt aus der Hand riß und es auffraß.*

*So verbarg ich mich hinter schützenden Steinen und schrieb das Gedicht aus dem Gedächtnis geholt neuerlich nieder. Kaum war der letzte Punkt getan, als ein Schauer aus dem wolkenlosen Himmel die Tinte verwischte.*

*Am Abend versuchte ich es neuerlich in der Herberge. Der Wirt zeigte daran Interesse und ließ sich das Werk von meinem Begleiter übersetzen. Kaum hatte der Dolmetsch geendet, als der Mann in schallendes Gelächter ausbrach. Er gab an, daß das der größte Schwachsinn gewesen war, den er je in seinem Leben gehört hatte.*

*Daraufhin warf ich den Zettel ins Feuer.*

siehe auch: 1.4.5.

## 1.12. Der Klang

Das Märchen "Ohne Titel" von Heinz Überer[22] beschreibt den Klang der Erde, es trifft das Umfeld Ömperdingers dermaßen exakt, daß mir vorkommt, als habe Überer den von mir Gesuchten gekannt.

22) Der heute vergessene Heimatdichter Überer setzte die Ergebnisse seine Forschungen zum Klang in der Erzählung um. Bemerkenswert ist, wie Überer zu seinen Forschungsergebnissen kam:

Eines Tages fand er Kugelschnellerpilze (Sphaerobolus stellatus), gab sie in ein kleines Blechgefäß und wartete darauf, daß die Pilze gereift aufplatzten und mit den Sporenkugeln schossen. Um den Augenblick nicht zu überhören, hatte er sie in ein dünnwandiges Messingdöschen gelegt. Bald hörte er das erste leise Klingen, wandte ihm seine Aufmerksamkeit zu und er erkannte, daß die Abstände zwischen den Aufprallgeräuschen konstant waren, es gab lange und kurze. Daraufhin sammelte er neue Pilze von diesem Standort und zeichnete die Geräuschabstände mit Punkten und Strichen auf. Ein Bekannter, der als Funker das Morsealphabet beherrschte, übersetzte ihm die erste auf diese Art gewonnene Botschaft: Es war einmal ein Baum.

## *Ohne Titel*

*Vor Jahren lebte einer unter uns, der "Rupfinger" gerufen wurde. Der Rufname stammt daher, daß er immer mit einem frisch gerupften Grashalm in der Hand gesehen wurde. Angeblich soll er sogar im Winter, wenn der Schnee hoch lag, immer wieder zum Boden gegraben haben, um einen Halm zu rupfen. Doch davon will hier nicht die Rede sein.*

*Der Rupfinger erscheint in einer Geschichte ohne Titel, weil er, ein Vagabund und frei wie der Wind, viele Gesichter hatte. Er war durch seine Lebensweise auf die Bauern angewiesen, die ihm zu essen gaben und ihn im Heu schlafen ließen, als Gegenleistung unterhielt er alle auf dem Hof mit lustigen Geschichten. Dabei soll der die vielen Gesichter gezeigt haben. Er konnte Hund, Kuh oder Pfarrer sein, Bürgermeister, Drache, Prinz und Prinzessin. Jeder, der in die Stube trat und nicht wußte, daß der Rupfinger im Haus war, hätte ihn für das gerade in der Geschichte vorkommende Wesen gehalten. Wenn die Erzählung länger ausfiel, unterbrach er sie nach etwa einer Stunde, eilte hinaus und rupfte rasch einen neuen Halm.*

*Die beiden letzten Tatsachen brachten ihm bald schlechten Ruf ein. Er wurde vielen wohl aus Neid unheimlich, es hieß, daß er mit dem Teufel im Bund stehe und was sonst noch über Menschen geredet wird, die sich dem Üblichen verweigern. Den*

*Pakt sollte er angeblich alle Stunden mit dem Blut von Gräsern erneuern müssen.*

*Bald entdeckte man Neues: Seine Geschichten waren nicht wie übliche Märchen, sie hatten weder Anfang noch Schluß. Wer in der Stube saß und zuhörte, vernahm wunderschöne Erzählungen mit Anfang und Schluß, jeder glaubte einen Verlauf zu erkennen, wer aber draußen stand und lauschte, hörte nur sinnloses Gebrabbel. Kaum trat man in die Stube, fing einen die Stimme des Rupfinger und sein zur Geschichte passendes Gesicht, wie Glockenklang stand die gesamte Geschichte von Anfang Ende im Raum.*

*Obwohl sich die Märchen wiederholten, ja man kann sagen, daß es immer nur ein Märchen war, wurde der Rupfinger zum Bleiben genötigt. Die Menschen wurden nicht satt, immer wieder wollten sie es hören und es hieß, daß man krank wurde, wenn man die Geschichte nicht einmal im Jahr vernahm. Gleichzeitig wurde bekannt, daß die Erzählung Rupfingers Kranke heilen konnte. Brachte man einen in die Stube, stand er bald geheilt auf und war bis zum Zeitpunkt seines Todes von jeder Krankheit befreit. Diese Menschen starben immer ohne zu leiden, sie schliefen ein und erwachten nicht mehr. So balgte man sich um den Besuch des Rupfingers, bis irgendjemand das sich rasch verbreitende Gerücht in die Welt setzte, daß man sich auch mit dem Hören der Geschichte an den Teufel verkaufte. Rupfinger und seine Erzählung wären Teufelswerk und jeder Geheilte würde mit dem Tod sofort in die Hölle geholt.*

*So kam es, daß man den Rupfinger nicht mehr suchte. Sah ihn aber einer, dann überkam ihn das Verlangen nach der Geschichte und er schleppte den Mann mit ins Haus. Seine Geschichte war wie süßes Gift. Jeder wußte von der möglichen Gefährdung, ja sogar höllischen Wirkung, andererseits bestand die Gefahr, daß man binnen eines Jahres krank wurde und so fügte man sich mit schlechtem Gewissen freudig ins Schicksal. Rupfingers Erzählung war und blieb nämlich wie himmlischer*

*Nektar, kein Sterblicher hat ihn je gekostet und doch schwärmen alle davon.*

*Weil seine Märchen wie Nektar waren, dachte mancher bei sich, daß der Rupfinger vielleicht doch ein Engel wäre. Nichts war sicher und man nahm in Kauf, eines Tages in der Hölle schmoren zu müssen. Ein anderer Grund für das gespaltene Gefühl, das dem Rupfinger allerorten begegnete, war die Tatsache, daß viele ihn auf den Wegen ansprachen. Dabei geschah es manchmal, daß einer eine Kuh anredete und sie mit in die Stube schleppte, wo er verlacht wurde. Er hatte sich fest eingebildet, daß der Rupfinger in Gestalt einer Kuh vor ihm gestanden wäre und eben einen Halm gerupft habe.*

*Einmal wurde ein Pfarrer in eine Stube geschleppt. Keiner am Hof glaubte ihm. Erst als der arme Mann die Stelle aus einem apokryphen Evangelium vortrug, in der Jesus einem Fuchs als Henne erscheint und von ihm gefresen wird, fiel es ihnen wie Schuppen von den Augen, sie warfen sich auf die Knie und beichteten im Chor ihre Schandtat. Der Pfarrer aber verweigerte ihnen für einen Monat die Absolution und sie mußten für diese Zeit im Zustand der Sünde verharren.*

*Eines Tages verlor der Rupfinger mit einem Schlag seine Gabe und wurde fortan nicht mehr gesehen.*

*Einer alten Frau, die Kräuter sammeln ging, erschien er in Gestalt eines Rehs. Sie sah sofort die Schuhe an den Hinterläufen, erkannte es und versteckte sich rasch hinter einem Busch. So konnte sie beobachten, wie es sich verwandelte: Es legte sich ins Gras, rupfte an einem Halm, legte das Ohr an den verbliebenen Stummel im Rasen und wenig später lag der Rupfinger in Menschengestalt da.*

*Die Frau tat am nächsten Tag desgleichen. Sie rupfte einen Halm und lauschte und sie vernahm die Geschichte, die der Rupfinger immer erzählte. Es war das Märchen von Prinz und Prinzessin, ihrem Hofstaat und der kleinen Ortschaft in ihrem Reich, wo Tiere, Bürgermeister, Drachen, Pfarrer und andere wie sonst ihr Wesen trieben. Als sie aufstand, blickte sie an sich hinunter und erkannte, daß sie ein Reh geworden war. Fortan zog sie als Rupfinger durchs Land und den Menschen schien, als wäre der Rupfinger schon immer eine Frau gewesen, so genau konnte sich keiner mehr erinnern.*

*Eine arme Magd fand sie im Sterben auf einem sonnenwarmen Hügel im Gras. Ihr erzählte die Rupfingerin mit schwacher Stimme in ihren letzten Worten, daß die Welt eine Kugelgeschichte sei, rund von Anfang bis Schluß, ewig schwebe die Geschichte um uns und wer an den Halmen lausche, könne sie verstehen.*

siehe auch: 1.5.1.1. / Teil Drei, 1973 / 4.3.

## 1.13. Farben und Licht

### 1.13.1. Das Licht, die Dämmerung und das Dunkel

Der mit schottischen Vorfahren aus Schweden stammende Universitätsprofessor Dr.Gustav MacDonaldson[23] forscht in der Theorie der theoretischen Physik. Die Geschichte mit obigem Titel wurde von ihm verfaßt.

---

23) MacDonaldson meint, daß sein Fachgebiet so theoretisch und dermaßen schwierig wäre, daß es nicht durch Formeln beschreibbar, sondern nur durch Geschichten vermittelbar sei. Nur Märchen haben seiner Meinung nach jene Komplexität, um so etwas Komplexes wie die Theorie von etwas Theoretischem, die Methatheorie, in umfassender und vollständiger Gesamtheit darstellen zu können.

*Eines Tages gerieten Licht, Dämmerung und Dunkel in Streit darüber, wer aller König wäre.*

*Das Licht sprach: "Seht mich an! In dem Augenblick, wo ihr euch mir zuwendet, seid ihr verschwunden. Somit bin ich der Herr über Dämmerung und Dunkel."*

*Die Dämmerung sprach: "In mir vereint sich Licht und Dunkel, ich bin die Summe aus euch beiden und somit euer König."*

*Das Dunkel sprach: "Nur unaufhörliche Kraftanstrengung vermag das Licht am Leben zu erhalten. Kaum versiegt die Quelle der Energie, breite ich mich aus. Vordergründig mag mich das Licht vertreiben, doch auf unendlich lange Sicht und somit grundsätzlich bin ich der König."*

*Lange stritten sie hin und her, da jedoch jeder das Problem aus seiner Sicht betrachtete, kamen sie zu keinem Ergebnis. Kurz darauf warf die Dämmerung ein, daß sie vielleicht unabhängig voneinander existierten und somit gar keine Notwendigkeit bestünde in Wettstreit zu treten. Die beiden anderen aber verwarfen den Kompromiß, sie beschlossen übers Land zu ziehen und einen Weisen zu suchen, der ihren Streit schlichten könne.*

*Schon nach den ersten Schritten begann der Streit neuerlich. Das Dunkel sprach: "Dreht euch doch um! Was ist hinter uns? Die Dunkelheit, also ich!"*

*Kaum hatten sie sich umgedreht, als alles hell erleuchtet vor ihnen lag und das Licht triumphierte.*

*"Hinter dir, auch wenn es jetzt vorne ist, ist es noch immer dunkel!", beharrte das Dunkel auf seiner Stärke. Rasch drehten sie sich zurück und das Licht war seines Sieges sicher.*

*Da sprach das Dunkel: "Du hast keinen Grund, dich als Sieger zu fühlen! Du siehst mich ja nicht einmal! Ich bin überall, bloß nimmst du mich nicht wahr!" Da schwieg das Licht zornig.*

*Bald trafen sie eine ehrwürdige alte Maus und baten sie um eine Entscheidung. Der angegraute Mäuserich richtet sich auf und piepste: "Die Dämmerung ist der König! Im Licht sieht mich die Katze sofort und frißt mich. Im Dunkel riecht sie mich und ich finde den Eingang in meine Höhle nicht rechtzeitig. Wenn aber Dämmerung herrscht, sieht mich die Katze so undeutlich, daß ich, weil ich das Erdloch gerade noch sehe, entkommen kann."*

*Vor Wut leuchtete das Licht so stark, daß es bis zur Dunkelheit hinüberstrahlte und die Dämmerung verschwand. Zerstrittener als je zuvor besuchten sie einen weisen Mann in seiner Studierstube. Der entschied sich für das Licht. Erbittert warf das Dunkel die Lampe um, sie erlosch und der Weise schlug sich bei seiner Suche nach einer Kerze so heftig den Kopf an, daß er über eine Woche keinen einzigen weisen Gedanken denken konnte.*

*"Sehr ihr," rief die Dämmerung, "wir sind alle drei Könige." Die beiden anderen gaben noch immer keine Ruhe und so gelangten sie endlich vor den lieben Gott. Der kratzte sich lange auf der Glatze, dann brummte er: "Und ich war immer der Meinung, daß ich der König über alles wäre!"*

*"Siehst du nicht, daß du einen Schatten wirfst?", rief die Dämmerung. "Und wer steckt unter deinem Bart?", rief das Dunkel.*

*"Werdet ihr euch meinem Urteil beugen?", unterbrach sie der liebe Gott.*

*"Vielleicht!". riefen die drei wie aus einem Munde.*

*"- oder muß ich dir ein wenig die Energie abdrehen, damit zugleich die Dämmerung auslöschen und das Dunkel mit göttlichem Licht vertreiben?", brummte er unbeeindruckt weiter.*

*"Wir nehmen dein Urteil an!", riefen sie.*

*Der liebe Gott schichte sie nach Hause und meinte, daß am folgenden Tag der König wissen werde, daß er König sei. Das Licht kehrte in die Sonne zurück, das Dunkel in die Erdlöcher und die Dämmerung legte sich in eine tiefe Grube, durch die ein sie kühlender Bachfloß. Am nächsten Tag erschien ein Engel als Bote beim Licht. Als er kam, versengte ihm die Hitze die Flügel und der Engel stürzte ab.*

*Der Engelsbote für die Dämmerung flog in den Kessel und rief: "Du bist es nicht!"*

*Auch zur Dunkelheit kam ein Engel. Er setzte sich vor das Erdloch und rief: "Komm heraus, ich habe dir etwas zu sagen!" So sehr die Dunkelheit auch wollte, sie konnte nicht ins Licht und nach einer Wartezeit entschwand der Bote wieder.*

*So kam es, daß über Licht, Dämmerung und Dunkel die Hitze König wurde, denn heiß kann es immer sein, gleichgültig, ob es hell, dämmrig oder dunkel ist.*

Im Frühjahr 1968 veröffentliche Dr.Gustav MacDonaldson den zweiten Teil mit Vorwort:

*Die Reaktionen auf meine Arbeit "Das Licht, die Dämmerung und das Dunkel" haben mich veranlaßt, mit einer weiteren Parabel das Gebiet so einzugrenzen, daß alle zum Teil wirklich absurden Schlüsse unmöglich gemacht werden.*

*Angefangen von Religionsgemeinschaften, die meine als "Gott" bezeichnete letzte Lichtquelle, als Urgrund für alles Leuchten zu verstehen, zu einer Blasphemie machten und beim Rektor meine Suspendierung forderten, bis hin zu Kollegen, die wohl aus Neid, weil ihre Arbeiten keiner liest, was übrigens bei ihrem Sprach-und Ausdrucksvermögen weiters nicht verwundert, mir sinnloses Fabulieren vorwarfen. Es hieß von ihrer Seite, daß der Parabel Hand und Fuß fehlten, auf alle Fälle aber ein vorangegangener Denkprozess. Ich habe nach ihrer Meinung einfach irgendetwas geschrieben. Die wenigen, die sich ernsthaft damit auseinandersetzten, kamen zu Folgerungen, die mir Rückschlüsse auf die Psychopathologie der einzelnen Kollegen ermöglicht.*

*Letztlich verstanden hat die Geschichte keiner und das liegt nicht an mir, sondern an der Komplexität der Materie. Leider mußte ich feststellen, daß die sich gerne als Geistesleuchten Sehenden ähnlich einer ausgebrannten Glühbirne keineswegs jenen klaren Blick haben, den sie zu haben vorgeben. Die Reaktionen aus dem "gemeinen Volk" lassen mich schließen, daß die scheuklappenartige Fachgebietsmentalität der Professoren-*

*schaft ihnen milde gesprochen ein wenig das Geisteslicht verdämmert hat.*

*Einst schickte der liebe Gott Boten aus, um den sinnlosen Streit zwischen Licht, Dämmerung und Dunkel zu schlichten. Da er seine Geschöpfe mit freiem Willen ausgestattet hatte, mußte er damit rechnen, daß sie sich gegen seine Entscheidung auflehnen würden. So versuchte er einen geschickten Schachzug.*

*Dem Licht erschien ein schwarzer Engel, der Finsternis ein weißer, der Dämmerung ein grauer. Dadurch wollte er die drei zum Nachdenken anregen und jeder hätte die Symbolik verstehen sollen.*

*Als der Dunkelheit der weiße Engel erschien, hielt sie ihn für eine Prüfung ihrer Macht. Sie kroch aus der Erde und kitzelte seine Fußsohlen. Eigenlich wollte sie ihn verschlingen, aber mehr Kräfte brachte sie nicht auf und der gekitzelte Engel flog kichernd davon, die Dunkelheit geschlagen zurücklassend.*

*Der graue Engel tauchte in die Dämmerung. In diesem Moment wurde er für sie unsichtbar und gelangte unbemerkt zu ihren Ohren. Dort verkündete er die ihm aufgetragene Botschaft. Wütend versuchte ihn die Dämmerung zu packen und zu verprügeln, da er jedoch wie sie war, sah sie ihn nicht und der Engel ließ die geschlagene Dämmerung zurück.*

*Der schwarze Engel näherte sich dem Licht. Das begann sofort mit aller Kraft zu strahlen, was zu Folge hatte, daß der Engel immer deutlicher sichtbar wurde. Nun dachte das Licht, daß die Dunkelheit Sieger und König wäre. Um das zu verhindern, opferte Gott seinen Boten.*

siehe auch: 1.6.2. / 4.25.

1.13.2. Die Farben

Mit Anbruch der Dämmerung verschwimmen die Farben, an düsteren Orten, etwa in tiefen Talkesseln, erscheinen selbst die buntesten Blumen wie von einem grauen Schleier überzogen.

Allgemein heißt es, daß das Phänomen mit der Lichtempfindlichkeit der für das Farbsehen zuständigen Rezeptoren im menschlichen Auge erklärt ist.

Eine interessante Arbeit dazu findet sich in Laibach:

*Es scheint gesichert, daß wir die Summe aller Wellenlängen des Lichts mit Weiß bezeichnen. Fehlendes Licht wird Schwarz genannt, die einzelnen Bereiche der herausgefilterten Spektrenteile bekommen jeweils einen Farbnamen.*

*Nun geht im heutigen Kosovo, einem gebirgigen und zerklüfteten Landstrich an der albanischen Grenze, eine zu den Forschungen Anlaß gebende Sage um:*

*Südlich von Gusinje lebte in den Prokletjebergen einst eine Bäuerin, die für die Qualität der Farben ihrer Wolle berühmt war. Immer wieder wurde sie nach dem Färberezept gefragt, sie gab es auch gerne preis: Sie nehme die Haare von schwarzen Schafen, die sie so lange raufe, kämme und klopfe, bis sie sich verfärbten. Zunächst wird die Wolle dabei grün, dann rot und schließlich blau.*

*So sehr man sich bemühte, bei allen Nachahmern blieb die schwarze Wolle schwarz, obwohl sie so lange wuschen, klopften und kämmten, bis die Haare zu Bröseln zerfallen waren. So sagte man, daß in den Händen der Bäuerin eine Kraft wohne, die Farben hervorrufen kann.*

*Gemeinsam mit Frau Tatjana Brulic*[24] *und zahlreichen Studenten der staatlichen Hochschule für Textilverarbeitung gingen wir der Sache nach.*

---

24) Frau Brulic war dafür bekannt, daß sie das beste Gulasch kochen konnte. Sie verriet das Geheimnis nicht, ließ aber jeden Neugierigen gerne beim Kochen zusehen.

Dabei würzte sie auf besondere Art. Sie mischte die gehackten Gewürze in einem Topf und schleuderte sie ins Gulasch, wobei sie wie bei einer Turnübung den gestreckten Arm mit aller Kraft und so schnell sie konnte im Kreis drehte.

Die Zuseher hielten das für ein Täuschungsmanöver, das vom eigentlichen Geheimnis ablenken sollte. Mir gegenüber erwähnte sie einmal, daß durch diesen Dreh die Gewürze so herrlich zu duften begännen, er verleihe ihnen ein Hauch von Lebendigkeit. Dann murmelte sie etwas, das ich nur halb verstand, es klang nach: "Leben ist ein kreiselndes Wirbeln der Luft"

*Wir fuhren in ein Tal südlich von Gusinje, noch an Plav vorbei und richteten an einem Gebirgsbach unsere Versuchsstation ein. Die Versuche brachten ein verblüffendes Ergebnis: Etwa ein Drittel der waschenden, klopfenden und kämmenden Studentinnen hörte plötzlich mit der Arbeit auf und starrte auf die für die anderen noch immer schwarze Wolle. Sie erklärten, daß sie jetzt in den prächtigsten Farben leuchte. Keiner der Männer und zwei Drittel der Frauen nahmen nichts dergleichen wahr. Das Drittel der Farbsehenden machte unterschiedliche Angaben zur Färbung. Manche sprachen von grünen Tönen, manche von roten, manche von blauen. Die Aussagen kamen von drei gleichstarken Gruppen.*

*Zur Zeit wird an weiterführenden Experimenten gearbeitet. Es geht um folgende Bereiche:*

*Wir versuchen nachzuweisen, daß die von uns als Farbe bezeichnete Lichtqualität in jedem eine andere Wirkung hervorruft. Auf Grund der Erziehung ist man dazu angehalten, etwas Bestimmtes blau zu nennen und so weiter, gleichgültig, wie der Farbreiz wirkt. Als Vergleich führe ich zwei Personen an, die einen Gegenstand berühren. Einer erfühlt ihn als kalt, weil er die Hand in heißem Wasser hatte, der andere als warm. Eindrücke der Sinne sind nicht vergleichbar, es könnte also sein, daß der eine den Gegenstand als blauen Gegenstand sieht, ihn aber grün nennt, wie er es gelernt hat.*

*Weiters arbeiten wir an der Hypothese, daß durch langes Starren auf einen schwarzen Körper sich dessen Farbe verändert. Unklar ist, ob die Veränderung im Gehirn des Betrachters vor sich geht, oder ob sich der Körper selbst verändert.*

*Der dritte Schwerpunkt unserer Experimente betrifft die Tatsache, daß jeweils ein Drittel der Farbsehenden eine der drei Grundfarben gesehen hat. Die drei Farben ergeben bekanntlich in der Mischung weißes Licht. Könnte es sein, daß sich weißes Licht, von mehreren betrachtet, auf die Betrachter aufteilt?*

siehe auch: 1.6.2./ 1.8.3./ 1.14.1./ 2.1.3./ 4.27.

## 1.14. Der Geruch

### 1.14.1. Der Gestank

Auch vor meinem Mißgeschick mit dem Senkgrubendeckel, roch es an den windstillen Tagen unangenehm faulig. Bis zum Fund der Arbeit des Urahns von Karl Ömperdinger nahm ich an, daß das aus dem gleich neben der Brücke liegenden kleinen Sumpfgebiet stammen mochte, einer kaum drei Quadratmeter großen Fläche am Innenrand des Baches, aus dem unaufhörlich Gasblasen aufsteigen. Zur Zeit der Schneeschmelze und nach starkem Regen schwemmt der Bach dort Material an, es lagert sich ab und beginnt im Lauf des Jahres zu gären, den Geruch des Todes in den Kessel entlassend.

Eine Arbeit zum Geruch stammt von einem orientalischen Gewürzhändler und liegt in einer schriftlichen Fassung von Georgos Vasilos[25] vor.

---

25) Vasilos war Märchensammler. Als Quelle gibt er Menschen an, in diesem Fall eben einen persischen Gewürzhändler. Er wurde aber beobachtet, wie er den Schulp eines Oktopus in feine Blättchen zerschnitt, die Plättchen mit einer besonderen Tinte behandelte, es soll die Tinte von den kleinen Verwandten der Sepia, den Kalamares gewesen sein, nachdem sie getrocknet war, tauchte er sie ins Meer, das einen Teil der Tinte auflöste und abwusch. Auf den Blättchen blieben dunkle Zeichen zurück, die an indische Schrift erinnern.

*So zog ich einst die alte Karawanenstraße von Osten nach Westen, eine ordentliche Ladung an Gewürzen mitführend. Es gab Säcke mit Ingwer, Zimt, Nelken und Safran, Weihrauch, scharfe Schoten und vieles mehr. Mich begleiteten zwölf Bewaffnete und fünf Kamelführer für die zwanzig Lasttiere. Schon lange vor unserem Erscheinen meldete uns der vorauseilende Duft der Gewürze, in Samarkand etwa hatte der Besitzer des Hans bereits die Nachtlager bereitet und die Hammel drehten sich am Spieß. Jedermann freute sich, weil mit uns für einen Tag alle Wohlgerüche der Welt die Stadt erfüllten.*

*Tage später, in den kurdischen Bergen, verriet uns der Duft den Räubern. Sie hatten lange Zeit, um den besten Platz für den Überfall auszuwählen, versteckten sich gut und unsere Vorhut erkannte sie nicht. Die Räuber lagen hinter Felsen und mußten nicht Ausschau halten, sie rochen, wie weit wir noch entfernt waren und wann der günstigste Augenblick zum Hervorstürzen gekommen war.*

*Wir hatten uns in Sicherheit gewiegt und als sie mit gezückten Säbeln brüllend auf uns zuritten, suchten manche meiner Begleiter verzweifelt nach den auf die Kamele gepackten Waffen. Um uns noch mehr zu verwirren, ritten die Räuber wie rasend um uns im Kreis, manchmal brach einer unvermittelt aus, stürzte sich auf einen meiner Männer und warf ihn vom Pferd. Da geschah ein Wunder: Der Anführer brüllte ein Wort und die Meute hetzte davon, als wären wir Teufel oder giftige Ungeheuer. Drei Begleiter verfolgten sie und fingen einen der Räuber.*

*Wir verhörten den vor Angst zitternden Mann. Einer der Kamelführer verstand seine Sprache und übersetzte, daß sie eben zur fünften Umrundung angesetzt hätten, als der Duft in höllischen Gestank umgeschlagen wäre. Der Anführer hätte die Karawane sofort als teuflisches Blendwerk erkannt und den Rückzug befohlen.*

*Langsam beruhigte sich der Gefangene wieder und bemerkte, daß er jetzt wieder Nelken, Zimt und andere Gewürze riechen könne. Wie im rasenden Ritt Gestalten vor den Augen verschwimmen, war ihnen wohl der himmlische Duft zu Gestank verschwommnen.*

*Die weiter Reise verlief ohne Zwischenfälle, ich nützte die sie für Experimente. So ließ ich die Tiere eilends traben und setzte mich an den Wegrand. Die Karawane eilte vorbei, der Geruch aber veränderte sich nicht. Dann wieder umkreiste ich sie auf meinem galloppierenden Rappen. Einmal hatte ich das Gefühl, als verändere sich der Geruch, doch einen Gestank, wie ihn der Räuber beschrieben hatte, konnte ich nie feststellen. Es hat uns wohl ein Wunder gerettet.*

*Nur ein Kamelführer erzählte, daß ihm einmal beim Verladen ein Sack geplatzt war, die Nelken hatten sich über ihn ergossen und ihm für einen Augenblick die Besinnung geraubt, seine Dichte war ihm wie Gestank vorgekommen.*

siehe auch: 1.4.5./ 1.10.3./ 3,1973

## 1.14.2. Der Duft

Steine beginnen zu riechen, wenn die Regentropfen eines Gewitters nach ein heißen Sommertag sie benetzen. Das kennen vor allem Bergsteiger und Kletterer, die vom Regen überrascht werden. Am stärksten tritt der Geruch in Kalk- oder Dolomitgestein auf, woraus auch der sich gabelnde Sporn im Kessel besteht.

Giovanni Bastolo, ein Pionier der italienischen Felskletterei, erzählt dazu ein Erlebnis.[26]

---

26) Anmerkung des Verfassers: Heute, wo wahre Kolonnen von Bergwanderern Tag für Tag das Gartl besuchen, dürfte wohl kaum jemand die Erfahrung Bastolos machen. Ich denke, daß die durch den Massentourismus profanisierte Bergwelt das Himmlische vergangener Zeiten verloren hat.

*Gemeinsam mit Pietro[27] bestieg ich am 20.März 1902 den mittleren Vajolett-Turm.*

---

27) Gemeint ist der berühmte Pietro Resti, der vor allem in der Adamello- und Presanellagruppe Winterbegehungen durchführte, damals noch mit Schneeschuhen und Schneetellern. Bemerkenswert ist, daß Resti in den eisigen Winterstürmen so

schnell die Notdurft zu verrichten gelernt hat, daß er nach der Sonntagsmesse sich am gefüllten Kichenplatz öffentlich erleichtern konnte, ohne daß es irgendjemand sah.

*Ich muß bemerken, daß wir den Turm besteigen wollten. Ungünstige Schneeverhältnisse zwangen uns zu langsamer Gehgeschwindigkeit, erst gegen Mittag standen wir am Wandfuß. Wir beschlossen, den niederen Vorbau zu erklimmen und von dort die genaue Route für eine spätere Besteigung zu erkunden, uns blieben für das Unternehmen kaum drei Stunden.*

*Die bereits kräftige Sonne hatte im schneearmen Frühjahr die Eisplatten weggetaut und wie im Sommer ging es die ersten Meter hinauf. Dann zwang uns ein Überhang auf einem Band in eine Rinne und dort herrschte noch tiefster Wintes. Ich schlug mit dem Pickel mächtige Löcher ins Eis. Wir waren guter Dinge und nicht konzentriert bei der Sache. So verlor ich durch eine Unachtsamkeit das Gleichgewicht und stürzte rücklings hinunter.*

*Geistesgegenwärtig drehte ich mich im Stürzen so, daß ich mit den Füßen voran an einer Stelle aufkam, wo glücklicherweise der Schnee hoch angeweht lag. Sogleich steckte ich über zwei Meter tief in einer Wächte. Es dauerte lange, ehe mich Pietro freigelegt hatte. Ich fror entsetzlich und wäre ohne seine Hilfe wohl bald zugrunde gegangen, so eingeklemmt steckte ich im zusammengepreßten, feuchten Schnee.*

*Wir feierten meine Errettung mit einigen Schlucken Grappa aus der Flasche. Ich war ohne einen Kratzer davongekommen und lehnte mich gegen die von der Sonne herrlich aufgewärmten Felsen. Da stieg mir der Duft von Rosen in die Nase, so herrlich und stark, als säße ich im Sommer vor einem blühenden Garten. Pietro roch nichts dergleichen und spottete darüber, er meinte, ich hätte zuviel vom Grappa erwischt und beim Sturz meine Nase verletzt.*

*Das aber konnte mich nicht beirren. Ich sog den himmlischen Duft in mich und mir war, als brächte er mir nach der Errettung aus dem Tod die Lebensfülle wieder, das in einem Gebiet, das schon der Sage nach Rosengarten heißt. Vielleicht aber hängt der Duft nicht mit dem Ort zusammen und wiedergewonnenes Leben riecht immer so rund und fein.*

siehe auch: 1.5.4. / 1.10.2. / 2.5. / 4.18.

## 1.15. Die Temperatur

### 1.15.1. Die Temperatur der Luft

Wie bereits erwähnt, ist die Luft im Kessel kühl. Die Felsen strahlen Kälte aus, desgleichen der Bach, nie erwärmt die Sonne den Kessel.

siehe auch: 1.1. / 1.3. / 1.6.2.

### 1.15.2. Die Temperatur des Bodens.

Vor allem an den sieben kreisrunden Flecken ist der Boden angenehm warm.

Dazu berichtet der Arzt Dr.Janos Köröstetetek aus Szeged:

*Ich behandelte einen Mann, der von der damals umgehenden Grippe erfaßt worden war. Als sie allgemein längst abgeklungen war, lag er noch immer mit unveränderten Symptomen im Bett. Mehrmals flehte ich ihn an, nicht auf seiner Grippe zu bestehen, sondern mir zu helfen, damit ich ihm helfen könne. Er begann abzumagern und eines Tages ließ er mich an sein Bett rufen. Ich setzte mich zu ihm und hörte mit steigender Spannung, wie er erzählte:*

*Etwa drei Tage vor der Erkrankung war er bei seinem Bruder zu Besuch gewesen, der schon länger mit Grippe im Bett gelegen war und in einer privaten Sache seiner Hilfe bedurfte. Er hatte sich ans Bett des Bruders gesetzt und zugehört:*

*Drei Tage vor der Erkrankung war er auf Blitzbesuch bei einem Bekannten in der Nähe von Warschau gewesen, der so lange mit Grippe im Bett lag, daß er völlig geschwächt war. Darum wollte er seinen Freund noch einmal sehen, er fühlte nämlich den nahen Tod. Er hatte sich ans Bett gesetzt und sein Freund hatte erzählt:*

*Drei Tage vor der Erkrankung war er zu einem Onkel gerufen worden, der in der Nähe von Danzig wohnt. Er hatte sich zu seinem Onkel ans Bett gesetzt und der hatte zu erzählen begonnen:*

*"Nun liege ich schon so lange mit Fieber im Bett, daß sogar der Boden unter dem Bett warm geworden ist!" Er hatte sich gebückt, die warmen Bretter befühlt und in diesem Augenblick war sein Onkel gestorben.*

*Als das der Freund erzählt hatte, hatte sich der Bekannte zu Boden gebeugt, den tatsächlich warmen Grund betastet und in diesem Augenblick war der Freund gestorben.*

*Als das der Bruder vom Bekannten gehört hatte, hatte er die Bretter des Bodens betastet und in diesem Augenblick war der Bekannte gestorben.*

*Als das sein Bruder gesagt hatte, hatte er sich nicht hinuntergebeugt, doch er hatte die Wärme durch die Schuhsohlen kriechen gespürt und sein Bruder war gestorben.*

*Als das mein Patient gesagt hatte, sprang ich mit einem Satz zur Seite, mußte aber mitansehen, wie er seinen letzten Atemzug tat.*

*Nun verblieben mir drei Tage bis zum Ausbruch der tödlichen Krankheit. Ohne lange zu überlegen fuhr ich nach Danzig und besuchte das Haus des Mannes. Zum Erstaunen der trauernden Verwandten stürzte ich ins Zimmer, betastete den Boden und fand ihn warm. Am gleichen Tag noch besuchte ich das Haus des Mannes bei Warschau, auch dort war der Boden warm.*

*Da erkannte ich die Unsinnigkeit meines unüberlegten Handelns und kehrte nach Hause zurück, wo der Boden unter meinem Bett bereits warm war. Sofort räumte ich es in ein anderes Zimmer, auch dort erwärmte sich der Boden innerhalb einer Nacht.*

*Seither schlafe ich in einem Bett, unter dem ein riesiger Eishaufen liegt. Er schmilzt in einer Nacht vollständig, doch scheint er mich vor dem Ausbruch einer Krankheit zu bewahren.*

siehe auch: 1.5.1.2.2. / 1.6.1. / 1.6.2. / 4.3. / 4.18.

# Zusammenfassung

Im ersten Teil wird die Besonderheit des Orts deutlich. Einer, der sein Leben lang an solch einem Ort wohnt, muß davon berührt werden. Es fällt schwer, die eine oder andere Tatsache als bestimmenden Grund für manches Verhalten von Karl Ömperdinger anzuführen, es entstand wohl aus der Summe all dieser Einflüsse.

Natürlich ist Kritik an den Quellen zu erwarten. Der Kritik halte ich entgegen, daß der Wissenschaft Plätze dieser Art völlig gleichgültig sind, die verliert sich lieber in unbedeutende Details. Wir haben etwa höchst selten mit Mischungen aus Titan und schwerem Wasser zu tun. Alles das mag auf uns wirken, eines Tages wird es vielleicht auf uns wirken, doch die zukunftsorientierte Forschung scheint mir insofern übertrieben, als wir ja nicht wissen, was jetzt alles auf uns wirkt und wie es wirkt.

Es ist also nicht Kritik gefragt, sondern eine Arbeit darüber, wie das von mir Gesammelte nach Meinung eines seriösen Wissenschafters tatsächlich funktioniert.

Teil Zwei (2)

# Die Person

## Beschreibung

# Einführung

Im Lauf der Arbeit ergab sich ein Bild der Erscheinung Karl Ömperdingers. In Nebensätzen fielen Aussagen wie "der kleine Karl" oder "grauäugig", all das, über Jahre gesammelt und zusammengesetzt, bringt eine Beschreibung mit sich, die etwa auf sein viertes Lebenjahrzehnt zutrifft.

Das Kapitel "Einrichtung" stelle ich zur Person, weil auch die Art der Gegenstände, die einer in seinem engen Lebensraum aufstellt, ein wenig über ihn Auskunft gibt.

Die Zitate stammen aus der von mir als "präanalytisch" bezeichneten Zeit. Zwar gibt die Psychologie vor, mit wissenschaftlichen Methoden zu arbeiten, die Interpretation der Fakten liegt aber im subjektiven Verständnis des Wissenschafters. Die Folgerungen sind je nach seiner Zugehörigkeit zu einer bestimmten Schule gefärbt, sie enthalten dadurch nur das berühmte Körnchen Wahrheit, das in vielem zu finden ist.

Ich ziehe damit nicht die Leistungen der Psychologie in Zweifel, in der Zusammenschau vieler Arbeiten kristallisiert sich ein wahres Ganzes heraus, Einzelarbeiten jedoch sind oft unbrauchbar. So verwende ich Beobachtungen aus einer Zeit, in der von Freud noch nicht die Rede war. Sie mußten nicht in die gleiche Richtung wie die des großen Lehrenbegründers weisen und stammen aus naiver Beobachtung. Dieser Zugang zu den Phänomenen konnte etwas Richtiges entstehen lassen. Denn auch die Psychologie forscht auf Ziele hin, mit dem Wissen um eine überblicksmäßige Sicht der Geisteswelten sind die Ziele gefärbt. Sie müssen, um die geniale Weltsicht nicht in Frage zustellen, in sie hineinpassen, wodurch für den Forscher ein Rahmen entsteht, den sprengend er seinen Ausschluß aus der Gemeinde der ernst zu nehmenden Wissenschafter provoziert.

Manche Ergebnisse dürfen nicht sein. Gerade in der Psychologie zeigt sich der Nachteil von Schulen und von Forschung auf ein Ziel. Läßt sich in der Physik die Kugelgestalt der Erde nur ein paar Jahrzehnte lang durch Bedrohung von Leib und Leben Einzelner verleugnen, kann man in dem komplexen Gebiet der Menschenforschung alleine durch die Fragestellung derartig viele Gemeinsamkeiten oder Divergenzen erzeugen, daß das Ergebnis der Fragen höchstens den Rang von Theorien bekommt, es sich dabei in der Regel aber nur um vage Hypothesen handelt.

### 2.1. Sein Gesicht

#### 2.1.1. Seine Haare

"Von mittlerer Farbe", das war die einzige Mitteilung über seine Haare. Wären sie auffällig lang, kurz, gekraust oder sonst mit einer bemerkenswerten Eigenschaft versehen gewesen, hätte das zweifellos zu einer Bemerkung geführt. Auch aus seinen letzten Lebensjahren wurde von keiner Glatze berichtet.

Er dürfte also dunkles, kräftiges und glattes Haar gehabt haben, wie es ein Großteil der Männer im Ort aufweist.

Mala Nuku[28], die auf Sumatra arbeitende Lemuristin, veröffentlichte ihre Arbeit zu den Haaren in Oto, einer von einem kleinen Stamm gesprochenen Sprache.

---

28) Böse Zungen behaupten, daß sie diese Sprache gewählt hat, weil in ihr kein R vorkommt, das Mala Nuku weder sprechen noch schreiben kann. Sie hat es vergessen.

*Vergleicht man Menschenaffen und Menschen, so liegt der einzige Unterschied in der Erscheinung in der Behaarung, sonst gleichen sich beiden Gattungen bis aufs Haar.*

*Die Menschenaffen werden zu den Tieren gerechnet, einer im menschlichen Dünkel entstandenen Kategorisierung. Ich konnte mit Ausnahme der Sprache keinen Unterschied zu Menschen mancher Stämme finden, im Vergleich zu manchen aus der zivilisierten Welt haben Menschenaffen mehr Verstand und Gefühl zur Welt. Ich denke da vor allem an Boxer, Läufer und andere Maschinen aus Fleisch und Blut. Keinem Affen würde es einfallen, stundenlang in einem stinkenden und heulenden Ungetüm mit wahnwitziger Geschwindigkeit im Kreis zu fahren. Im Verhältnis zu Rennfahrern ist jeder Regenwurm ein Philosoph. Doch genug davon.*

*Der Unterschied zwischen Mensch und Tier, zumindest den Affen, liegt in der Zahl der Haare auf dem Körper.*

*Somit ist das menschliche Denken und jedes Ergebnis einer Geistesarbeit mit größter Vorsicht zu betrachten. Während die*

*Haare rund um Geschlecht zweifelos ihre Berechtigung haben, so sitzen die meisten Zeichen des Tierischen auf dem Kopf, genau dort, wo das Denken seinen es ermöglichenden Apparat vorfindet.*

*Mein Blick in die zivilisierte Welt bestätigt mich. Der Zustand dort ist das Ergebnis heftiger wissenschaftlicher Arbeit, der Forschung gebildeter Menschen, in Praxis umgesetzte Ideen, alles aus dem Kopf geboren, dem großen tierischen Rest an den Menschen.*

*Mir, die ich in der sogenannten Wildnis sitze, wo alles so wunderbar funktioniert und zusammenpaßt, ist obiger Schluß leider der einzig schlüssige, ich habe ihn nicht mit dem tierischen Kopf erdacht, sondern mit meinem unbehaarten Menschenbauch erfühlt.*

### 2.1.2. Seine Stirn

Drei Zeugen bestätigen, daß Ömperdinger eine hohe, breite Stirn hatte.

Edoardo Mechaltl[29] zeichnete eine Geschichte auf, in der die Stirn eine besondere Rolle spielt.

---

29) Der sagenhafte Märchensammler aus den chilenischem Anden, Edoardo Mechaltl, hat das Märchen aufgezeichnet. Der Mann mit eindeutig indianischen Vorfahren behauptet, daß es seine eigene Geschichte sei. Er hält sich für die Vogelscheuche des Todes. Seine Existenz vertreibe das Vergessen von den Sagen und der Wind könne, wenn er erscheint, die Worte der Erzählungen nicht mehr übers Meer hinausblasen, wo sie von Oktopussen oder Schnecken gefressen werden, teilweise sich auch einfach mit dem Wasser mischen und auf den Meeeresgrund sinken, wo sie für immer verborgen bleiben.

*Die Vogelscheuche*

*Eines Tages beschloß ein Bauer, in seinem Garten eine Vogelscheuche aufzustellen. Er bastelte den Winter über an einem Ungetüm, das so schrecklich aussehen sollte, daß jeder Vogel meilenweit davonfliegen mußte. Um das Ergebnis in seiner Wirkung einschätzen zu können, stellte er es in der Nacht vor die Haustür und beobachtete das Verhalten seiner Frau. Die lachte lauthals, als sie die Tür öffnete und die Scheuche sah.*

*Eines Tages kam sie zitternd zurück in die Stube gelaufen und bat um Hilfe, ein Ungeheuer stehe vor der Haustür. Jetzt lachte der Bauer lauthals und stellte sogleich die Vogelscheuche in den Garten. Wenig später mußte er beobachten, daß von allen Seiten Vögel kamen, sie setzten sich vor die Scheuche und trällerten vor Vergnügen.*

*So änderte er die Form und als die Scheuche wieder wie beim ersten Versuch aussah, rasten die Vögel davon. "Siehst du", meinte seine Frau, "das ist der Beweis dafür, daß ich keine blöde Gans bin, wie du mich manchmal im Zorn nennst."*

*Als der Bauer am nächsten Tag in den Garten ging, saßen unzählige Mäuse im Kreis um die Scheuche und hielten sich den Bauch vor Lachen. So baute der Mann eine Mausscheuche.*

*Bald war er für seine Erzeugnisse berühmt. Von weit und breit kamen Menschen und ließen sich von ihm Scheuchen bauen. Es gab Gestalten gegen Krankheit, Ungeziefer, gegen Unfälle oder Unglück. In einer dunklen Kellerecke hatte er welche gegen Glück oder Frieden stehen. Bald gab er die Landwirtschaft auf und lebte von seinen Schreckgestalten, es war ein einträgliches Geschäft und bald war er ein reicher Mann.*

*Eines Tages spürte er einen Stich in der Brust, was ihn an den Tod erinnerte. So schuf er eine Figur mit mächtiger Stirn, die den Tod vertreiben sollte. Die Stirn war für ihn wie eine Mauer, auf die er immer wieder losrennen mußte, er konnte sie aber, wenn sie fest genug war, nicht zerstören.*

*Als der Tod kam, um dem Bauern zu sagen, daß er ihn bald holen werde, sah er die Scheuche vor der Haustür, fuhr darüber wie ein Haufen wilder Dämonen und es gelang ihm, den Stein zu spalten.*

*Die zweite Figur bekam eine Stirn aus einem riesigen erzernen Schrank. Der Tod kam, um den Bauern zu holen, stürmte auf die Scheuche los und bearbeitete sie mit aller Kraft. Er konnte sie zwar nicht zerstören, ließ sich aber nicht vertreiben. Immer wieder kehrte er zurück, bis der Bauer daneben eine zweite Gestalt baute. Ihre Stirn war aus Wind gearbeitet und wer näher trat, dem blies mächtiger Sturm entgegen.*

*Damit ließ sich der Tod vertreiben. Der Bauer lachte vor Freude über das ewige Leben. Als er eines Tages auf den Markt ging, packte ihn der Tod.*

### 2.1.3. Seine Augen

Zweifellos sind die Augen der auffälligste Bestandteil des Gesichts. Die Augen Karl Ömperdingers haben viele Menschen beeindruckt, sie waren hell, klein und manche Zeugen berichteten, daß seine Augen stechen konnten. Er hatte einen stechenden Blick. Auch sollen sie lebendig und klug gewirkt haben.

Auf Grund der stechenden Augen zitiere ich den Forschungsbericht von Gerholm Sundvist[30].

---

30) Sundvist war auf einem Auge blind und hatte so ein besonderes Verhältnis zur Physiologie des Sehens. Angeblich soll er durch die Konzentration der für zwei Augen ausgelegten Sehkraft auf ein Auge durch langes Starren auf einen Punkt eines Papierblattes ein Loch hineingebrannt haben.

*Gerne wird in der Physik zur Erklärung von Brechung oder Spiegelung des Lichts der Sehstrahl verwendet. Man glaubt so anschaulich zeigen zu können, welchen Weg das Licht nimmt und wo ein Bild entsteht. Das funktioniert nicht immer, etwa bei einem Hohlspiegel, dann zeichnet man den Sehstrahl einfach punktiert hinter dem Spiegel weiter und spricht von einem virtuellen Bild, als wäre das Bild nicht wirklich. Für den Betrachter ist es gleichgültig, ob das Bild der Skizze vor oder hinter dem Spiegel liegt, das Auge denkt nicht, sondern sieht.*

*Ich will jedoch nicht von Optik sprechen, wo alles klar zu sein scheint. Ich spreche von physiologischer Optik. Allgemein wird die Netzaut als Rezeptor bezeichnet, sie empfängt also das Licht, womit die Richtung des Sehstrahl definiert ist: Sie geht ins Auge.*

*Strahlung aber geht von einer Quelle aus, etwa von einer Lampe oder der Sonne.*

*Ist Sehen somit ein aktiver oder ein passiver Vorgang?*

*Nehmen wir einen Suchenden: Er sucht den Teppich mit den Augen ab, hofft, daß in seinem Blickfeld oder Sehstrahl des verlorenen Schlüssels erscheint. Physikalisch richtig müßte man die Szene anders beschreiben: Durch Bewegen von Kopf und Augen versucht der Suchende, den Teil der zu ihm gesendeten Sehstrahlen einzufangen, die in ihm das Bild des Schlüssels erzeugen.*

*Nehmen wir einen Menschen, der sein Auge im Spiegel betrachtet. Er hat in seinem Auge zwei Augen, ein wirkliches und ein abgebildetes. Der Sehstrahl läuft gleichzeitig in zwei Richtungen, wendet am Aug und im Spiegel. Schließt die Person das Auge, verschwindet das Bild. Die Ursache dafür aber ist nicht, daß das Auge verschwundwen wäre, ein Danebenstehender sieht es noch immer, sondern weil der Sehstrahl nicht mehr aus dem Auge dringt und somit nicht ins Auge zurückgeworfen werden kann.*

*So scheint die Richtung des Sehstrahls aus dem Auge zu den Dingen zu gehen, Sehkraft ist eine Leistung des Gehirns. Bekannterweise vermittelt Sprache Gedanken, Schall ist das Transportmittel. Das vermag auch der Sehstrahl. Ein Beispiel dafür ist die Kommunikation mit den Augen, die von Verliebten fallweise angewendet wird. Die Wahrnehmung von optischen Botschaften, von Botschaften des Sehstrahls, kann aber nur in Augenblicken extremer Bereitschaft gelingen, es sind Zustände, in denen das übliche, sichtbezogene Denken gedämpft ist.*

siehe auch: 2.8.3. / 4.25.

### 2.1.4. Seine Nase

Ich gebe zu bedenken, daß die Ömperdinger zugesprochene kleine Nase wohl nur im Verhältnis zur mächtigen Stirn und den stechenden Augen klein gewirkt hat. Die Tendenz zur Hakennase dürfte eine böswillige Behauptung sein,

Seine Nase und sein Geruchsinn haben in seinem Leben keine Rolle gespielt, es fehlen auch Quellen dazu.

### 2.1.5. Seine Ohren

Über Form und Aussehen der Ohren wurde nichts gesagt. Sein Gehör allerdings war sehr gut. Wenn manchmal im Wirtshaus am Nebentisch über ihn geredet wurde, verstand er es, obwohl er in ein Gespräch vertieft war. Das gab er bei Gelegenheit zu verstehen und so hat er vermutlich betroffenes Schweigen ausgelöst.[31]

---

31) Anmerkung des Verfassers: Wie überall ist auch in X. der Tratsch für viele eine Hauptbeschäftigung. Kein Buch, keine Radiogeschichte, kein Fernsehspiel kann jene aktuelle Brisanz liefern. Die Haupdarsteller der Lebensgeschichten, wenn sie auch im Vergleich zu dramatischen Arbeiten unbedeutende Nebensächlichkeiten behandeln, sind Nachbarn und halb Bekannte. Das macht den Reiz aus.

Die über andere im Ton der Entrüstung vorgebrachten Halbwahrheiten dienen dazu, sich in Gegensatz zu den Handlungen des Beredeten zu stellen. So wird ein Selbstbewußtsein geschaffen, das sich in Negativa definiert, es ist zwangsläufig eine morsche Hütte, stützt es sich doch auf Vermutungen und ein im Verhältnis zu Möglichkeiten besser Sein.

Leider kommt ein Großteil der Berichte über Ömperdinger aus diesem Sumpf. Erst jahrelanges Filtern und Vergleiche, die Beurteilung, was davon glaubhaft war und was nicht, brachte das vorliegende Ergebnis.

Durch die wissenschaftlichen Zitate wird die Gerüchtsumpffigur Ömperdinger zu einem Objekt der Wissenschaft, sie erst ziehen ihn aus dem Schlamm des Geredes in die lichten Höhen der wahren Erkenntnis, lassen ihn zu einem objektiv gesehenen Beispiel und Sonderfall werden.

Der Vergleich mit jenem armen Frosch, der durch das Zucken seines Beins nach seinem Tod den Beweis lieferte, daß Nervenreize elektrischer Art sind, mag makaber klingen. Der Frosch aber erlangte Weltruhm.

Mein Vergleich will sagen, daß man berühmt gemacht wird. Ömperdinger war sich seiner Eigenschaft nicht bewußt. Die Forschungsarbeit wird ihm eines Tages den ihm zustehenden Ruhm bringen.

Francois Opareille[32], ein Privatgelehrter des späten 19.Jahrhunderts, hat zum Gehör eine in seinem Nachlaß gefundene Arbeit geschrieben.

---

32) Opareille hatte lokale Berühmtheit erlangt. Seine außergewöhnliche Begabung, er konnte Fische mit geschlossenen Augen am Geruch unterscheiden und bestimmen, ließ ihn eine Zeit lang nach Art eines Schaustellers durch die Lande reisen, wo er in einem kleinen Zelt sein Talent gegen Bezahlung vorstellte. Einmal soll er sogar den Hering im Bauch eines Dornhais gerochen haben.

*Über das Gehör:*

*Der Schall verläßt die Schallquelle und fließt durch die Luft zum Gehörgang, windet sich diesen entlang und bringt den Hammer dazu, auf den Amboß zu schlagen. Es liegt am Gehör, wie die Schläge wahrgenommen werden. Ein Aspekt daran wird nicht beachtet:*

*Wir vermögen aus unterschiedlichen Schallquellen strömende Geräusche zu unterscheiden. Nimmt man nun einen Hammer und schlägt damit auf einen Amboß, wird der Klang je nach Wucht des Schlages unterschiedlich laut sein. Aber auch ein anderer Ort des Auftreffens verändert den Klang. In der Mitte des Ambosses klingt es anders als an der Kante.*

*Keiner denkt darüber nach, wohin der Amboß im Ohr schlägt. Es wäre denkbar, daß eine geänderte Stellung der Gehörknöchelchen den Klang des Schalls verändert. Ein verstellter Amboß kann aus Gedröhn Harfenklang machen und das Zirpen einer Grille zum Tuten einer Schiffssirene verwandeln.*

Siehe auch: 4.25.

## 2.1.6. Seine Wangen

Karl Ömperdinger hatte breite Backenknochen, die die Breite der Stirn noch ein wenig überragten. Oft trug er Bartstoppeln.

Leider sind die Wangen kein Gegenstand der Forschung. Im Gegensatz zur Stirn finden sich nicht einmal paläontologische Vergleichsstudien. Wieder einmal haben sich nur Märchen damit beschäftigt, die Welt in allen Facetten zu beschreiben. Im Lauf meiner Suche mußte ich immer wieder feststellen, daß Märchen Aspekte der Welt und des Lebens viel tiefer, umfassender und spezifischer erfassen und hinterfragen als jede Wissenschaft.

Zu den Wangen fand ich eine Geschichte von Angelica Palati. [33]

---

33) Die Märchenerzählerin behauptet, die Märchen aus den Schalen von Seeigeln zu lesen, wo sie mit den schwarzen Stacheln eingemeißelt wurden. Einmal im Jahr fuhr sie ans Meer, sammelte ein paar leere, ans Ufer gespülte Schalen und nahm sie mit nach Hause.

*Die Wange des Stromboli*

*Eines Tages fuhr ein Fischer mit seinem Fang nicht in den Hafen von Ginostra, weil er von draußen auf dem Meer zu sehen glaubte, wie der Stromboli sein Feuerhaupt zu heben versuchte. Dabei wendete er sein Gesicht geradewegs zum Haus des Fischers. So schnell der Mann konnte, ruderte er zum Mund des feuerspeienden Ungeheuers, um ihn durch eine Opfergabe dazu zu bringen, die Feuerspuckerei zu verschieben. In Verbindung damit wollte er ihm eine dermaßen große Ladung Wasser ins Maul leeren, daß das Feuer für die nächsten Tage gedämpft war. Ein paar Kübel voll Wasser mit wenigen Fischen darin waren selbst für Stromboli mehr als ein Tropfen auf dem heißen Stein.*

*Als er vor dem Maul angelangt war aus dem stinkender, heißer Atem strömte, drehte Stromboli den Kopf und blickte einer Schar lustig springender Thunfische nach. Also ruderte der Fischer weiter und endlich war er wieder nahe genug vor der rot glühenden Mundhöhle. Stromboli schloß das Maul, als er merkte, was der Fischer plante, er mochte Fisch nämlich überhaupt nicht. Der Mann aber wußte sich zu helfen, kitzelte den Stromboli mit einem Ruder an den Lippen und als er auflachte, goß er rasch ein paar Kübel voll Wasser hinein. Das zischte kurz und eine kleine Dampfwolke entwich. Der Unhold durchschaute den Plan und schloß das Maul endgültig. Weil er keine Nase hatte, durch die der Wasserdampf hätte entweichen können, blähten sich seine Wangen.*

*Das brachte den Fischer auf die Idee, wie das Übel ein für alle Mal beseitigt werden konnte. Er mußte ein gewaltiges Loch in die Wange des Feindes schlagen, so würden die feurigen Rülpser irgendwo hoch oben entweichen und nicht immer durch den Mund kommend ganze Landstriche verwüsten. Er prägte sich die Stelle ein, die sich aufgebläht hatte und suchte sie am folgenden Tag mit einer Hacke über der Schulter auf.*

*Als der Stromboli die Schläge spürte, schüttelte er wild sein Haupt, doch der Fischer verkeilte sich zwischen zwei Felsbrokken und ließ sich nicht abschütteln. Mit aller Kraft hackte er in den wenigen Pausen, in denen sich Stromboli nicht bewegte und endlich eröffnete er mit ein paar Schlägen das Loch in der Wange. Von diesem Tag an entwich der feurige Atem durch das Loch und es war mit der Gefährlichkeit des Stromboli vorbei.*

*Der Fischer feierte ein Freudenfest, er aß mit seinen Freunden Fische und Muscheln, Salat und Weißbrot, dazu tranken alle Wein und zuletzt soviel Schnaps, daß vor lauter Freudenfest keiner den Morgen erlebte. Sie hatten sich allesamt zu Tode gesoffen.*

*Bald war die Wunde des Stromboli wieder verheilt und alles wurde wie zuvor.*

siehe auch: 4.13.

### 2.1.7. Sein Mund

Ömperdinger soll schmale Lipen gehabt haben, der Mund war breit. Dazu gibt es eine interessante Arbeit des Portugiesen Cristovao Alvitobal[34].

34) Alvitobal war von bürgerlichem Beruf Dentist. Er konnte angeblich eine goldene Münze in den Mund nehmen und in Form einer feingearbeiteten Kette wieder ausspucken. Nur die Einarbeitung von edlen Steinen gelang nicht , es kam vor, daß er sie bei seinen Versuchen schluckte.

*Jeder kennt den tragischen Zeichenwitz, wo ein kleiner Fisch einem größeren ins Maul schwimmt, der seinerseits einem noch größeren ins Maul schwimmt.*

*Dieses Bild ist lustvoll und tragisch zugleich.*

*Auch der Mensch hat die drei Fische im Mund, sie heißen Zunge, Zähne und Lippen.*

*Mit dem ersten Blick erkennt man die Bedeutung des Mundes: Durch ihn bleiben wir am Leben. Durch ihn teilen wir uns mit, in ihn strömt Luft, er kann festhalten. als Waffe dienen , tasten oder zärtlich sein. Diese Leistungen bedürfen des Zusammenspiels von Lippen, Zähnen und Zunge.*

*Dennoch gibt es Hierarchien.*

*Das Spiel der Zunge:*

*Das schmeckende Förderband kann als einziger Körperteil im Speisebrei wühlen und ihn auf besondere Art erfühlen. Nur sie kennt Süße und Säure. Sie steckt mitten im Sinnengenuß, wird von ihm umhüllt und eingeschlossen, sie spielt damit, wie ein kleines Kind.*

*Der Biß:*

*Gibt man einem Erwachsenen Brei zu essen, dann aber einen Knochen, den es abzunagen gilt, so wird er den Knochen vorziehen. Der Brei braucht den Biß nicht, mißachtet die Zähne und läßt sie sinnloses Anhängsel bleiben. Im Biß finden sie Sinn und Freude, eine Freude, die sich dem Menschen mitteilt und ihm die Nahrung schmackhafter erscheinen läßt. Es ist das Vergnügen der Zähne, abzuzwacken und zu zermalmen, sie pressen und drücken gegeneinander und entwickeln beachtliche Kräfte.*

*Das Tasten der Lippen*

*Die Hauptaufgabe der Lippen ist das sanfte Ergreifen und festhalten. Sie ziehen die Nahrung zum Mund. Dabei erkennen sie die Temperatur und so sind sie Zähnen und Zunge gleichwertig.*

*Für alle Leistungen des Mundes könnte man in ähnlicher Weise die Bestimmung seiner Teile aufschlüsseln.*

*Nun ergibt sich Folgendes: Der Weg aller Aufgaben führt hinein oder hinaus. Die Lippen erspüren als erste die Nahrung, die Zunge formt als erste die Laute. Die Zähne jedoch sind ewig zweite , gleichgültig wie man es dreht und wendet. In ihrer Rolle liegt der Keim für Entzweiung und Tragik.*

*Wie rundum unter den Menschen zu beobachten, ist kaum einer mit seiner Rolle zufrieden. Der Kleine wäre lieber groß, der Große lieber klein, der Dicke dünn, der Dünne dick - die Beispiele könnten Seiten füllen.*

*Kaum einer denkt, daß er genau für den Platz geschaffen sein könnte, an dem er steht. Auch im Mund findet sich diese Unzufriedenheit. Wenn der menschliche Geist seine Aufmerksamkeit vernachlässigt und nicht wie ein Wachmann den ununterbrochen lauernden Streit an seinem Ausbruch behindert, beißen die Zähne in Zunge oder Lippen, manchmal hängt die Zunge aus dem Mund und will auch da die erste sein, die Lippen rollen sich nach innen. Jeder drängt sich vor, wie schlimme Buben spielen sie einander Streiche und verletzen einander sogar. Die Zähne sind voller Gram, sie wissen um ihre ewige zweite Rolle, der Kummer macht sie krank und oft sterben sie schon in jungen Jahren.*

### 2.1.8. Sein Kinn

Auch das Kinn verblaßt gegen Augen und Mund. Ich hörte nur eine Mitteilung darüber, sie enthielt das Klischee von “entschlossenen Kinn". Es steht zwar nicht einmal in den Sternen, wozu sich ein Kinn entschließen kann, das Beiwort meint wohl, daß es sich um einen leicht vorspringenden, etwas kantigen Bogen des Unterkiefers handelt.

Der Ire David Lonamore[35] hat das Kinn für seine vergleichenden Studien ausgewählt.

---

35) Der Photograph Lonamore war für die Gestaltung seiner Phototermine berühmt. Er fuhr mit einem Wagen voller Requisiten zu den Häusern der Kunden und trug nach Besichtigung der Räume geheimnisvolle Kisten hinauf, die er umständlich auswählte. Oft mußte sein Gehilfe den halben Wagen abladen.

Die Kisten stellte er einfach in die Räume und ließ sie geschlossen. Wiederholt wurde er gefragt, wozu die Kisten dienen sollten, er erklärte, daß sie für den Notfall wären, ohne zu erklären, welche Art von Notfall er damit meinte. Die Menschen aber gewannen dadurch Vertrauen zu ihm, hielten ihn für einen vorausblickenden und an alle Eventualitätemn denkenden Mann, die Sicherheit, die er mit seinen Kisten ausstrahlte, versetzte die Kunden in dermaßen wohlige Stimmung, daß sie gelöst ins Objektiv lächelten und ihre schönsten Seiten zeigten, wodurch wiederum die Abzüge himmelsfriedliches Lächeln zeigen konnten.

Erst nach seinem Tod wurde das Geheimnis der Kisten gelüftet. In den leeren Kisten befand sich Luft der unterschiedlichsten Herkunft. Lonamore stellte die in den Zimmern vorhandene Luft verstärkende Kisten auf. Für muffige Räume hatte er den Duft einer alten Gruft, leicht erwärmt und mit Sauerkraut angereichert, für fröhliche, helle Räume nahm er Luft aus einem Stall voller junger Lämmer, in Kinderzimmer brachte er eine Kiste, die mit den Blähungen von Neugeborenen gefüllt war. Er verstärkte also die ursprüngliche Atmosphäre, jene, die die darin Wohnenden gewöhnt waren und das machte sie so zufrieden und seelig.

*Ich beschäftigte mich mein Leben lang mit Wirklichkeit und ihrer Abbildung. Heute entdecke ich mich bestätigende Beweise in den Vergleichen der Bilder.*

*Ich habe zehn Kunden ausgewählt, ihre Lebensgeschichte erforscht und deutlich tritt der Zusammenhang zwischen Lebensweg, Geist und Körperform zutage. Um die Unmenge an Details überblicken zu können, konzentriere ich mich ausschließlich auf das Kinn, desgleichen aber könnte ich mit allen anderen Teilen machen. Ich kann beweisen, daß Eigenschaften und Zustände die Form des Körpers bestimmen. Ein Beispiel:*

*Der kleine C, hatte stark vorspringendes Kinn. Ich erinnere mich an die Schwierigkeiten während der Aufnahmen. Er wollte nicht still sitzen und die Eltern brachte ihn mit größter Anstrengung , ja sogar Gewaltanwendung dazu. Die Gabe, seinen Willen durchzusetzen, zeigte sich in seinem Kinn.*

*Als er Fünfzehn war, wurde ich wieder gerufen. Diesmal war das Gesicht des Jünglings verschwommen, sein Kinn könnte man fliehend nennen, es war verschwunden., Die Aufnahmen waren ein Kinderspiel, er tat, was ich wollte, setzte sich hierhin und dorthin und widersprach nie. Ich konnte in Erfahrung bringen, daß wenige Tage zuvor seine von ihm heißgeliebte Großmutter gestorben war.*

*Als C.Dreißig war, ließ er mich rufen. Er war Erbe der Fabrik seines Vaters geworden, besaß wieder das ausgeprägte Kinn, das leicht vorsprang.*

*Mit Zweiundvierzig starb C. wenige Wochen, nachdem ein Großfeuer seine Fabrik vernichtet hate. Das Schicksal hat ihm das Kinn abgeschlagen, wie deutlich auf dem Bild des Toten zu sehen ist. An Stelle des markanten Bogens befindet sich ein Grübchen, als hätte es sich wie der Fühle einer Schnecke ins Innere des Gesichts zurückgezogen.*

*Das ist natürlich das eindeutigste meiner Beispiele. Doch den oben erwähnten Zusammenhang kann ich in allen Vergleichsstudien beobachten.*

siehe auch: 2.3.1. / 2.5.

## 2.2. Seine Gliedmaßen

Karl Heinz Dübke[36)] hat zu den Gliedmaßen folgendes herausgefunden:

---

36) Dübke war in bürgerlichem Beruf Schneider. Er war bekannt dafür, daß er mit beiden Händen gleichzeitig, also mit zwei Nadeln nähen konnte. Seine Produkte waren um einiges rascher fertig als die der Konkurrenz, dafür gingen die Nähte rascher auf.

*Blickt man in die Welt, so sieht man nichts als Bewegung. Aus Vulkanen quillt Lava und Ascheregen, aus Geysiren spritzt Wasser, das dringt auch aus Quellen. Blumen , Büsche und Bäume wachsen, entfalten Blüten und werfen die Früchte ab. Auch das tierische Leben bringt Brewegung in die Welt. Vom Wurm bis zum Großwild wird unablässig gekrochen, gelaufen und geflogen. Der Mensch seinerseits bewegt sich unaufhörlich, angefangen vom Heben und Senken der Brust bis hin zu den von ihm bewegten Gegenständen.*

*Beachtet man dies, so ist die Frage, woher der Wind kommt, auch schon beantwortet. Jeder Bewegende bringt Schwung in die Luft und wer einmal nahe einem Wasserfall gestanden ist, weiß, mit welcher Kraft dort der Sturm die Haare peitscht. So scheint mir die bewegte Natur Ursache der Luftbewegungen zu sein. Jeder Mensch, jedes Tier und jede Pflanze bringt nur ein wenig Wind in die Welt, es reicht wohl nicht einmal für ein sanfte Mailüftchen, die Summe aller Unruhen, vom heftigen Regenguß bis zum Schließen einer Tür und dem Niesen einer Katze, läßt zweifellos Stürme entstehen.*

### 2.2.1. Seine Arme

Was das Aussehen Ömperdingers angeht, gab es kaum Besonderheiten. Ein kurzsichtiger, alter Mann, der mir im gleichen Atemzug erzählte, er habe den Bürgermeister in roten Hosen ins Gemeindeamt gehen sehen, berichtete, daß Ömperdinger einen dickeren rechten Unterarm gehabt haben soll.

In der längst vergriffenen Ausgabe der "Balkinesischen Märchen" von Florian Krotzy[37] findet sich dazu eine Geschichte.

---

37) Krotzy meint mit den Balkinesen die finno-ugrische Volksgruppe, die aus dem fernen Osten eingewandert sein soll. Er spricht öfter von den vertriebenen Mandarinen. Als Quelle seines Wissens über Finnen und Ungarn gibt er die Blüten von Pfirsichen an. Er behandelte die Blütenblätter nach einem geheimen Rezept, bis auf jedem von ihnen ein Buchstabe erschien. Richtig geordnet ergeben die Buchstaben von allen Blüten eines Pfirsichbaums ein Märchen. Das erzählt der Baum

Jahr für Jahr, nur Erzählstil und Ausführung ändern sich entsprechend der Zahl der Blütenblätter. Krotzy fand heraus, daß der Erzählstil dabei immer besser wird. Bei alten Bäumen ergeben sich hervorragende Ausführungen, dramatisch und in sprachlicher Vollendung, junge Bäume bieten oft peinliche Rechtschreibfehler und miserablen sprachlichen Ausdruck.

*Das Märchen vom Imker*

*Vor sieben Bäumen*[38] *lebte weit drüben in jenem Land, aus dem wir kommen und wohin noch heute der Wind unsere Blätter trägt, ein Imker. Seine aus Weidenruten geflochtenen und aus Erlenholz geschnitzten Bienenstöcke beherbergten viele Völker unserer tierischen Freunde.*

---

38) Gemeint sind sieben Baumgenerationen

*Unser Vorfahr entfaltete im Frühling seine Blüten und bot sie wie die umstehenden Bäume den Freunden dar. Alle Völker jedoch flogen nur zu ihm.*

*Warum das so war, konnten sich weder der Baum noch der Imker erklären. Es war der berühmte Tag, von dem immer gesprochen wird, in der Meinung, er könne nicht eintreten, der Tag, wo aus unerklärlichen Gründen alle in eine bestimmte Herberge gehen und alle ein bestimmtes Gericht verlangen, wodurch natürlich das Durcheinander ausbricht.*

*Die Bienen also überfielen meinen Vorfahr und innerhalb weniger Sekunden saß in jeder seiner Blüten eine Biene, fünf und mehr summten dahinter in der Luft und stellten sich an, um ebenfalls hineinzukommen.*

*Bald entstand Streit und Zwist, obwohl doch rundum noch genügend Bäume mit unbesetzten Blüten waren. Es kam so weit, daß sogar die Königinnen aus den Stöcken krochen und ihre Krieger um sich versammelten, in brausenden und tosenden Trauben hingen sie in den Zweigen, hielten Kriegsrat und überlegten, wie sie den Baum und seine Nahrung für sich bekommen könnten.*

*Der Imker fürchtete um seine Völker und versuchte schlichtend einzugreifen. Er packte einen Kübel und wollte durch Wassergüsse die Völker auseinandertreiben und zurück in die Stöcke jagen. Da wendete sich das Schicksal und die Bienen vereinten sich. Der Imker war ihr neuer Feind und sie stürzten sich auf ihn.*

*Wir Bäume, die wir verwurzelt stehen und für Menschen als unbeweglich gelten, betrachten den Lauf der Welt. Uns erfüllt weder Trauer noch Freude, wir stehen und erfühlen was um uns vorgeht, manchmal verwundert über die Hast und die Eile, doch wir werten nicht und lassen alles an uns vorbeiziehen.*

*So sah unser Vorfahr, wie sich die Bienen einten, eine dunkle tosende Gewitterwolke bildeten, sich über dem Imker zusammenballten und im Begriff waren, auf ihn hinabzustürzen. Der Mann hüllte sich so schnell er konnte in seine weiten Kleider und stand still, es sah aus, als läge im Gras ein hoher Haufen aus Stoff. Die verwirrten Tiere umkreisten ihn und suchten den Mann, der für sie wie vom Erdboden verschluckt war. Unendlich langsam bewegte sich der Stoffhaufen aus dem Obstgarten, er kroch mit kaum merklicher Geschwindigkeit, langsamer als eine Schnecke, was die wütenden Bienen nicht bemerkten.*

*Plötzlich verlor der Imker in seiner Verkrampfung das Gleichgewicht und stolperte, der Kleiderberg sank in sich zusammen, aus ihm erschien ein Arm, auf den sich sofort zwei Völker stürzten. Obwohl in einer Zeitspanne, die unsereiner nicht benennen kann, der Arm wieder in den Kleidern verschwunden war, der Mann ruhig liegen blieb, bis die Völker ihren Zorn vergessen hatten, sich in die Stöcke zurückzogen und die Arbeitsbienen wie sonst die Blüten aller Bäume in Garten anstrebten, war der Augenblick doch lange genug gewesen, um den Imker am nächsten Tag mit einem dick geschwollenen und einem dünnen Arm im Garten auftauchen zu lassen.*

### 2.2.2. Seine Hand

#### 2.2.2.1. Handfläche und Handrücken

"Kräftig", dieses Beiwort hörte ich zu nahezu allen Körperteilen Ömperdingers. Mir scheint, als habe man den Gesamteindruck seiner Person auch seine Bestandteilen zugesprochen, wohl in der unbewußten Annahme, daß eine kräftige Gesamtheit unmöglich aus schwachen Einzelteilen bestehen könne. Ich halte das für einen Trugschluß. Durch Zusammenfügen vieler kleiner Teile erhält man etwas Großes, durch Zusammenkleben vieler Bogen feinsten Papiers entsteht bei ausreichender Geduld ein unzerreißbarer, fester Papierblock. Ein Seidenfaden ist nichts, versponnen und gewoben läßt sich aus ihm ein dauerhaftes Kleidungsstück erzeugen.

Ein Mitglied des Freiwilligen Feuerwehr meinte, daß Ömperdinger fest zupacken habe können, somit müssen seine Hände fest und stark gewesen sein. Nach 4.21. mußte er feingliedrige, schlanke Hände gehabt haben.

So fehlt in der Rekonstruktion unter anderem dieses Bruchstück. Es wird mit neutraler Füllmasse verkittet, ein Mangel, der erst bei lupenhaft genauer Betrachtung zu Tage tritt. Der neutrale Kitt erhält jedoch den Eindruck einer runden Gesamtheit und somit sei er eingefügt.[39]

---

39) Urs Blödmann war einer der Pioniere der Gewerkschaftsbewegung in Europa. "Wer nicht arbeitet, soll auch nicht essen." Dieser Spruch wird ihm zugesprochen, er soll sich damit auf die Kapitalisten bezogen haben. Als alter Mann erklärte er, daß der Satz immer mißverstanden worden wäre, Eer habe gemeint, daß der Eßvorgang selber eine Art von Arbeit wäre, mit der Nahrungsaufnahme gehe manuelle Arbeit und Kauarbeit einher. Das bezeichneten seine Kritiker als faule Ausrede, wobei ihn als Arbeitervertreter vor allem das "faul" in der Kritik störte.

Blödmann, Urs: "Der Weg der Handarbeit", Bern 1911

*Schon heute bestimmen Maschinen vielerorts den Produktionsprozeß. Der Ursprung der Maschinen, das Werkzeug, ist eine uralte Erfindung, keiner würde den Acker mit bloßen Händen bearbeiten oder zur Holzgewinnung Bäume ausreißen.*

*Der Unterschied zwischen Werkzeugen und Maschinen liegt darin, daß erstere gehalten werden müssen und eine Art spezielle Ausformung der Hand darstellen, zweitere aber ausschließlich für die selbsttätige Arbeit gebaut worden sind. An der Maschine hält die Hand nur mehr den Stift, um für jedes geschaffene Werkzeug einen Strich auf dem Papier zu machen.*

*Und doch: Erst die Arbeit gibt den Händen Ziel.*

*Betrachtet man jegliches Tun, stellt man fest, daß sich die Hände mit ihrer Fläche der Arbeit zuwenden, der Handrücken blickt immer von ihr weg, sieht zur Seite oder in den Himmel hinauf. Der Handrücken bewegt sich zwar gezwungener Maßen im Rhythmus der Arbeit, doch er tut es spiegelgleich. Krümmt sich die Fläche nach innen, so wölbt er sich nach außen, bildet einen Buckel und sträubt sich wie eine Katze. Er wehrt sich.*

*So trägt die Hand in sich die berechtigte Forderung nach Arbeit und nach Freizeit. An der Maschine ist alles für die Arbeit geschaffen, sie zeigt in keiner ihrer Formen das Bedürfnis nach Ruhe.*

*Klar erscheint auch die Richtung:*

*Zunächst wendet sich die Handfläche der Arbeit zu, wenn die Arbeit beginnt, regt sich auch der Handrücken und weist auf die Freizeit hin. Die Hand trägt in sich den Wegweiser für uns alle, sie blickt unaufhörlich hinaus in die Ruhezeit, dorthin wollen und müssen wir kommen.*

### 2.2.2.2. Seine Finger

Auch zu den Fingern tauchte das unvermeidliche "kräftig" auf. Der heute knapp dreißigjährige Mann aus 4.21. - er will nicht genannt werden - meinte, daß er seit jenem Erlebnis mit

Ömperdinger sicher sei, daß er schmale und erstaunlich kurze Finger hatte.

Aleksander Dimitrov,[40] der berühmte bulgarische Statistiker, veröffentlichte 1953 in Popovo, seinem Geburtsort, seine letzte Arbeit, die "Fingerlisten".

40) Seine berühmteste Arbeit, "Statistik der Gräser", verglich die durchschnittlichen Längen von über 150 Grassorten im Verhältnis zu Boden, Höhenlage und durchschnittlicher Jahrestemperatur sowie Niederschlagsmenge. Die seitenlangen Tabellen ergeben, daß die erwähnten Parameter nicht ausreichen, um an einem Standort eine bestimmte Wuchslänge vorherzusagen.

Die "Fingerlisten" bezeichnete Dimitrov als Studie zu seinem Lebenswerk, das er allerdings nicht einmal in Angriff nehmen konnte, zu früh starb der begabte Mann. Seine Mutter übrigens berichtete, daß er schon als Kleinkind am liebsten mit dem Maßband aus ihrem Nähzeug gespielt habe und damit alles, was ihm unter die Finger kam, vermaß.

*Die "Fingerlisten" bringen einen erstaunlichen Zusammenhang zutage.*

*Dimitrov vermaß dafür 17308 Zeigefinger und stellte deren Länge und Dicke in Zusammenhang mit Körpergröße, Gewicht, Geschlecht und Wohnort der Personen. Eigentlich wollte er damit die Zugehörigkeit zu verschiedenen Volksgruppen dokumentieren. Das Ergebnis aber war, daß in Silina am Schwarzen Meer der durchschnittliche Zeigefinger 6,8 cm lang war, in Alba Julia 5,4, in Anina 8,2 cm.*

*In langer Suche fand Dimitrov die Ursache: Alba Julia liegt in einem Talkessel, umgeben von Hügeln und Bergen, Anina auf einer Kuppe östlich der Karpaten. Der Hauptunterschied zwischen beiden Orten besteht darin, daß in Alba Julia selten Wind weht, in Anina hingegen selten kein Wind weht. Jedem ist bekannt, daß an Tagen mit stürmischen Wind nicht nur Fenster und Türen die Tendenz haben, mit lautem Krachen zuzufallen, sondern auch Hüte, aufgehängte Wäsche und vieles mehr neigt dazu, vom Winde verweht zu werden. Dieser Zwang zum ständigen Einfangen von davonfliegenden Gegenständen hat eine Verlängerung der Finger bewirkt, so ist die Erfolgsquote im Einfangen der Habseligkeiten gestiegen.*

2.2.3. Seine Beine

Wie zu erwarten war, hörte ich auch von kräftigen Beinen. Zwei Zeugen meinten überdies, daß Ömperdinger kurze Beine gehabt habe. Das soll bedeuten, daß sie im Verhältnis zum Oberkörper kurz waren, eine in der Gegend übliche Art des Wuchses.

Dazu finden sich viele Aussagen, die hier im Überblick zusammenfassend gebracht werden:

*2.2.3.1. Es soll eine direkten Zusammenhang zwischen Körpergröße und Intelligenz geben . Je größer ein Mensch, desto höher ragt er in die Luft, die Winde umspielen seinen Kopf heftiger als bei kleinen Personen, die ununterbrochene Abkühlung verlangsamt die Gedanken und somit können intellektuelle Höchstleistungen nur von kleinen bis kleinsten Menschen zustande gebracht werden. Der Nachteil kann durch Tragen eines Hutes oder noch besser durch lebenslanges Liegen wettgemacht werden.*

*2.2.3.2. Ein anderer sieht gerade in der Größe eine Voraussetzung für Intelligenz. Der Mensch selber sei das beste Beispiel, durch das Aufrichten auf die Hinterbeine wäre er aus dem tierischen Getrieben-Sein in die Höhen des Geistes aufgestiegen. Dadurch habe er Überblick und Weitsicht bekommen. Der Autor schließt allerdings mit der Frage, warum Giraffen gar so dumm schauen.*

*2.2.3.3. Eine Quelle meint, daß Menschen mit langen Beinen den anderen leicht davoneilen könnten. In gleicher Weise wären Personen mit langen Beinen in allen Dingen, die mit Weiterkommen und Vorankommen zu tun haben, etwa im beruflichen Aufstieg oder im Abschließen von Arbeiten, rascher unterwegs als Kurzbeinige. Er will herausgefunden haben, daß Langbeinige für einen einseitigen Schulaufsatz 10 - 20 % weniger Zeit benötigen.*

*2.2.3.4. Ein Autor aus den Abruzzen hingegen hat festgestellt, daß der Vorteil ganz auf der Seite der Kurzbeinigen liegt. Sie haben weniger Schwierigkeiten, ihr Gleichgewicht zu halten, stolpern nicht so leicht und fallen nicht so oft auf den Kopf. So entsteht in ihren Bewegungen eine Sicherheit, während sich Große in der Regel "linkisch" verhalten, ein Ausdruck von Koordinationsproblemen und einer durch die oftmaligen Schläge bedingten Zerrüttung des für die Koordination zuständigen Kleinhirns im Hinterkopf, schließlich schlägt es bei jedem Sturz nach hinten als erstes auf. Die Stirn von langen Menschen krache ständig gegen Äste, Türstöcke und Kastentüren und so wäre auch die Intelligenz beeinträchtigt.*

Diesmal liegt also eine Aussage zu Ömperdinger vor. Die Quellen zeigen keine klare Linie, eine Lücke in der Dokumentation, die nicht weiter schlimm ist, spielt doch die Körpergröße und die Länge seiner Beine in seinem Leben keine Rolle.

## 2.2.4. Seine Füße

Dazu gibt es eine besonders glaubwürdige und exakte Aussage. Durch Zufall geriet ich an die Verkäuferin eines Schuhgeschäfts, die Ömperdinger die Schuhgröße 39 zusprach.

Er wirkte in seiner ganzen Erscheinung also kräftig, Hände und Füße aber waren relativ klein. Natürlich kann auch ein kleiner Fuß kräftig sein, ein kleiner, kräftiger Fuß ist aber nur schwerlich so kräftig wie ein großer, kräftiger Fuß.

Gerade zu den Füßen fand sich eine "präanalytische Quelle". Dag Vassendal[41)], der schwarzhaarige Norweger, veröffentlichte 1948 in Oppadal seine Studie über die Füße.

---

41) Vassendal, wie viele seiner Landsleute Seefahrer, verbrachte 15 Jahre im Kongo, darunter den gesamten zweiten Weltkrieg. Böse Zungen behaupteten nach seiner Rückkehr aus Neid, daß sein Haar wohl schwarz geworden wäre, weil er sich zuviel von schwarzen Frauen habe kraulen lassen.

Diese Dummheit der Menschen, antwortete man ihm doch auf seine Erwiderung, daß Schwarze helle Handflächen hätten: "Ja, jetzt!", bedrückte Vassendal, obwohl er immer das Gegenteil behauptete.

Wohl aus Rache widmete er sich vergleichenden Studien über Zusammenhänge zwischen Körper und Geist, daraus wollte er Schlüsse auf bestimmten Völkern eigene Charakterzüge ziehen. Dabei fand er heraus, daß die Norweger erstaunlich kleine Füße haben.

*Blicke ich mich unter meinen Landsleuten um, so finde ich eine Art der geistigen Beschränktheit, wie sie wohl nur uns eigen ist. Dies mag am Land liegen, dem rauhen Klima und der langandauernden Dämmerung, der die Menschen oft verängstigenden Erscheinung von Nordlichtern oder an der Tatsache, daß wir uns einen großen Teil des Lebens in dicke, warme Kleider hüllen müssen. Während meiner Reisen entdeckte ich jedoch auch andere Völker mit vergleichbarer Engstirnigkeit und geistiger Beschränktheit. All die Völker haben wie wir kleine Füße.*

*So versuchte ich, den möglichen Zusammenhang zu ergründen. Die Frage war, worin die Verbindung zwischen verlangsamtem Wachstum der Füße und verlangsamter Geistestätigkeit bestand.*

*Betrachtet man Pflanzen, so erkennt zumindest der, der einen Garten hat, den Zusammenhang zwischen Wurzel, Blüte und Frucht. Ist die Wurzel gut ausgebildet, so wächst die Pflanze kräftig und gut, ist die Wurzel schwach, bekommt die Pflanze nur ungenügend Nährstoffe und Wasser und bleibt klein.*

*Die Verbindung der Menschen mit der Erde ist abgerissen, eine Feststellung, die nur auf den ersten Blick stimmt. Über den Umweg der pflanzlichen Nahrung haben wir durchaus noch Kontakt, auch die Schwerkraft drückt uns ihr entgegen. Nur für die Dauer eines Sprunges können wir uns von ihr entfernen. Wir haben also ununterbrochen Kontakt mit ihr und ihre Lebenskraft kann in uns aufsteigen.*

*Diese Lebenskraft, eine mir in allen möglichen Arbeiten und Sagen begegnende Größe, hat die Tendenz, himmelwärts zu streben. An den Endpunkten der Wesen sammelt sie sich, dort erscheint sie am stärksten. So befinden sich die Zapfen der Fichten und Tannen in den Wipfeln, Blätter wachsen an den Endpunkten der Zweige, Blüten stehen fast ausnahmslos am Ende des Stengels, der Mensch hat seine höchste Ausformung im Kopf, dem der Erde am weitest entfernt liegenden Teil des Körpers.*

*Ist die Verbindung zur Lebenskraft schwach ausgebildet, erreicht das entfernt liegende Teil nur wenig von ihr, womit der Zusammenhang zwischen kleinen Füßen und Engstirnigkeit erklärt ist.*

siehe auch: 2.8.2. / 2.9.2.

## 2.3.1. Sein Leib

Außer dem üblichen "kräftig" gab es drei oder vier Aussagen, wonach Ömperdinger einen Buckel gehabt haben soll, zumindest der Ansatz zu einem Buckel ist gesichert. Er ging also leicht gebückt, mit etwas vorgestrecktem Kopf durchs Leben.

Von auffälliger Körperfülle war nichts zu hören, auch ausgesprochen dünn war er nicht.

Zur gebückten Haltung fanden sich zwei interessante und einander ergänzende Berichte.

Der erste stammt von einem inzwischen vergessenen Vorläufer der Verhaltensforschung, er kam durch Zufall in meine Hände: In einem antiquarisch erstandenen Buch, es war Schillers Wilhelm Tell in einer Ausgabe von 1879, steckten als Lesezeichen zwei Seiten aus dem verschollenen Werk.

*Jeder von uns hat zumindest ein Ziel vor Augen, in einem Abschnitt seines Lebens. Dazu kommen noch die alltäglichen Ziele, der Einkauf, die Böden, die gekehrt werden sollen und so weiter. Blickt man in die Natur, erkennt man desgleichen bei den Tieren. Mag auch die Zeitspanne zwischen Erblicken des Ziels und der Beginn des Aufbruchs kürzer sein als beim Menschen, eine zielgerichtete Bewegung ist überall erkennbar, selbst bei Schnecken oder Ameisen.*

*Das Hochwild zum Beispiel, dessen Beobachtung lange meine Hauptbeschäftigung war, nimmt sogar lange Wege auf sich. Über eine Stunde weit geht es zu Tränken, Futterstellen oder saftigen Wiesen. Sicher, manches kommt ihnen dabei in die Quere, sie halten für eine Weile, weichen ein wenig zur Seite, doch auch der Mensch unterbricht oft den zielgerichteten Gang. Mir fällt dazu ein Freund ein, der etwas Tabak kaufen wollte, einen alten Bekannten traf und statt fünf Minuten auszubleiben über zwei Stunden in einem Gastgarten mit dem Mann Bier trank, ehe er den Tabak erstand.*

*Je rascher man ein Ziel erreichen will, desto größer ist die Anspannung des Körpers. Das gilt für Raubtiere, die dem Wild nachhetzen genauso wie für den Menschen.*

*Im Augenblick der eiligen Annäherung haben alle Lebewesen die Tendenz, einen Buckel zu machen. Die Köpfe sinken bei galoppierenden Pferden und jagenden Hunden, die Menschen tun desgleichen. Der Mann, der die Hand am Hut, nach vorne gebeugt, jemandem nacheilt, zeigt archaische Haltung, die von allen Menschen gleich eingeschätzt wird. Jeder, der das Bild sieht, denkt an eilige Bewegung.*

*Tut nun jemand immer das gleiche oder überwiegt die Tätigkeit in seinem Leben, so prägt sie seinen Körper. Wer viel läuft, bekommt kräftige Beine, jeder Beruf erzeugt bestimmtes Verhalten und Aussehen, was besonders in Zeichenwitzen zu Stereotypen geführt hat, die wahr sind und die jeder erkennt.*

*So ist es nur gerechtfertigt zu behaupten, daß eine Person, die unablässig auf Ziele zueilt, seien sie nun materiell oder geistig, eines Tages die Haltung der raschen Annäherung nicht mehr ablegen kann, sie wird den Kopf immer ein wenig vorstrekken und sogar einen Buckel entwickeln.*

Von einer anderen Seite nähert sich der Dalmatiner Naum Zaostrics von der Insel Brac dem Buckel. (Split 1961) Als Sohn eines Fischers hat der natürlich einen besonderen Zugang zur Welt, ihn prägten die Erfahrungen eines Küstenbewohners einer Insel, Wasser und Luft sind seine Elemente.

*Zusammengefaßt meint er, daß vor allem Bewohner windreicher Gegenden zu einem Buckel tendieren, sind sie doch viele Tage ihres Lebens gezwungen, sich gegen heranbrausende Luft zu stemmen. Nach seinen Beobachtungen entwickeln Bergbauern und Inselbewohner die stärksten Buckel, während Bewohner von Tälern oder Kesseln bis ins hohe Alter aufrechten Gang bewahren.*

### 2.3.2. Sein Geschlecht

Natürlich gab es bei der ortsüblichen Verbalprüderien, die in krassem Gegensatz zur Lebens- und Liebenslust der Bewohner steht, nicht ein Wort zu seinem Geschlecht. Jene, die es gesehen haben, sind wohl an einer Hand zu zählen, ich denke da vor allem an Betrunkene am Pissoir des Wirtshauses und sehe von Eltern, Geschwistern und anderen Betreuungspersonen ab, die ihn in der frühen Kindheit nackt gesehen haben.

Auf Grund der Bedeutung des Themas muß es behandelt werden. Eine Unzahl von Literatur beschäftigt sich damit, alle möglichen und unmöglichen Leute fühlen sich berufen, dazu Stellung zu nehmen oder gar etwas darüber aussagen zu müssen. Das beginnt bei der Psychologie, führt über die Medizin und ihren Unterteilungen bis hin zu Juristen und Religionsgemeinschaften. Vor allem aber ist Sexualität das Thema von Stammtischrunden, Witzen, sie beherrscht Arbeitsplätze, Filme, Literatur, Bilder und Musik. An ihr herrscht derartiges Interesse, daß es wohl das am meisten beredete, zerredete, beforschte und zerlegte Thema ist. Gemessen an wissenschaftlichen Arbeiten zum Kinn oder den Wangen, die jedermann viel häufiger in die

Augen springen und sich ununterbrochen in Erinnerung rufen, ist es ein unendlich wichtigeres Gebiet. Ich verweise diesbezüglich auf Bibliotheken voll Büchern.

Möge sich ein anderer damit auseinandersetzen. Das Spektrum an Meinungen und Theorien ist so breit, daß man darin alles finden kann.

Die einzige zum Leben Ömperdingers passende Quelle ist wieder einmal ein Märchen, das in naivem Zugang ohne den Anspruch allumfassender Richtigkeit genau diese anbietet. Es stammt aus der arabischen Märchensammlung "Wüstenmärchen" und soll erstmals zur Zeit Mohammends (etwa 600 n.Chr.) erzählt worden sein. Die vorliegende Fassung stammt aus der deutschen Übersetzung von Josef Ortmann, der die griechische Bearbeitung einer türkischen Quelle[42] verwendet hat.

42) Der Türke, Yussuf Öglemenu, fand angeblich die Märchen im Sand der Strände. Nach jeder Flut ging er zum Zeitpunkt der maximalen Ebbe den Strand entlang und las die Geschichten aus den Linien im Sand. Die Schrift des Meeres hat Ähnlichkeiten mit unserer Kurzschrift, die Sprache des Meeres in der Gegend von Adana ist ein uralter arabischer Dialekt, der heute keinem mehr verständlich ist.

*Das Märchen von den drei Kamelen*

*Einst trafen in einer fernen Oase drei Karawanen zur Rast ein, sie kamen aus drei Himmelsrichtungen und wollten in drei Himmelsrichutunge weiterziehen. Man nahm den Tieren die Packsättel ab und sogleich stürzten sie zum Wasserloch, um ihren Durst zu stillen.*

*In der Mischung der Karawanen begeneten einander fremde Tiere, die aus weit entfernten Gegenden stammten. Dabei geschah es, daß drei von ihnen große Zuneigung zueinander fanden. Sie waren auf den ersten Blick voneinander begeistert und rückten schon beim Trinken nahe zusammen, ist es doch das Bedürfnis aller Liebenden, den Geliebten oder die Geliebte zu spüren. Als die zwei weiblichen und das männliche Tier getrunken hatten, legten sie sich für die Rast der Körper zueinander.*

*Ihre Seelen jedoch waren wach und voller Freude. Jedes fühlte den Atem der anderen, sie verjagten einander die Fliegen mit den Schwänzen und schmiegten die Köpfe zueinander. Manchmal knabberte eines ein wenig am Ohr des anderen, um wieder in die Ruhe der Erschöpfung zurückzufallen. So verbrachten sie die Nacht.*

*Am Morgen brach jedes mit seiner Karawane auf, sie entfernten sich voneinander und vielleicht würden sich eines Tages zwei oder gar alle drei in irgendeiner fernen Oase für eine Nacht der ruhenden Nähe treffen.*

*Kamele nämlich wissen im Gegensatz zu den Menschen, daß ihr Sinn der Weg ist. Sie brechen auf und gehen, begegnen einander und verlassen sich wieder, sie genießen, was ihnen der Lebensweg bringt, ohne auf ihn zu vergessen.*

siehe auch: Teil Drei, 1957 / Teil Drei, 1968 / 4.4. / 4.7. / 4.9.

## 2.4. Seine Hautfarbe

Abgesehen von "hellen" und "dunklen" Menschen gibt es Veränderungen im Zusammenhang mit dem körperlichen Zustand, fahles Gesicht oder hochroten Kopf. Da davon nichts zu hören war, kann angenommen werden, daß Ömperdinger die in der Gegend übliche "gesunde Farbe" hatte.

In der Wissenschaft wird immer versucht, ein objektives Ergebnis zu erhalten. Durch Versuchsanordnungen und vieles mehr versuchen sich die Forscher herauszuhalten. Alleine die Tatsache, daß sich jemand sein Leben lang mit einer bestimmten Sache beschäftigt, bringt ihn schon ein. Forscht jemand ununterbrochen über Käfer, so kann er keinem weismachen, daß das im Durchschnitt der Bevölkerung gesehen "normal" ist. Es bedarf einer gewissen "Versponnenheit", um so etwas zu tun. Die Interpretation der Daten ist wiederum ein Punkt, an dem die Objektivität scheitern muß. Wer sich lange Zeit mit etwas beschäftigt, hat dazu seine Meinung entwickelt, das macht die objektive Deutung unmöglich.

Arbeiten, die von Anfang an nie als objektiv ausgegeben wurden, enthalten somit oft tiefere und umfassendere Aussagen. In ihnen bringt sich ein ganzer Mensch ein und das verleiht dem Ergebnis eine Komplexität, die eine Meßreihe, so exakt sie auch ausgeführt wird, nie erreichen kann. Nichts kann die umfassende Sicht, die aus Denken, Fühlen und Leben entsteht, erreichen. Der beste Computer scheitert dabei an der Lebenserfahrung, ihm fehlt der Duft von Rosen und das Blenden der Sonne an einem heißen, sonnenbranderregenden Sommertag.

Wenn einer wie Zwutow Abaca gleichzeitig eine Frage erforscht und lebt, wird er als Spinner abgetan, seine Erkenntnisse beweisen das Gegenteil. Ähnlich liegt der Fall bei Kasimir Prosoki, einem nördlich von Pinsk in der sumpfigen Gegend lebenden und arbeitenden Privatgelehrten. Der aus Weißrussland stammende Mann nannte sich "weißer Kasimir", er war Albino und alleine dadurch eine aufsehenerregende Erscheinung. Sein Wesen war für ihn Inhalt seiner Forschung, Prosoki faßte die Ergebnisse in den "farbigen Pamphleten" zusammen. Sie waren in weißen Lettern auf buntem Papier gedruckt und enthielten provokante Aussagen, die in einer Mischung aus Propaganda und Beschimpfung seiner "fleischfarbenen" Zeitgenossen bestanden. Vor allem zwischen 1902 und 1904 erschienen einige Blätter, die zusammengefaßt und nahe seinem Stil wiedergegeben werden:

*Ihr, die ihr höchstens bleich, nie aber weiß sein werdet, höret mir zu: Ich bin euer Ziel. Nicht messianische Sendung läßt mich das schreiben, sondern das Wissen um Anfang und Ende. In mir wohnt das Licht und somit bin ich am Ziel, wohin euer Weg noch lange ist.*

*Die Zukunft ist das edle Weiß. In ihm vereint sich alles Licht, die glasklare Sicht und die Erkenntnis aller Dinge. Mein Blick strahlt wie die rote Abendsonne, die alles gesehen hat und bald die Bilder in eure Nacht mitnehmen wird. Jeder, der das Ziel erreicht, erkennt es im Erreichen, er weiß, daß er es erreicht hat. Das genüge euch. Ich werdet es nie verstehen, ja ihr könnt es nie verstehen. Eure braunen, grauen und schwarzen Augen trüben euch den Blick, ihr verspottet mich, euer Spott jedoch gleicht dem eines Blinden, der die Beschreibung eines Pfaus, die ihm ein Sehender erzählt, verlacht. Es berührt mich nicht, wie es den Sehenden nicht berührt.*

*Wo ich wohne, herrschen andere Gesetze, deren Teil ich geworden bin. Euer Weg hat im affenbehaarten Reich von Grau und Braun begonnen, hat euch ins Land des Rosa gebracht, vor euch liegt das strahlende Weiß. Langsam schleppt ihr euch diesen Weg entlang, die Frage von Anfang und Ziel ist euch verborgen. Ihr habt beide noch nicht erkannt und ich will euch alles an meinem Beispiel vorführen, auch wenn ihr es nie verstehen könnt. Ich will euch das einzige geben, das euch möglich ist: Ahnung.*

*Höret den Vergleich:*

*Ihr steckt in einer Röhre, die sich dahinwindet, die Öffnung, durch die das Licht des Ziels leuchtet, ist noch weit entfernt. Ihr könnt sie weder sehen noch euch vorstellen. Nur wer durch die Röhre gegangen ist und sich draußen aufrichtet, überblickt das Ganze im Licht der Erkenntnis und weiß mit einem Schlag, was ihr nie wissen könnt.*

*Ich, der ich im Ziel stehe, rufe euch etwas zu, ich erzähle euch von den Dingen um mich. Das lange, gewundene Rohr verändert den Schall und nur bis zu Unkenntlichkeit Verzerrtes dringt an euer Ohr. Meine Bemühungen gehen nicht dahin, euch zu erklären, warum ich als Weißer im Ziel bin, was euch dort erwartet, ich verschweige sogar, warum Weiß das Ziel ist. Ihr würdet es ohnehin nicht verstehen.*

*Über euren Weg aber will ich reden, die Größe, mit der ihr zu kämpfen habt. Ich will euch über eure Röhre berichten.*

*Das Erste:*

*Eure Röhre schränkt eure Wahrnehmung ein. Früher, vor urdenklicher Zeit, hattet ihr ein Ziel, ich nenne es Licht, vor Augen. Dorthin führten einige Wege. Es gab Langwierige über Berge und durch Schluchten, Gefährliche durch Sümpfe und Gegenden mit Ungeheuern, Verwirrende durch unendliche Wälder, in denen der Blick stecken bleibt und die Richtung verloren geht. Ohne reifliche Überlegung habt ihr euch für die Röhre entschieden. Der Langwierige über Berge und Schluchten wäre der beste gewesen, das vermag ich heute zu sagen. Ihr dachtet, daß die Röhre den Vorteil böte, daß sie zwangsläufig ans Ziel führen müßte. Ihr habt den Weg der Sicherheit gewählt, obwohl ihr wußtet, daß er blind macht.*

*Die Blindheit habt ihr schlecht berechnet. Schon nach einem kleinen Wegstück habt ihr das Ziel vergessen. Ihr konntet es nicht mehr sehen und von diesem Moment an habt ihr euch ausschließlich in den Weg verstrickt, doch nicht auf die später erwähnte zielführende Weise, sondern auf lähmende Art. Nur zufällig und als Nebenprodukt eurer Röhrenwandbeschau kommt ihr vorwärts. Meist zuckelt ihr jedoch dahin oder tretet auf der Stelle.*

*Ich bin am Ziel, weil ich umkehrte, zum Anfangspunkt gelangte und dann den Weg über Berge und Schluchten wählte. So bin ich lange vor euch hier.*

*Merket:*

*Das Ziel darf nie auf einem Weg angestrebt werden, der den Blick aufs Ziel verstellt.*

*Das Zweite:*

*Ihr sagt, daß ihr Sonne und Kerzenlicht habt und nicht die geringste Spur einer finsteren Röhre wäre um euch.*

*Wenn ich vom Licht spreche, so meine ich etwas anderes, wie ich auch mit meiner weißen Helligkeit etwas anderes meine als farbloses Strahlen. Euer Röhrendasein gaukelt euch vor, alles wahrnehmen zu können. Zu lange steckt ihr in der Finsternis, ihr habt vergessen, was möglich ist und war ihr wahrnehmen könntet. Denkt an den Vergleich mit dem Blinden: Der Blinde weiß nicht was Farbe ist, er kann es nicht verstehen. Eine Erfahrung, die nicht gemacht wurde, bleibt unverständlich, auch wenn man sie noch so lange und heftig phantasiert. Der Phantasie fehlt das sinnliche Spüren aller Gedanken. Nur was erfühlt wurde, kann trefflich bedacht werden. Doch das nur nebenbei.*

*So seid ihr selber das beste Beispiel für das, was ich euch sage: Nie ist ein Ziel so nahe wie im Augenblick des Erfassens, daß genau dies das Ziel wäre. Nur in diesem Augenblick ist es ein Ziel. Wer es weiß und vor Augen hat, wird sich dorthin auf den Weg machen. Der Weg braucht Zeit. Das Beschreiten des Weges bringt neue Erlebnisse. Ihr habt euch dieser Erlebnisse beraubt und das ist ist die Ursache für eure Blindheit.*

*Richtet sich einer auf und blickt in die Ferne, dorthin, wo er vor einiger Zeit das Ziel deutlich gesehen hat, so sieht er nur Verschwommenes und etwas Ähnliches zeigt sich deutlich als Ziel. Das wißt ihr nicht mehr. Ich jedoch weiß es, ich bin am Ziel und kenne es, ich bin Teil des Ziels geworden.*

*Das spricht nicht gegen den Weg.*

*Merket: Es gibt keine festen Ziele. Wer das Ziel in die Augen faßt, ist ihm am nächsten. Schleppt er das Bild des Ziels aber wie eine erzerne Statue mit sich und vergleicht die Umgebung ständig damit, wird er nie dorthin gelangen. Notwendig ist nur der Aufbruch. Das Denken und Reden von Zielen und das Konzentrieren auf Erstrebenswertes ist bloß eine Hilfe, ein Antrieb zum Aufbruch. Nur der Weg ist das Ziel.*

*Das sage ich euch, der ich unablässig durch die Weiße streife und dabei mehr sehe als ihr alle zusammen.*

siehe auch: 4.28.

## 2.5. Sein Geruch

Zu Ömperdingers Geruch fiel zwei Mal die Aussage "kräftig", was zu erwarten war, zwei Mal hieß es, daß er gestunken habe. Die zweite Aussage stammt von Frauen[43)].

---

43) Zum Geruch hat die "zivilisierte Welt" ein gestörtes Verhältnis. Zu riechen gilt als unfein, Menschengeruch wird mit dem Gestank in eine Schublade geworfen. Warum das so ist, kann im Rahmen der Arbeit nicht erläutert werden, es sei nur festgestellt, daß jeder versucht, durch übertriebenes Waschen oder Überdecken mit Duftwässern den Menschengeruch zu vertreiben. Man will ihn nicht wahr haben, keiner spricht davon, er wird mit allen Mitteln verleugnet und unterdrückt. Höchstens in der Liebeslyrik ist vom Duft der Geliebten zu hören. Man darf nach allem riechen, nur nicht nach Mensch, Waschmittelgestank gilt als sauber. Ein irreales Traumbild vom geruchlosen Menschen schwebt über uns allen und führt zu einer Verstümmelung, die den bandagierten Beinen der chinesischen Hofdamen in nichts nachsteht.

Eine bemerkenswerte Arbeit zum Geruch findet sich im Jahresbericht des Vereins der Gasforscher[44] aus Triesenberg:

---

44) Wer hinter dem Verein steckt, ist unbekannt. Kurz wird im Jahresbericht eine Jahreshauptversammlung erwähnt, bei der alle anwesend waren und alles beschlossen haben. Das Impressum ist unleserlich, mit Mühe kann man den Erscheinungsort entziffern. In Triesenberg weiß man nichts über den Verein, es gehen nur Gerüchte um.

Viele handeln von einem Sonderling im Ort, der angeblich Gase aller Art, zum Großteil aber sogenannte "Gerüche" in Flaschen gefangen hält, manchmal schnuppert er kurz daran. In manchen Flaschen sollen sich Leichenteile befinden, die er aus den Gräbern frisch Verstorbener geraubt hat.

Eine andere Darstellung spricht von einer Verschwörung. Die bedeutenden Männer des Orts, vom Bürgermeister über den Schuldirektor bis zum Kirchenchorleiter, treffen einander heimlich und nennen sich "Verein der Gasforscher". In Wirklichkeit forschen sie über das Wasser. Sie sollen im Besitz einer obskuren Schrift aus dem Mittelalter sein, in der beschrieben wird, wie man mit Hilfe von ins Wasser geworfenen Gegenständen die vom Wasser trinkenden Personen zu willenlosen Geschöpfen machen kann.

Die zweite Version erzählt man am Stammtisch des Kirchenwirts, vermutlich wollen damit die Betrunkenen ihren Bierkonsum rechtfertigen.

*Alle Forschungen der Atomphysik bleiben irgendwann im Stadium der Gigantomie stecken. Da werden Teilchenbeschleuniger mit Kilometern im Durchmesser gebaut, Energiemengen verwendet, die eine Stadt über Monate versorgen könnten, und was kommt heraus? Ein Elektron oder sonstwas fetzt im Kreis, rast immer irrwitziger und dann läßt man es gegen einen bereit gestellten Körper krachen. Bumm! Der bekommt natürlich eine Delle, als hätte man das nicht vorhersehen können. Manchmal schießt das Teilchen einfach hindurch, wie eine Nadel durch Stoff. Die Forschung orientiert sich an Sonnen, einer Größe, die nicht einmal durch einen äquatorumspannenden Beschleuniger simuliert werden kann. Es gilt das Motto: Man nehme Billiarden Tonnen eines Gases, lasse es sich drehen, erhitzen und verdichten und beobachte, wie dabei aus Wasserstoff Helium wird.*

*Der von mir gezogene Schluß, daß die Kreiselei als grundlegendes Naturprinzip vorzufinden ist, daß sie überall beobachtet werden kann und daß die aus ihr entstehenden Phänomene überall stattfinden, wird lächerlich gemacht.*

*Meine Entdeckung gibt die Meinung der Wissenschaft der Lächerlichkeit preis. Sie beweist ihre Voreingenommenheit und stumpfsinnige Gigantomanie.*

*Seit jeher war mir klar, daß es die Kondensation von Gasen zu Flüssigem und schließlich Festem auch auf der Erde gibt. Ich suchte lange, betrachtete dies und das und erst der Zufall, ein kurzer Augenblick, in dem das schräg einfallende Licht der untergehenden Sonne winzige Teilchen in der Luft sichtbar werden ließ, öffnete mir die Augen. Zur noch größeren Beschämung der Forscher muß gesagt werden, daß es sich um einen Vorgang handelt, der ohne Meßgeräte mit freiem Auge erkennbar ist!*

*Ich lag also im Abendfrieden auf der Alm. Die Rinder drängten an den Rand der Weide, der Senner kam und ließ sie zum Stall, wo sie gemolken werden sollten und man alsbald mit der Erzeugung des berühmten "Bergkäs" beginnen würde. Als die Tiere im Stall verschwunden waren, zogen die letzten Strahlen der untergehenden Sonne an der Öffnung vorbei, ich sah die Teilchen aus der Tür strömen, sie drehten sich immer schneller werdend im Kreis. Ich eilte hin und da packte mich eine Welle von stärkstem Rindergeruch. War kurz davor noch der Duft der Alpenkräuter in meiner Nase, so stach nun Ammoniak.*

*Von diesem Tag an forschte ich zielgerichtet und konnte über 3500 Mal das Entstehen von schwereren Elementen in der Luft beobachten, es war immer von wirbelndem Kreisen begleitet. Ich sah es bei Tag und Nacht. Im Licht der Sonne oder dem aus einer Lampe erschienen plötzlich die Teilchen ähnlich schwebendem Staub, wenig später roch ich sie. Je nach Ort des Geschehens war das Fichtenharz, Kräuterduft, der Geruch feuchter Erde, der Gestank von Kuhfladen oder anderes.*

*Es gelang mir nachzuweisen, daß in der Luft ununterbrochen Kernfusion stattfindet. Der unter der jeweiligen Stelle befindliche Boden oder darauf stehende Gegenstände und Lebewesen dienen als Katalysatoren und beschleunigen die Entstehung bestimmter Stoffe. Kühe ermöglichen dem Methangas die Geburt, Menschen katalysieren Buttersäure, Pflanzen ermöglichen ätherischen Ölen die Entstehung.*

*So traf ich zwei Fliegen mit einem Schlag. Nicht die Dinge und Lebewesen riechen, sondern sie ermöglichen und beschleunigen die Entstehung bestimmter Stoffe in der unablässig ablaufenden Kernfusion der Luftteilchen. Das Ergebnis können wir riechen. Also besteht die Erde aus kondensierter Luft und ist nicht irgendein von der Sonne ins All geschleuderter Brocken. Sie ist wie die Sonne selber entstanden, aus einer Gaswolke, die zu klein war, um in hitzeentwickelnde und strahlende Kernfusion zu verfallen. Gleichzeitig ist die Luft der Geburtsort aller Lebewesen, aus ihr stammen Pflanzen und Tiere, die wiederum ununterbrochen die Materie zu Gasen zerlegen, wodurch die Atmosphäre konstant gehalten wird.*

siehe auch: 1.8.3. / 1.9. / 1.14. / 2.10.2. / 4.11.1. / 4.26.

## 2.6. Seine Geräusche

Hier gilt das Gleiche wie in Fußnote (43). Über seine Art zu Schmatzen oder zu Rülpsen, den Klang seiner Blähungen oder das leise Schmatzen beim Öffnen und Schließen der Augen, den Klang seines Schneuzens und Aufziehens, das fallweise Pfeifen der Lungen, den Klang seines Herzens, über all diese zum Großteil als unschicklich bezeichneten Geräusche des Ömperdingerkörpers war nichts zu erfahren.

Alle dies Punkte wären interessant gewesen und für eine umfassende Beschreibung notwendig. Sitte und Anstand haben schon immer die Erkenntnis behindert, nach der angeblich stattgefundenen sexuellen Revolution wäre es an der Zeit, eine Revolution der Menschengeräusche und Menschengerüche zu veranstalten.

Nur zur Stimme gab es Aussagen. Sie soll angenehm tief gewesen sein, vermutlich sprach er in der Stimmlage "Bariton", ihr Klang war weich. In seltenen Fällen sprach er scharf und so bestimmt, daß kein Widerspruch möglich war.

Zum Weltbild Ömperdingers passen die Sprachstudien von Cristobal Javalam[45]:

45) Der Bauernsohn Javalam hatte viel mit den Eseln seines Vaters zu tun und stellte schon als Kind Vergleiche zwischen den Lauten der Tiere und jenen der Menschen an. Längere Zeit versuchte er die Sprache der Esel zu entschlüsseln, bis er meinte, daß er desgleichen die Menschensprache untersuchen könne. Vor allem manche Laute der Umgangssprache erinnerten ihn so stark an seine geliebten Esel, daß er den Ausspruch getan haben soll: "Hätten wir ein Fell, müßten wir unsere Lasten selber tragen!"

*Ich leite mit Bekanntem ein. Die Zunge preßt die Luft durch die Stimmbänder, zwischen ihnen entsteht der Ton, Zunge, Zähne, Lippen, Mund-und Nasenhöhle modulieren ihn, das Ergebnis mag unter anderem Sprache sein. Sie entströmt dem Körper, durch den Geist geformt, benutzt in der Regel Luft als Transportmittel und erreicht einen anderen Menschen, zunächst dessen Ohr, dann dessen Verstand.*

*Die Übertragung von Gedanken und einfachsten Mitteilungen geschieht durch viele Umformungen der Impulse, bis sie wieder zu Gehirnimpulsen im Hörer geworden sind. Die lange Kette ermöglicht in jedem ihrer Teile eine fehlerhafte Übertragung.*

*Die Sprache selbst ist fehlerhaft. Sie vermag nur einen Teil zu vermitteln und wenn man einen Gedanken in viele Aspekte zerlegt und diese vermittelt, wird immer nur eine Annäherung an den ursprünglichen Gedanken im Hörer entstehen.*

*Ich beschäftigte mich vor allem mit dem Weg der Sprache. Die Fehlerquelle im Schall wird meiner Meinung nach unterschätzt. Der Schall breitet sich nach allen Richtungen aus. Trifft er auf ein Hindernis, wird er reflektiert oder verschluckt, Schallbündelung ist nur begrenzt möglich.*

*Mit Recht stelle ich fest, daß durch den Weg eine Informationsabschwächung entsteht. Als einfaches Beispiel nehme ich eine Gießkanne mit einem Brausetrichter. Verteilt man damit einen Liter Wasser auf die Fläche eines Gartens, wird der Boden kaum feucht. Ein Liter in ein Loch gegossen, füllt es an. Ins Ohr des Hörenden gelangt nur verdünnte Information.*

*In der Verdünnung vervielfältigt sie sich aber. Jedes winzige Luftteilchen schwingt im Klang der Mitteilung, teilt die Schwingungen anderen Teilchen mit und im Grunde genommen schwingt der gesamte Erdball im Klang einer Information, das "Ja" eines Menschen wird dabei so verdünnt, daß es keiner mehr wahrnehmen kann.*

*Nun dringen jede Sekunde unzählige Sprachlaute in die Luft, sie alle erfüllen gemeinsam den gesamten Erdenraum. Ununterbrochen gelangen somit winzigkleine Geräusche an unser Ohr, die Stimme des Jasagers ist nur das lauteste Tier in einer Herde aus Klängen. Wir konzentrieren uns darauf und vernehmen ihn deutlich.*

*Treffen zwei maximale Ausschläge von Schallwellen aufeinander, werden sie zu einem stärkeren Klang, sprechen zehn*

*Menschen ein Wort zur gleichen Zeit, klingt das lauter, als sagte es nur einer. Darin liegt die Fehlerquelle. Zweifellos werden die starken Schallwellen des zu uns schwebenden "Ja" von unendlich vielen, gleichzeitig im Raum schwebenden Schallwellen überlagert und ein wenig verändert, dann und wann mögen ferne Laute dazukommen und in uns wird ein so nicht gesprochenes Wort hörbar. Unser Gehirn versucht das Wort in den Sprachfluß des Redners einzugliedern, will aus der Gesamtheit der eintreffenden Impulse ein sinnvolles Ganzes machen. Das gelingt auch meist, damit aber verändert sich der ursprüngliche Sinn der Rede.*

siehe auch: 4.20.

## 2.7. Seine Gestalt

Ömperdinger war kräftig und "eher klein", was für Menschen in anderen Teilen des Landes "sehr klein" heißen muß. In X. sind große Männer und Frauen eine seltene Aussnahme, in der Gegend liegt die durchschnittliche Körpergröße etwa 10 cm unter dem landesweiten Durchschnitt.

Die Einschätzung der Körpergröße ist aber sehr subjektiv. Tritt jemand wiederholt bestimmt auf, billigt man ihm eine größere Erscheinung zu, Mitläufer werden klein genannt, sie schrumpfen in der Erinnerung. Die Erinnerung gibt immer das in einem entstande Bild wieder, das entspricht der Interpretation des Beobachteten, sie ist bedeutender als das objektiv Gemessene.

Ob sich Ömperdinger groß oder klein gefühlt hat und ob ihn das beeinflußt hat, kann man nicht sagen. Der Bericht über eine Person hat nichts damit zu tun, wie die Person selber ihr Aussehen oder ihre Tat erlebt hat.

Zum Thema "Kleiner Menschenschlag" liegt eine bemerkenswerte Erzählung von Veronique Meudonnet[46] vor.

46) Meudonnet ist medial begabt und tritt mit Verstorbenen in Kontakt. Eines Tages meldete sich bei ihr ein Nitteau Perdu. Er bestand darauf, daß "Perdu" nicht verdorben, sondern verlaufen heiße, Nitteau wäre ein unter Haselmäusen gebräuchlicher Vorname. In 13 Sitzungen diktierte er ihr Botschaften aus dem Jenseits der Haselmäuse, durchwegs interessante Schilderungen ihrer Lebensweise, Mythologie und Psyche. Haselmäuse glauben etwa an eine kugelrunde Gottheit mit für uns unaussprechlichem Namen, die alles geschaffen hat, alles ernährt und schließlich aus dem Verstorbenen wächst. Die Lebewesen hat die Gottheit nur aus Eigennutz geschaffen, da die toten Körper für sie die beste Nahrung sind.

Obige Geschichte stammt aus der 5.Sitzung Meudonnets im April 1985, ihr Mann hielt die Erzählung kurzschriftlich fest.

*Wir Haselmäuse reisen nicht. Wir sind mit unserem Wohnort zufrieden, wo wir alles vorfinden, was Haselmäuse brauchen: Wasser, Luft, Licht und Nahrung, Erdlöcher und Gebüsch. Wir sitzen nie fest an einem Platz, doch das aus dem Jenseits beobachtete menschliche Reisefieber können wir nicht verstehen. Welchen Nutzen hat es, in wildfremde Gegenden zu fahren, wo Menschen mit unverständlicher Sprache und unerklärlichen Sitten wohnen, sodaß sich der Reisende mit Gleichgesinnten aus dem eigenen Land im gleichen Haus aufhalten muß und sie nichts anderes tun können, als sie zu Hause an arbeitsfreien Tagen tun?*

*Auch herrschen in fremden Gegenden oft unangenehme, ja sogar behindernde Bedingungen, wie große Hitze oder eisige Kälte. Ich konnte das in meiner nächsten Umgebung feststellen. Ich und meine Freunde lebten in einem Tal. Auch oben auf dem Berg lebten Haselmäuse und ich stieg hinauf, um sie zu besuchen. Ich kam höher und höher, mein Herz schlug stärker und stärker, die Luft wurde dünner und dünner. Hoch oben, schon wollte ich wieder umkehren, fand ich Haselmäuse, die ein kleines Gehölz bewohnten. Sie waren kleiner als ich.*

*Heute im Jenseits weiß ich, daß das eine Folge der Höhenluft ist. Sie werden nicht so groß, um mit der wenigen vorhandenen Luft auszukommen.*

*Einmal wanderte mein bester Freund ein Stück das Tal hinaus. Er fand in einem kleinen Kessel ebenfalls kleinere Ver-*

*wandete, sie erreichten kaum die Größe von Halbwüchsigen. Er berichtete, daß er dort Schwierigkeiten mit der Atmung gehabt habe.*

*Heute im Jenseits weiß ich, daß es Stellen mit dünnerer Luft gibt, sie sind über die Erde verteilt wie Nüsse von Haselstauden, die da und dort im Laub versteckt liegen.*

siehe auch: 2.2.3.

## 2.8. Seine Bewegungen

Aus der Vielzahl an möglichen Bewegungen gab es drei Berichte:

### 2.8.1. Die Bewegung seiner Hände

Die Erzählung stammt von einem alten Mann, der an der Bushaltestelle stand und vor sich hinsprach. Aus manchen Bemerkungen entnahm ich, daß er über Ömperdinger reden mußte.

Er hatte gesehen, daß Ömperdinger, wenn er vor der Kirche stand, mit den Fingern öfters an die Hosennaht tastete und dann mit dem Kleinen in den Stoff bohrte. Dabei wiegte er die Hand vor und zurück, hielt die restlichen Finger weit auseinandergespreizt, ja nach hinten gebogen. Immer wenn er Ömperdinger begegnete, sah er sogleich auf die Hände und manchmal konnte er die Bewegung beobachten.

Einmal war ein Ball von spielenden Kindern geschossen vor seine Füße gerollt. Ömperdinger hatte ihn zurückgeworfen und dabei die Hand in gleicher Weise gehalten, was den Wurf kurz und ungezielt hatte ausfallen lassen.

Diese spezielle Handhaltung dürfte außer Ömperdinger niemand zeigen, somit fand sich dazu auch keine Literatur.

siehe auch: 1.9.1.

### 2.8.2. Sein Gang

Ömperdinger soll den Ansatz zum Schlurfen gehabt haben. Eine Frau, die ihn nicht sehr geschätzt haben dürfte, meinte, daß er "fußfaul" gewesen wäre.

Sicher jedoch hat er beim Gehen die Beine nicht besonders hoch gehoben und seine Schuhsohlen schleiften manchmal über große Kiesel.

Zu diesem medizinischen als auch psychologischen Phänomen fand sich als bezeichnende Arbeit wieder ein Märchen[47]. Ruth Heumann[48] sammelte Märchen vom Toten Meer, aus dem Werk stammt auch das Folgende:

---

47) Die Redensart: "Erzähl keine Märchen" ist unter Beachtung des oben angeführten Aspekts beachtenswert. Bei der umfassenden Aussage von Geschichten bedeutet das wohl, daß der Sprecher des Satzes die Wahrheit nicht hören will.

Mir hat man von Seiten einiger Verlage, denen ich die Arbeit anbot, immer wieder gesagt, daß ich nichts anderers getan hätte, als dumme Märchen zu sammeln. Erst die Bibliothek der Provinz hat erkannt, wie es um Märchen steht, sie zeichnet sich somit durch die Veröffentlichung selber aus.

---

48) Ihre Quellen sind nicht alte Bücher und Erzählungen, sondern Menschenohren. Sie sagt, daß jeder Mensch in den Windungen beider Ohren zusammen ein Märchen aufgeschrieben habe, sein Märchen,das zu lesen ihr möglich ist. Den Schlüssel brachten ihr eines Tages die mit den dunklen Gesichtern, jene, die Blumen wie Feuer und schwarze Hamster mit roten Zähnen züchten, jene, die mit dem Wind Ballspielen und die die Pfade der Mücken kennen. Sie warfen ihr den Schlüssel in den Postkasten und summten davon wie ein Bienenschwarm. Das obige Märchen stammt aus den Ohren eines Schimpansen.

*Einst beschlossen acht Männer im Morgengrauen, eine Runde über das Tote Meer zu spazieren. Nach durchzechter Nacht waren sie sternhagelvoll und nicht mehr Herr über sich. Derjenige, der mit nassen Füßen ans Ufer zurückkehrte, mußte die letzte Runde zahlen.*

*So stellten sie sich in einer Reihe auf, hielten einander an den Händen, um nicht zu stürzen, auf "Eins-Zwei-Drei" taten sie barfuß den ersten Schritt. Auf Grund ihres Zustandes torkelten sie dahin und bald fielen die ersten bis zu den Ellbogen ins*

*Wasser. Jeder von ihnen stürzte mehrer Male und nach einer halben Stunde kehrten sie triefnaß ans Ufer zurück.*

*Alle jedoch hatten trockene Fußsohlen, bis auf einen, der in der Folge die letzte Runde zahlen mußte. Während des Trinkens lallte er, daß er nicht gehen könne, wenn er die Füße zu hoch über den Boden oder das Wasser hebe. Hätte er nicht ununterbrochen Kontakt mit der Erde, würde er einfach vom Winde verweht davonfliegen.*

siehe auch: 1.2.3. / 2.2.1. / 2.2.4. / 4.12. / 4.18. / 4.23.

### 2.8.3. Das Wenden des Blicks

Wenn Ömperdinger den Kopf wandte, stach sein Blick besonders deutlich. Er konnte seinen Kopf nämlich nach Art einer Eule um fast 180 Grad drehen, je weiter er ihn drehte, desto deutlicher traten die Augen heraus und stachen. Aus diesem Grund ging niemand gerne hinter ihm. War er inmitten einer Gruppe von Dorfbewohnern, so versuchten die Nachfolgenden ihn so rasch wie möglich zu überholen, manche ließen sich weit zurückfallen, wieder andere verbargen sich in Seitenstraßen, hinter Bäumen, Büschen und Häusern.

Alle im Dorf fürchteten sich davor, von seinen Augen gestochen zu werden. Ich hörte die Aussage zu seinem Blick 23 Mal, es war das mit Abstand am öftesten Erzählte.

Dazu fand sich keine Quelle.

## 2.9. Seine Kleider

Das Wissen über seine Kleider, äußerst dürftige Informationen, stammt aus Funden in seinem Haus.

### 2.9.1. Der Anzug

Ich fand den Anzug unter einer umgefallenen, vermoderten Tür, er war angenagt und im Zerfallen. Äußerlich betrachtet war es einer der landesüblichen Trachtenanzüge in einer Machart, die ich als stilisiert bezeichnen möchte. Er enthielt eine Mischung aus Gestaltungselementen einiger ursprünglicher Formen und war eines der üblichen Machwerke des sogenannten Landesheimatwerks, das sich unter anderem mit der modischen und verstädterten Gestaltung von sogenanntem "Volksgut" beschäftigt, damit die Kleidungsstücke auch von den Landespolitikern in der Bundeshauptstadt getragen werden können.

Eine Untersuchung von Hose und Rock ergab, daß beide keine Taschen hatten. Sie waren ursprünglich angebracht gewesen, doch sie wurden abgeschnitten und die Schlitze wurden vernäht.

Es ist unklar, ob das der vermutliche Besitzer, Karl Ömperdinger, getan hat, ob der Anzug nachträglich ins bereits verlassene Haus gebracht worden ist, oder ob jemand den Anzug Ömperdingers im verlassenen Haus gefunden und so präpariert hat.

Vielleicht gelingt es dem Leser des Berichts, einen Bezug zu Ömperdinger herzustellen und ihm den Anzug aus zwingenden Gründen zuzuschreiben. Ich muß zugeben, daß ich, wohl weil ich mich über zehn Jahre ausschließlich mit Karl Ömperdinger befaßt habe, den Schlüssel zum taschenlosen Anzug nicht finden konnte. Es ist bei der Unzahl an Fakten unmöglich, selbst bei exakter karteimäßiger Sammlung, einem penibel genau geführten Register und einem Stichwortverzeichnis für die Suche nach einer bestimmten Stelle des auf Disketten gespeicherten Forschungstagebuchs, alle Querverbindungen und Tatsachen in schlüssige Bezüge zu stellen. Mir sind einige Punkte bekannt, die noch einer Aufklärung bedürfen, den einen oder anderen mag ein Leser der Arbeit entdecken.

Das Wissen darum, daß kleinste Erlebnisse, Eigenschaften oder nicht einmal als Besonderheiten in Erscheinung tretende

Ausformungen seinns Lebens und seiner Gestalt für ihn selber von großer Bedeutung gewesen sein können, erzwingt eine maximale Sammlung auch von Dingen, die dem Außenstehenden unwichtig erscheinen. Das läßt sich deutlich erkennen, wenn man zwei Personen von einem gemeinsam erlebten Ereignis berichten läßt: Der Zuhörer glaubt, es müsse sich um zwei Ereignisse handeln.

In dem angesammelten Heuhaufen aus Taten und Aussagen über ihn, gilt es dann nach den sie verursachenden Stecknadeln zu suchen. Dabei kann nicht jede schlüssig bewiesen werden und viel Unbrauchbares bleibt auf ihm liegen, weil es für den Betrachter auffällig, für ihn aber eine nie beachtete Tatsache, eine Ausformung ohne Ursachen und Folgen war.

So bekommt die Arbeit gewaltigen Umfang und Details, die in ihrer Vielzahl kaum mehr überschaubar sind. Eines Tages kam der Punkt, an den mir das Unterscheiden in Wichtig und Unwichtig notwendig schien, sei es, was Quellenstudium, sei es, was Berichte über ihn angeht. Das Vorliegende ist das Kondensat meiner Arbeit unter dem Gesichtspunkt kritischer Selbstbeschränkung.

Leider hat die Wissenschaft entropische Eigenschaft. Die Forschungen, die ursprünglich ein Thema vor Augen hatten, verzweigen sich in winzige Teilbereiche und bald kommt der Tag, an dem alle Forscher geworden sind und überhaupt kein Ergebnis mehr zustande kommt. Vor Jahrhunderten ging ein Denker an ein Thema heran und brachte ein Ergebnis zustande, heute forschen Tausende und es gibt winzige Teilhypothesen und Theoriechen.

Auch mir erging es so. Erst die freiwillige Selbstbeschränkung auf das Notwendige ermöglicht ein rundes Ganzes. Mag es in Details Widersprüche oder Unerklärliches geben, was sagt das schon. Jeder Mensch enthält in sich Widersprüche. Ist es nicht ein maßloses Unterfangen, eine Person zu hundert Prozent erfassen zu wollen?

Jeder, der sich die Ereignisse und Taten eines Tages merkt und den Tag zu schildern versucht, ist mit der Schilderung mindest so lange beschäftigt, wie ein Tag dauert.

Vor meiner Arbeit mochte ich Menschen nicht, die auf die Frage: "Was war heute los?" mit "Nichts!" geantwortet haben, heute ist diese Antwort für mich wohltuender Balsam. Für mich ist heute ein Tag, an dem bei mir nichts los war, eine paradiesische Reduktion auf das Wesentliche.

### 2.9.2. Sein Hemd

Bei meiner Suche nach dem Gang in die Tiefe fand ich unter dem Schutt ein altes Arbeitshemd, es war an den Ärmeln zerrissen und an vielen Stellen abgescheuert.

Nach Art von Schnitt und Ausführung zu schließen, stammt es aus den Jahren 1950 bis 1955, es kann also Ömperdinger gehört haben.

Es muß lange getragen worden sein.

### 2.9.3. Seine Schuhe

Die Schuhverkäuferin beschrieb mir genau, welche Art von Schuhen Ömperdinger kaufte.

Es waren immer dunkelbraune oder schwarze Schuhe, fest, ja nahezu derb gearbeitet. Sie durften kaum einen Absatz haben und bald ging sie mit ihm nur mehr in die Abteilung mit den Berg-und Wanderschuhen, wo er mittelschwere, meist mit über die Knöchel reichendem Leder nahm.

Nur einmal erstand er nach seinen eigenen Worten "Sonntagsschuhe" aus dünnem Leder. Auf die Frage, ob er zu einem Begräbnis gehen müsse, antwortet er:

*"So etwas Ähnliches."*

Das soll 1978 gewesen sein. Zu ihrer Überraschung entschied er sich für damals hochmodische Schlüpfer.

siehe auch: Teil Drei, 1978

## 2.10. Seine Einrichtungsgegenstände.

Wie in verfallenden Häusern üblich, fanden sich außer einem völlig vermoderten Kästchen lediglich zwei erwähnenswerte Stücke. Die anderen Gegenstände wurden entweder beim Verlassen mitgenommen oder Bewohner aus der Umgebung holten sich das noch Brauchbare.

### 2.10.1. Sein Bett

Im Obergeschoß steht vor dem westlichen Fenster ein morsches Kastenbett. Es ist uralt und dürfte renoviert worden sein, bei einer genauen Untersuchung fand ich nachträglich eingesetzte Holzverbindungen und Schrauben. Nach Meinung eines Historikers muß es aus dem 15.Jahrhundert stammen. Wenn die Aussagen über die Körpergröße Ömperdingers stimmen, könnte er hineingepaßt haben und darin tatsächlich geschlafen haben.

Die Kastenbetten standen auf sehr hohen Beinen und hatten eine Klappe wie bei einem Jahrmarktsstand, die sich nach oben öffnen ließ und während der Nacht geschlossen wurde. Die Holztür dieses Betts fehlt, der Boden ist vermodert, die verbliebenen Teile sind so morsch, daß es der Sachverständige des Landesmuseums als nicht mehr renovierbar bezeichnete.

Zum Schlafgefühl in so einem Kastenbett fand sich eine Quelle. Georg Unterwalder veröffentlichte in Leifers "Vom Liegen", Berichte übers Schlafen bis zum Beginn der Neuzeit.

*Vom Schlaf im Kasten.*

*Und so versuchte ich den Schlaf im Kasten, wißbegierig, wie er sein werde, leicht oder tief, voller Dämonen oder mit Himmelsträumen.*

*Ich kann euch versichern, es war noch schrecklicher. Müde vom schweren Wein, den ich mit dem Gastgeber getrunken hatte, kroch ich in den Kasten, schloß die Tür und fiel in tiefen Schlaf. Wie lange ich geruht habe, vermag ich nicht zu sagen, doch anhand der restlichen Nacht scheint mir heute, als wären es nur wenige Augenblicke gewesen.*

*Bald nämlich wurde ich wachgerüttelt, als läge ich in einer Kiste, die eine steile Treppe hinuntergestoßen wurde und die auf jeder Stufe aufschlug. Ich erwachte vollends und stellte fest, daß das Bett ruhig stand. Als ich mich wieder beruhigt hatte und eingeschlafen war, glaubte ich eine Horde tobender Dämonen zu hören, die mir in die Ohren brüllten. Es riß mich in die Höhe und mit einem Schlag war es totenstill.*

*So ging es die ganze Nacht. Ich litt alle Qualen der Hölle, wurde gestochen, geprügelt, gebrannt, geschnitten, man versuchte mich zu ersticken und band mich. Jedes Mal, wenn ich vollends erwachte, war alles vorüber. Zuletzt, ich glaubte schon den Tag durch die Ritzen zu sehen, fuhr der Wind in die enge Kammer. Ein Orkan brauste im Kreis , es war, als hätte er sich im Bett verfangen und versuchte mit aller Gewalt, sich zu befreien. Das Gestell ächzte und krachte, der Sturm preßte mich gegen die Wand, zerzauste mir die Haare und nahm mir fast den Atem. Ich kämpfte gegen ihn, wollte hinüber zur Klappe, um ihn hinauszulassen, doch er war stärker als ich und kaum hatte ich mich von der Wand gelöst, als er mich wieder dagegen drückte. Ich glaubte meine letzte Stunde gekommen und schickte ein Stoßgebet zum Himmel.*

*Da ging die Klappe auf und mit einem Schlag war es still. Mein Gastgeber lachte mir ins Gesicht und fragte, ob ich gut geschlafen hätte. Er nahm es an, denn die Sonne stand schon hoch am Himmel.*

*Wie gerädert kroch ich hinaus, berichtete von meinen Erlebnissen und dankte ihm, daß er mich errettet hatte. Da verfinsterte sich sein Gesicht, er wurde zornig und warf mich aus dem Haus, auf alle Regeln des Anstands vergessend. Dabei schrie er, daß ich sein Haus nie mehr betreten dürfe. Noch jeder habe in seinem Kasten himmlische Träume gehabt. Wenn mir diese Träume wie Höllenqualen vorgekommen waren, mußte ich des Teufels sein, nur der Teufel ekelt sich vor dem Himmel.*

### 2.10.2. Sein Waschtisch

In Häusern ohne Fließwasser, und das waren früher nahezu alle Häuser, war das ein gebräuchlicher Gegenstand. Die Deckplatte der Kommode hatte zwei kreisrunde Löcher, in die emailierte Schüsseln gehängt wurden. So konnte man das Wasser einfach ausleeren.

Der Waschtisch fand sich im Schuppen neben dem Haus. Die beiden Schüsseln hatten ausgestanzte Löcher, dort waren Röhren angelötet, die im Bach endeten. Ömperdinger dürfte sich also im Schuppen gewaschen haben, eine für heutige Zeiten unvorstellbare Tatsache, muß man doch bedenken, daß die Hütte im Winter nicht zu beheizen war und daß es im Kessel noch kälter ist als anderswo.

siehe auch: 2.5. / 4.11.3.

# Zusammenfassung

Klein und kräftig, mit leichtem Buckel und stechendem Blick im Wenden des Kopfes. Das ist die kürzeste Beschreibung Ömperdingers.

Nochmals weise ich darauf hin, daß die meisten Aussagen zu Ömperdinger aus Nebensätzen stammen, die wiederum im Gerüchtesumpf leben. Die gezählten 132 Aussagen ergeben trotz allem in der Summe ein Bild, das ich authentisch nenne.

Weiters rufe ich die Zusammenfassung des ersten Teils in Erinnerung, wo von der zu erwartenden Kritik gesprochen wird. Die große Zahl an Arbeiten, die die Ausformung von Körperteilen mit etwas anderem als mit Genetik in Zusammenhang stellen, ist bemerkenswert.

Das Denken in Ursache-Wirkungsketten tendiert auf Grund der oft schwer durchschaubaren Vernetzungen zu monokausalen Zusammenhängen. Leider macht sich gerade die etablierte Wissenschaft diesbezüglich die Arbeit sehr einfach. Wird eine Erscheinung von zwei oder mehreren Glaubensrichtungen - wie ich zu sagen verleitet bin - unterschiedlich erklärt, so beharrt jede auf der alleinigen Richtigkeit ihrer Sicht und verdammt die anderen. Mehrere Antworten auf eine Frage sind nicht erlaubt, vor allem dann nicht, wenn sie dem kurzsichtigen menschlichen Verstand auf den ersten Blick in Teilen widersprüchlich sind.

Warum eine abweichende Erklärung nicht angenommen wird, warum sich die einzelnen Wissenschafter nicht zusammensetzen und eine Zusammenschau versuchen, ist so unerklärlich wie die Diskrepanz zwischen Wellen-und Teilchentheorien des Lichts. Die beiden schließen einander aus, gleichzeitig erklären sie gemeinsam das Licht vollständig.

Es scheint die Zeit gekommen, in der der Widerspruch als Methode anerkannt werden sollte.

Teil Drei (3)

# Seine Lebensgeschichte

# Einleitung

Brachte der erste Teil Umwelteinflüsse und der zweite Einblick in seine körperliche Erscheinung, die gleichzeitig Einfluß auf sein Wesen hatte und die Ausformung seines Wesens war, begibt sich der dritte Teil in die Geschichte.

In der Vorgeschichte und der Geschichte einer Person finden sich die wichtigsten prägenden Umstände, gleichgültig, ob sie anerzogen oder angeboren sind. Beides kommt von den Eltern und deren Vorfahren, der Streit, wieviel nun angeboren und wieviel anerzogen ist, ist im Fall der umfassenden Recherche von geringer Bedeutung. Für die Studie ist es unwesentlich, auf welche Weise übertragen wurde - beide Seiten zweifeln ja nicht an, daß übertragen wird -, der erwähnte Streit könnte von der Warte der zuvor erwähnten Widerspruchsmethode als unsinnig angesehen werden.

Das äußere historische Umfeld wie Lebensweisen, Bräuche, Sitten und politische Umstände werden nicht eigens behandelt. Diesbezüglich verweise ich auf die vorhandene Literatur. Es genügt, das Ergebnis der Beeinflussungen in den Lebensgeschichten vor sich zu sehen. Für Karl Ömperdinger war es gleichgültig, wenn sein Großvater durch die Wirkung des frühen Kapitalismus so und nicht anders leben mußte.

Außerdem entpuppte sich X. im Lauf meiner Untersuchungen immer mehr als "verschlafener" Ort, bis in die 30er Jahre wurde die Gemeinde von nichts berührt, abgesehen von sechs Gefallenen im Ersten Weltkrieg und den sieben Arbeitern im Sägewerk, die in den 20ern die Kommunisten wählten. Wirtschaftskrise, Arbeitslosigkeit, Ständestaat, Bürgerkrieg, all das war in X. nicht bemerkt worden. Zeit und Leben flossen dahin wie seit Hunderten von Jahren, orientierten sich an nie geschriebenen Gesetzen, es war eine Bauerngemeinde und was zuviel an Nachwuchs in die Welt gesetzt wurde, wanderte in die Städte ab.

Die Quellen zur Lage im Ort um 1925 hätte ich im Mittelalter suchen müssen. Es scheint, als entstünde große Politik durch die Tatsache, daß es Menschen gibt, die ihren Lebensunterhalt nicht aus der Landwirtschaft bestreiten. Erst Adelige, Beamte und Arbeiter haben Zeit und Muße, sich mit dem kurzlebigen Hickhack zu beschäftigen und darein die Kräfte zu legen, sich um die Ausdehnung der Staatsgrenzen zu bemühen, nach Vormachtstellung und Großmacht zu streben, dafür Kriege zu führen und anderes dergleichen, was nur auf Kosten der Menschen im Lande geht. Die Machtkämpfe in den Gemeinden sind verhältnismäßig harmlos, es scheint, als wüßten die Bauern und das Gesinde, die Jahr für Jahr den Gang der Vegetation erleben, daß alles ständig in Fluß ist und daß der prächtigste Baum im Spätherbst zu einem kahlen Stummelgerüst wird. Der Aufstieg trägt immer den Keim des Abstiegs in sich.

Etwa 1934 platzte die Weltgeschichte über X. herein. Bauern und vormals rote Arbeiter waren plötzlich illegale Nazis, was die Tendenz meint und nicht auf organisierte und mit Erklärungen an die Öffentlichkeit tretende, halbterroristische Vereinigungen hinweist. Das mag mit der Gesinnung zusammenhängen. Die Menschen waren seit jeher Monarchisten, die erste Republik hatte keiner so recht erfaßt und von einem demokratischen Bewußtsein war wohl auch durch den Vater Ömperdingers nichts zu spüren. Vielleicht sah man in Hitler einen napoleonähnlichen Volkskaiser heraufdämmern, der an die gute, alte Zeit erinnerte, als noch ein echter Kaiser über alles herrschte, ein nach der Propaganda gütiger und gerechter Herrscher.

Als sich nach dem Anschluß an Deutschland der gütige Herrscher zu einem kriegslüsternen Tyrann entwickelte, schwenkte man rasch wieder in die Verschlafenheit zurück und wehrte sich mit Bauernschläue.

An dieser Stelle sei eine "kleine" Schwierigkeit erwähnt, die mir in meiner Arbeit mehr zu schaffen machte als die beschriebene Schweigsamkeit der Menschen.

Zur Zeit leben in X. acht Personen mit dem Namen Karl Ömperdinger, in den Taufbüchern zählte ich 32 Männer dieses Namens, sowie 257 Personen mit dem Geburtsnamen Ömperdinger. Der gesamte Hang des Haubenstocks ist bis in den Ort hinunter von Ömperdingern besiedelt, die teilweise verwandt, teilweise so entfernt verwandt sind, daß eine Heirat zwischen deren Kindern erlaubt ist. Auch in den Nachbargemeinden leben gleichnamige Menschen.

Alle scheinen auf den erwähnten Karl Ömerlinger zurückzugehen. Somit sind die zahlreichen Hochzeiten zwischen zwei Ömperdingern, Ömerlingern und Ömperlingern hart an der Grenze zum Inzest gelegen. Rechnet man noch ein, daß echte Inzestbeziehungen und die daraus entstanden Kinder nirgendwo mit den wahren Eltern aufgezeichnet sind, so hat sich wohl einiges vom Erbgut jenes Stammvaters bis heute in kaum veränderter Form erhalten. Erst in den 30ern hörte die innergemeindliche Verbindungswut auf, man blickte hinaus in die Welt und sah auch dort Frauen und Männer, die als Partner in Frage kamen.

Dazu findet sich eine bemerkenswerte Arbeit von Harold MacGregor. Der Autor wanderte 1925 mit ein paar Schafen aus Schottland aus und wollte nach Australien. Im Tagebuch des Kapitäns Arther Glawley, das 1927 in einem Rumfaß in der Tasmanischen See treibend gefunden wurde, steht dazu folgendes:

*Am 17.3.1925 lief die Holy Kathleen in Aberdeen aus. An Bord waren 23 Familien mit Hab und Gut, darunter auch zahlreiche Tiere, sowie 8 Mann Besatzung. Das Ziel war die Westküste Australiens. Die Fahrt sollte entlang Afrikas um das Kap der Guten Hoffnung führen, im Bogen über Madagaskar, Cargados-, Cocos-und Christmasinseln wollte man Derby im nordwestlichen Australien erreichen. Bis zur Landung in Majunga gab es keine Zwischenfälle, abgesehen vom Tod eines kleinen Jungen, der auf Höhe der Walfischbucht über Bord ging und ertrank.*

*In Majunga auf Madagaskar nahm die Familie ein Waisenkind an Bord, einen dunkelhäutigen, englischsprachigen Jungen. Die Eltern behaupteten, daß er sie dermaßen an ihr eigenes Kind erinnere, daß sie durch ihn ihre Trauer vergessen könnten.*

*Das Kind saß den ganzen Tag an der Reling, klammerte sich an die Seile und blickte ins Meer. Auf die Frage, was er da mache, warum er nicht mit den anderen Kindern spiele, meinte er, daß sein ertrunkener Freund ihn rufe. Ihm wäre in der kalten Tiefe langweilig und er wolle Freunde und Geschwister zu sich holen. In der Nacht zum 9.Mai kam heftiger Sturm auf.*

*9.Mai, 7 Uhr: Der Sturm hat sich gelegt. Das heißt aber nur, daß er sich für uns gelegt hat. Seit einer halben Stunde liegen wir wie vor Anker. Zu beiden Seiten türmen sich hohe Wellen, das Boot steht fest.*

*10 Uhr: Einer der Matrosen ruderte freiwillig, durch starke Taue gesichert, an den Rand der inzwischen wie ein Fluß durch eine Schlucht ziehenden Wasserstraße. Er warf eine Meßleine, demnach bewegen wir uns mit umgerechnet 60 km/h ostwärts. Der fremde Junge lacht plötzlich. Er ist der einzig Fröhliche an Bord, die anderen sind schreckensbleich, klammern sich an die Taue, die meisten beten. Auch die Tiere sind stumm, alle stehen an Deck und starren vor sich hin.*

*12 Uhr: Seit fünf Stunden ist alles, wie ich es noch nie erlebt habe. Das Boot läßt sich nicht steuern, der Matrose maß soeben 72 km/h. Der fremde Junge kletterte auf die Brücke und sagte zum Steuermann, daß es noch länger dauern werde.*

*21 Uhr: Es dämmert nicht, keine Spur von Dunkelheit. Seit den Morgenstunden ist es gleichmäßig düster. Über uns treiben tief hängende Wolken, es ist windstill. Temperatur: 28 Grad Celsius, Geschwindigkeit 93 km/h. Die Wasserberge zu beiden Seiten werden höher. Eine Positionsbestimmung ist unmöglich. Wir treiben irgendwo im indischen Ozean nach Osten.*

*10.Mai, 11 Uhr: Nun ist alles eindeutig: Die Wellenberge wachsen, wir sitzen am Boden einer Wasserschlucht. Der be-*

*wölkte Himmel zeigt sich nur mehr in einem Streifen von 38 Bogengraden Breite.*

*13 Uhr: Wir rasen mit 136 km/h dahin.*

*11.Mai, 7 Uhr: Geschwindigkeit 187 km/h, Temperatur 34 Grad Celsius, Windstille. 2 Nächte sind ausgefallen, die Wasserwände sind so hoch gewachsen, daß der freie Himmel nur mehr 12 Bogengrad ausmacht. Wir rechnen mit dem sicheren Tod, nur der fremde Junge lacht. Er sagt, daß wir bald am Ziel sind. Die Position ist nicht bestimmbar, nach einer Schätzung, der unserer letzte Position und die Geschwindigkeit zugrunde liegen, müßten wir bald vor Australien sein. Die Passagiere bereiten ein Totenmahl, 5 Hammel wurden geschlachtet, 2 Fässer Portwein stehen bereit.*

*12.Mai, 14 Uhr: Das Mahl ist fertig. Keiner hat Appetit, ein paar Männer sind betrunken.*

*17 Uhr: Temperatur 37 Grad Celsius, Geschwindigkeit 246 km/h. Wir rasen durch einen Tunnel aus Wasser, oben berühren sich fallweise die Wellen beider Seiten.*

*18 Uhr 32: Einer der Passagiere entdeckt im vor uns liegenden Dunkel einen Lichtpunkt. An Bord ist der Wahnsinn ausgebrochen, die Menschen heulen, brüllen oder wimmern vor Angst. Einige sind abgesprungen, darunter ein Einzelgänger, der seine Schafe, 4 weibliche und ein männliches Tier, in eine große Holzkiste verpackt hat. Er setzte sich auf die Kiste, in deren Deckel er Luftlöcher schlug, und ruderte vom Boot weg.*

Dieser Harold MacGregor züchtete, an einer einsamen Insel gestrandet, zwangsweise mit den überlebenden 3 Tieren weiter:

*So lebten meine Tiere über 19 Jahre im Inzest. Da ich genügend Platz zur Verfügung hatte, teilte ich die Herde in Tiere, die normal wirkten und jene, die erste unübliche Merkmale zeigten. An einer schmalen Stelle der länglichen Insel errichtete ich einen unüberwindlichen Zaun. Ab dem 8.Jahr wuchs die Zahl an lebensunfähigen Tieren. Meine freie Zeit ermöglichte es mir, die Schafe zu kennzeichnen und exakte Stammbäume der Population zu notieren, bei jedem Tier vermerkte ich die auffälligen Merkmale, etwa dunkle Flecken an bestimmen Stellen.*

*Die Herde mit den abnormen Tieren war im 15. Jahr im Aussterben, es wurde nur mehr ein Widder geboren. Der war erstaunlich robust und zeigte alle Anzeichen beginnender Intelligenz, die weit über die für Schafe Mögliche hinausging. Er war Einzelgänger, drängte nicht zur Herde, zeigte schwachen Haarwuchs, allerdings war er unfruchtbar.*

*Im 19. Jahr meines Inselaufenthalts starb er unter einem Bergrutsch. Da ich das Tier lieb gewonnen hatte, begrub ich ihn an einer Stelle nahe meiner Hütte. Als ich tags darauf zum Grab kam, war es leer, der Widder graste ein Stück weiter.*

*Im 22 Jahr, der Widder war also 7 Jahre alt, drei Jahre nach seinem Scheintod, stellte ich eindeutig fest, daß er geschrumpft war. Bald zeigte er das Verhalten eines Jungtieres, verlor die mächtigen Hörner und eines Tages sprang er wie ein junges Böckchen mit allen Vieren in die Höhe. Er schrumpfte mit unglaublicher Geschwindigkeit.*

*An seinem achten Geburtstag beobachtete ich, wie ihm ein Schaf, bei dem er in der letzten Zeit getrunken hatte, das Geschlecht zuwandte, er kroch ihr vor meinen staunenden Augwen in den Leib, sie verhielt sich dabei wie bei einer Geburt. Sie wand sich vor Schmerzen und starb wenig später.*

Die Schwierigkeit bei meiner Suche war also, wegen der großen Zahl an Karl Ömperdingern immer nachweisen zu müssen, daß die Erzählung genau den von mir Gesuchten meinte. Als Leitfaden dienten mir dafür der Wohnort, das Haus in der Schlucht, sein Geburtsdatum und die Namen der Eltern, die ich dem Taufbuch entnommen habe. Was sein Haus anging, gab es zwei Möglichkeiten, durch lange Beweisketten, die hier anzuführen den Rahmen der Arbeit sprengen würde, konnte ich herausfinden, daß nicht der auf dem Hügel wohnhafte Karl Ömperdinger (gestorben 1979), sondern der aus dem Tal stammende (gestorben 1978) der von mir Gesuchte war.

Was seine Eltern betrifft, schätze ich die Wahrscheinlichkeit, seine beschrieben zu haben, auf über 90%. Es gab um 1930 drei Paare namens Karl und Katharina Ömperdinger. Die Sache mit dem später erwähnten Adressenschwindel hat unentwirrbares Durcheinander in die lokalen Aufzeichnungen gebracht. So habe ich die Großeltern nur mehr mit 70% Wahrscheinlichkeit bestimmt, weiter im Stammbaum zurückgehend verschwimmen die Spuren derartig, daß keine seriöse Aussage mehr gemacht werden kann. Außerdem gibt es den begründeten Verdacht, daß zumindest einer der Urgroßväter aus einer inzestuösen Verbindung stammt und seine wahren Eltern nicht aufscheinen.

Im dritten und vierten Teil wird die wissenschaftliche Basis nicht verlassen, doch finden sich keine Hinweise mehr auf die Erzähler. Es wird der Ablauf dargestellt, der sich aus der Zusammenschau von lokalen Aufzeichnungenm und Berichten ergibt.

Das liegt einerseits an der angreifbaren Art der Datenbeschaffung, andererseits ermöglicht mir diese Form der Arbeit, hier ohne allzugroße Anfeindungen zu wohnen, eine Erwähnung von Personen, die mir manches erzählten, würde mir hier das weitere Leben zur Hölle machen. So möge mir der Leser glauben und voll Erbarmen darauf vertrauen, daß sich alle Schlüsse und Beschreibungen mehrfach abgesichert in meiner Kartei befinden.

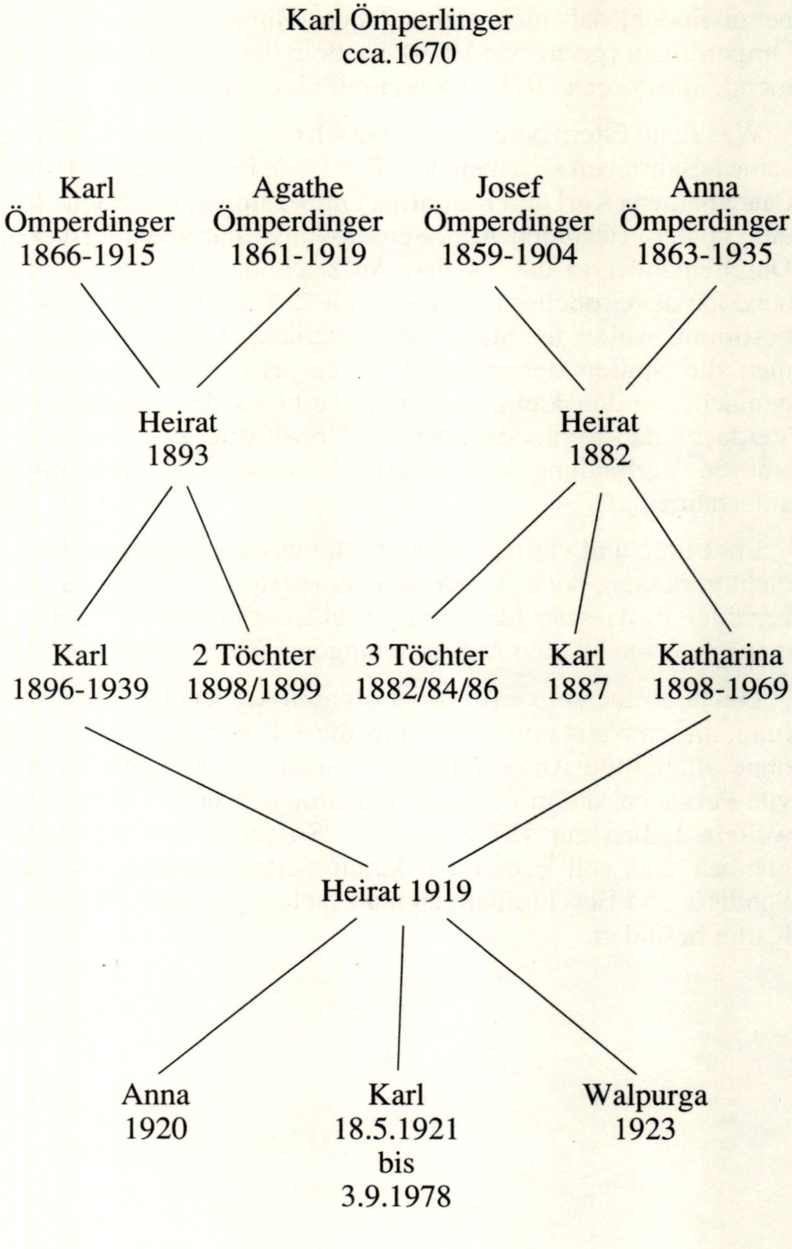
Karl Ömperlinger
cca.1670
Karl
Ömperdinger
1866-1915
Agathe
Ömperdinger
1861-1919
Josef
Ömperdinger
1859-1904
Anna
Ömperdinger
1863-1935
Heirat
1893
Heirat
1882
Karl
1896-1939
2 Töchter
1898/1899
3 Töchter
1882/84/86
Karl
1887
Katharina
1898-1969
Heirat 1919
Anna
1920
Karl
18.5.1921
bis
3.9.1978
Walpurga
1923

# Zum Stammbaum

Der Stammbaum stimmt bis zu den Großeltern mit großer Wahrscheinlichkeit. Weiters ist gesichert, daß die vier Urgroßväter direkte Nachfahren von Karl Ömerlinger sind, das gleiche gilt für zwei der Urgroßmütter.

Durch Schreibfehler im Taufbuch, vor allem ein Pfarrer im 18.Jahrhundert hatte unleserliche Schrift und dürfte so die Ömerdinger und Ömperlinger "erfunden" haben, kamen Verwandte mit neuem Namen in den Ort. Wie erwähnt vermute ich, daß die Schreibfehler teilweise absichtlich gemacht wurden.

Weiters wurde mit dem Adressenschwindel 1939 mancher umgetauft, anderen Eltern zugeschrieben oder an einen anderen Wohnort versetzt, dabei war die Schrift des erwähnten Pfarrers von großem Nutzen, unwahrscheinlich ist, daß alle seine Aufzeichnungen gefälscht wurden.

## 3.1. Der Anfang

Mit Karl Ömperlinger hat die Sippe der Ömperdinger in X. ihren Anfang genommen. Aus jener Zeit stammt das Haus im Kessel. Bald finden sich Wohnsitze am Hang des Haubenstocks. 1740 waren es vier Höfe, die Ömperlingern gehörten. Es ist anzunehmen, daß die Kinder Karl Ömperlingers durch seinen Einfluß dort zu Land kamen, den Wald rodeten und die Höfe errichteten.

Aus der Reihe der Ömperdinger kamen mehrere Bürgermeister und andere Persönlichkeiten in der Gemeinde, sie konnten ihren Besitz oft durch Heirat vermehren, heute noch sind zwei Bauern am Haubenstock Ömperdinger.

In der Mitte des 19.Jahrhunderts begann eine Abwanderwelle, 1860 gehörten acht Höfe Ömperdingern, 1890 nur mehr fünf. Vor allem die "Häusler" im oberen kargen Hangteil siedelten ab und das Acker-und Wiesenland wurde teilweise wieder aufgeforstet.

siehe auch: 1.5.4. / 4.8.

## 3.2.1. Die Großeltern der Vaterseite

Die Großmutter, Agathe Ömperdinger, war fünf Jahre älter als ihr Mann. Es heißt, das sie häßlich war. Karl hatte einerseits froh sein müssen, mit seiner kleinen Bergbauernwirtschaft eine Frau zu bekommen, andererseits soll ihn die Sippe zu dieser Wahl gezwungen haben. Im dritten Jahr der Ehe gebar Agathe mit 35 Jahren den Vater Karl Ömperdingers, Karl Ömperdinger.

Sein Großvater rückte 1914 in seiner Begeisterung für den Kaiser im Alter von 48 Jahren ein und fiel 1915. Böse Zungen behaupten, daß er seiner Frau davongelaufen wäre. Agathe war eine verhärmte Frau, die aus dem kargen Boden in ununterbrochener Arbeit den Lebensunterhalt für sich und die beiden

Töchter holen mußte. Dabei rackerte sie sich zu Tode, auch dürfte sie die Nachricht vom Ableben ihres Mannes so getroffen haben, daß sie das Kriegsende nur um wenige Monate überlebte.

### 3.2.2. Die Großeltern der Mutterseite

Das Schicksal dieser Vorfahren war kaum glücklicher. Josef Ömperdinger erbte als zweiter von drei Kindern den Hof nicht, eine für den naturbegeisterten Mann bittere Tatsache. Mit 20 Jahren verließ er den elterlichen Hof im Streit und begann als Arbeiter in einem entfernt gelegenen Sensenwerk, einer der kleinen Hammerschmieden des Voralpenlandes. Zwei Jahre später kam seine Jugendfreundin Anna Ömperdinger nach und sie heirateten, als Anna im 3.Monat schwanger war.

Josef kann als "Aufsteiger" bezeichnet werden. Innerhalb kurzer Zeit brachte er es zum Vorarbeiter, wenig später wurde er die rechte Hand des Besitzers. Er war bald teilweise im Werk, teilweise im Verkauf tätig und handelte so geschickt mit den Waren, daß eine Werkshalle angebaut werden mußte und 15 neue Arbeiter eingestellt wurden.

Zwei Jahre nach der Geburt seines fünften Kindes, der Tochter Katharina, verunglückte er so tragisch, daß er arbeitsunfähig wurde. Diesen Schicksalsschlag verkraftete er nicht, er starb vier Jahre später. Seine Frau mußte Reinigungsarbeiten durchführen, um die Familie zu ernähren.

Kurz nach seinem Tod übersiedelte sie nach X. und wurde Pfarrersköchin. Sie mußte nur mehr für ihre jüngste Tochter sorgen, die drei älteren waren bereits verheiratet, der Sohn zog mit und arbeitete im Sägewerk.

Es ist bemerkenswert, daß nie ein Wort über eine Verbindung zwischen ihr und dem Pfarrer gemunkelt wurde, was sonst fast jeder Haushälterin eines Geistlichen nachgesagt wird. Dafür heißt es, daß in Wahrheit sie der Pfarrer gewesen sei. Sie habe ihn völlig in der Hand gehabt und er wäre wie ihr Kind gewesen. Sie verwaltete die Pfarrkasse und durch ihre geschickte Vorgangsweise war X. bald zur reichsten Pfarre der Gegend geworden. Traditionell gehörte dem Pfarrer ein gutes Stück des Waldes auf dem Haubenstock, sie kümmerte sich darum, stellte in der Zeit der Wirtschaftskrise zwei Männer aus dem Ort als Forstarbeiter an, es wurde regelmäßig geschlägert und aufgeforstet und das Holz wurde zu einem einträglichen Geschäft.

Angeblich soll sie aber auch sämtliche Schriftstücke des Pfarrers unterschrieben und seine Predigten aufgesetzt haben.

### 3.3.1. Der Vater

Der Vater Karl Ömperdingers, Karl Ömperdinger, war Hoferbe. Nochmals sei darauf hingewiesen, daß es sich um einen "Häusler" handelte, einen Kleinhof mit wenig Grund, der nur schwer eine Familie ernähren konnte. Vor allem bei der Bekleidung herrschte immer Mangel und die Kinder waren in Lumpen gehüllt. Karl war 19, als die Nachricht vom Tod seines Vaters einlangte. Bis dahin hatte er nicht einrücken müssen, nun glaubte er, daß dieser Augenblick nahe bevorstand. Wenig später trat er in ein Kloster ein.

Die Tat war lange Ortsgespräch, galt er doch als keineswegs frommer Bursch, zumindest ein Kind einer Magd wurde ihm zugeschrieben.

1918 trat er wieder aus und kehrte nach X. zurück. Er zog jedoch nicht ins Haus seiner Eltern, sondern renovierte das kleine Haus in der Schlucht. Es hatte einem entfernten Verwandten gehört, der ohne Erben verstorben war, niemand wollte an den düsteren Ort ziehen. So nahm er es sich einfach. Nach seiner Aussage wollte er als freier Mönch alleine in der Klause leben. Niemand kann sagen, ob das seine Vergangenheit erklären sollte oder ob es sein Anliegen war. Als ehemaliger Novize hatte er bald guten Kontakt mit dem Pfarrer, manchmal saßen die beiden abends bei einer Flasche Wein im Pfarrhof. Dabei sollen sie Bibelstellen besprochen und lächerlich gemacht haben.

Bei diesen Besuchen lernte er Katharina Ömperdinger, die Tochter der verwitweten Pfarrersköchin kennen, ein damals 19-jähriges Mädchen, wenig später war Hochzeit. Als seine Mutter starb, sie hinterließ den kleinen Hof, verkaufte er ihn sofort an den Nachbarn. Das Geld teilte er mit seinen Schwestern, mit seinem Anteil fuhr er auf Hochzeitsreise.

Das war ein damals unübliches Ereignis, auch galt so eine Reise in der Regel einem Wallfahrtsort. Er aber fuhr mit Katharina in den Süden, wohl bis nach Kärnten, wo sie so lange in einem Hotel wohnten, bis das Geld zuende war. In dieser Zeit zeugten sie ihre erste Tochter. Als sie zurückkamen, war gerade der Posten eines Gemeideschreibers und der eines Totengräbers frei geworden. Durch Vermittlung des Pfarrers bekam er beide Stellen.

Er führte seine Arbeit als Gemeindeschreiber höchst liederlich durch. Die Aufzeichnungen waren unvollständig und wirklich unleserlich, die ersten freien Wahlen nach Ausrufung der Republik fanden in X. durch seine Schlamperei nicht statt. Er schickte ein fiktives Wahlergebnis in die Landeshauptstadt, worüber alle im Ort froh waren.

Zweifellos hat er damals schon getrunken, ich fand immer wieder Rotweinflecken. Weil er nichts tat und Ankündigungen nicht aushängte, blieb der Ort verschlafen. Der damalige Bürgermeister, ein nicht gerade mit geistiger Helligkeit geschlagener Mann, war zufrieden, als Gegenleistung für seinen Frieden sorgte Ömperdinger dafür, daß er immer wieder gewählt wurde.

1935 war er plötzlich für die Nationalsozialisten begeistert. Er stellte den Illegalen die Amtstafel zur Verfügung. Mir scheint, daß dabei Erpressung im Spiel war.

Seine letzte und wahrhaft große Tat war der große Datenbetrug, den er gemeinsam mit dem Pfarrer durchführte.

Um den jungen Männern das Einrücken zu ersparen, legte er gefälschte Unterlagen an. Der Pfarrer änderte die Taufbücher der vergangenen 40 Jahre, die beiden unterschlugen 47 im Ort lebende Männer im wehrfähigen Alter, manche ordneten sie Höfen zu, auf denen sonst niemand wohnte, oder sie stellten Bescheinigungen aus, daß der eine oder andere auf Grund von Arbeitsunfällen invalid war. Der Plan wäre aufgegangen, wenn Karl Ömperdinger nicht im Frühjahr 1939 verstorben wäre. Zweifellos hatte er sich zu Tode getrunken. Die Gauleitung, bereits mißtrauisch geworden, setzte sofort einen Ortsfremden ein, was Ömperdinger bis zu seinem Tod durch immer wieder eingebrachte Begeisterungsschreiben für den Führer, denen er vermutlich aus der Pfarrkasse freiwillige Spenden für die großen Aufgaben des Reichs beigelegt hatte, verhindern hatte können. Die halboffiziellen Bekenntnisse der Gemeinde hatten eine Überprüfung aufschieben können.

Sie brach wie das Jüngste Gericht über X. herein. Durch Mithilfe eines begeisterten Nationalsozialisten aus der Gemeinde, er fiel wohl zu seinem Glück 1943, wurde eine möglichst genaue Rekonstruktion durchgeführt. Der Pfarrer hatte sich wenige Tage nach dem Tod Ömperdingers in einem fernen Kloster versteckt. Die übergenaue Arbeit des neuen Gemeindeschreibers allerdings schob die Rekrutierung bis 1941 hinaus, leistete die Bevölkerung doch passiven Widerstand, gab einander widersprüchliche Angaben zu Herkunft, Eltern und Wohnadressen der einzelnen Männer ab. So gelang die Richtigstellung nur mangelhaft. Der Verräter war auch nur bedingt in der Lage, manches aufzuklären und einige entgingen dem Militärdienst.

Die Tatsache, daß so viele im Ort Eder oder Ömperdinger, Ömerlinger und Ömperlinger hießen, verwirrten den Gemeindeschreiber wie mich, er brachte sogar neue Unordnung in die Karl und Josef und die Sache löste sich, indem einige, die für das

Dritte Reich begeistert waren, sich freiwillig stellten, die anderen waren wie verschwunden.

Tauchten der Gemeindeschreiber oder eine Gruppe durchsuchender Soldaten auf, verbargen sie sich im Wald, die Ähnlichkeit in ihrem Äußeren brachte es mit sich, daß der Gemeindeschreiber zwar immer wieder einen sah, ihm die etwa vierzig im Alter zwischen 18 und 30 aber wie höchstens fünf vorkamen, die hatten amtliche Bestätigungen über eine Verletzung vorzuweisen. Eine relative Ordnung kehrte erst nach Kriegsende in die Bücher zurück. Die amerikanische Kriegsverwaltung verteilte Hilfspakete und sofort gaben alle die richtigen Namen und Adressen an. Nur wenige nutzten die Lage zu ihrem Vorteil und stellten sich zwei Mal unter verschiedenem Namen an.

Heute noch hört man hinter vorgehaltener Hand von der göttlichen Schnapsidee des Karl Ömperdingers.

## Versuch einer Charakterisierung

Der Vater Ömperdingers war eine schillernde Figur.

In ihm kämpften zwei gegensätzliche, gleichzeitig aber zusammenhängende Züge: asketische Strenge und Fahrlässigkeit.

Selbst mit seiner extremen Angst vor dem Krieg hätte er nicht in ein Kloster flüchten müssen, es hätte auch andere Möglichkeiten gegeben.

Er arbeitete nicht gerne, saß lieber herum und philosophierte. Sein Trinken geht wohl auf diese innere Gespaltenheit zurück. Er hat seine "Faulheit" als "böses Nichttun" erspürt, sein überkorrektes und asketisches Gesicht verlangte so viel von ihm, daß er dem nicht entsprechen konnte. So griff er zur Flasche, um zu vergessen.

Der Plan mit dem Adressen-und Namensschwindel war das Ergebnis eines Zufalls. Er war oft nicht in der Lage, Termine einzuhalten oder er übersah sie im Rausch, vergaß auf Eintragungen und 1938 tat er nichts anderes, als das Chaos planmäßig zu verstärken. Sein einziger Freund, der Pfarrer, tat mit und fälschte die kirchlichen Bücher.

Die Möglichkeit, aus einer Schlamperei eine Tugend zu machen und damit vielen den sinnlosen Tod im Krieg zu ersparen, machte ihn für Monate zu einem Schwerarbeiter. Es war eine ungeheure Leistung, den fehlerhaften und unvollständigen Datenberg so zu bearbeiten, daß man auch auf den zweiten Blick keinen Mangel feststellen konnte und trotzdem einige im Ort nicht aufschienen. Manche, etwa seinen Sohn, ließ er dafür gemeinsam mit dem Pfarrer sterben.

Karl Ömperdingers Vater war angesehen, obwohl er im Amt stets mürrisch und unfreundlich war. Sein wirklich unhöfliches Auftreten hielt viele vom Besuch im Gemeindeamt ab und so hielt er sich manche Arbeit fern. Sein guter Ruf entstand daraus, daß er ein Freund des Pfarrers war, der seine Beliebtheit durch die kurzen, launigen Predigten, die Kürze der Sonntagsmessen und die Absolutionspraxis bekam. Er verzieh allen alles und legte kaum Bußen auf.

Angeblich war Karl Ömperdinger einer der wenigen Männer, die bei der Arbeit mürrisch, daheim aber freundlich und liebenswert waren. Er lebte nicht seinen beruflichen Ärger daheim aus, trank nur in der Arbeit und war keiner der ortsüblichen Quartalsäufer, die sich am Wochenende im Wirtshaus vollaufen ließen und an den Werktagen nüchtern blieben. Lange konnte er seine Alkoholkrankheit verbergen, seine etwas langsame Art wurde als angeborenes Verhalten gedeutet.

Erst 1931 dürfte seiner Frau die Krankheit aufgefallen sein. Nun kam auch von außen Druck auf ihn, sie flehte ihn an, mit dem Trinken aufzuhören und er kam immer stärker in das teuflische Rad aus Anspruch und Auflehnung dagegen. Er begann zu saufen, es wurde immer schlimmer mit ihm, daheim schlief er bald nur mehr den in der Amtsstube angetrunkenen

Rausch aus. Mit 39 Jahren gewann für kurze Zeit sein asketischer Zug, er unterdrückte den Zwang zum Trinken mit aller Kraft, 1937 fiel er endgültig dem Alkohol in die Hände und seine Frau konnte nur verzweifelt zusehen. Während der Arbeit am Datenschwindel trank er kaum, was seinen Tod nur um ein paar Wochen verschob, goß er doch nach Abschluß der Arbeiten Wein und Schnaps zur Feier in sich sich hinein.

Zusammenfassung:

Er war überstreng, mit großen moralischen Ansprüchen belastet, aus denen er in übertriebene Lebenslust und Lebensgenuß floh, wie das Verjubeln des Erbteils zeigt. Mit dem Pfarrer lehnte er sich auf kindische Art gegen die Religion auf. Sein Zusatzeinkommen als Totengräber war leicht verdient, starben doch in den Jahren wenige im Ort. Daheim soll er freundlich gewesen sein, nur manchmal schlug seine strenge Seite durch, in seinen letzten Jahren haben ihn die Kinder oft betrunken schlafend gesehen.

### 3.3.2. Seine Mutter

Die Mutter Karl Ömperdingers war eine Nachzüglerin. Elf Jahre nach dem vierten Kind, dem einzigen Sohn namens Karl, gebar Anna 1898 die vierte Tochter.

Sie verlor mit sechs Jahren ihren Vater, erlebte die traurige Situation und kehrte mit ihrer Mutter nach X. zurück. Dort fand sie im Pfarrhof ein neues Heim, der Pfarrer wurde für sie zu einem Onkel. Die Umgebung ließ sie nie Ehrfurcht und Scheu vor kirchlichen Würdenträgern und Handlungen entwickeln. Sie erlebte, daß der Ablauf einer Messe keine erhabene Sache war, vor allem während der Hochämter stand sie mit ihrer Mutter in der Sakristei und sorgte dafür, daß die "Requisiten" rechtzeitig erschienen, etwa das glühende Kohlenbecken für den Weihrauch. So entwickelte sie bald eine sehr realistische Sicht des katholischen Glaubens sowie eine Vorliebe fürs Theaterspielen.

Privat sah sie den Pfarrer als lustigen Menschen, der nie mahnte oder eine moralisches Wort an sie richtete. Er spielte mit ihr auf dem Dachboden mit alten Gipsheiligen, die er aus der Kirche geholt hatte. An regnerischen Tagen waren die beiden stundenlang oben im Dämmerlicht und er erzählte Märchen, in denen die Figuren keineswegs christliche Hauptrollen spielten. Sie stritten miteinander, es kam zwischen den Heiligen zu Handgreiflichkeiten, in deren Verlauf manch ehemalig Angebeteter als Räuberhauptmann vom Pferd stürzte und ihm zum größten Vergnügen der beiden der Gipskopf brach.

Ihre Mutter entdeckte das erst spät und verbot dem Pfarrer, ihrer Tochter solche Spiele zu zeigen, hatte sie doch gedacht, er führe sie oben in Heiligenlegenden ein. Katharina hing sehr an ihm und hatte mit 14 oder 15 zu ihm ein Verhältnis, wie es Mädchen in diesem Alter zu ihren Eltern haben: Sie löste sich von ihm, es gab Streit wie in jeder Familie. Der Pfarrer verhielt sich dabei geschickt, die Beziehung beruhigte sich wieder und in den letzten Wochen vor ihrer Heirat dürfte er ihr manchen ernsthaften Gedanken auf den Lebensweg mitgegeben haben.

Nach der kurzen und lustvollen Reise in den Süden packte sie der Ernst des Lebens. Während ihr Mann in der Amtsstube und im Pfarrhaus soff, herumphilosophierte, nie richtig groß wurde und die pubertäre Auflehnung gegen seine Eltern, seinen ureigensten Freiheitsdrang, nicht in die Hand bekam, hatte sie für drei Kinder zu sorgen. Sie bemühte sich um einen großen Garten am Oberrand der Schlucht, wo sie die sonnigen Tage mit ihren Kindern verbrachte, sie betreute das Haus und den Garten und trug alle Verantwortung für die Kinder.

Dabei vermittelte sie ein wenig strenges Bild des Glaubens, doch sie hielt sich an manche Richtlinien mehr, als ihr Mann oder der Pfarrer. Zur Sonntagsmesse ging sie selten, zur Beichte nur, wenn zur Osterzeit ortsfremde Geistliche die Beichte hörten.

Ihre Liebe zum Theater verließ sie nie. Wenn sie auch nicht die Möglichkeit hatte, selber zu spielen, sah sie doch alle Aufführungen der kleinen Laienspielgruppe. Daheim führte sie immer wieder Stehgreifspiele mit selbstgebastelten Puppen vor, in diesen Augenblicken zeigte sie ihre Fröhlichkeit. Sie war nicht besonders streng, im allgemeinen aber ernst.

In den 30ern hat sie den Zustand ihres Mannes in seiner ganzen Bedeutung erfaßt. Die über zehn Jahre glücklich geführte Ehe geriet unter einen dunklen Schatten. Zunächst schob sie vieles auf das Haus im Kessel, sie versuchte ihren Mann zu einer Übersiedlung zu bewegen. Nach zwei Jahren fruchtloser Versuche gab sie auf und wurde ihm gegenüber unleidlich. Angeblich gab es 1935 Streit, sie soll bereits die Koffer gepackt haben und war bereit, auf der Stelle mit ihren Kindern das Haus zu verlassen. Das war eine Verzweiflungstat, wußte sie doch nicht, wohin sie gehen sollte, die Hoffnung war ein entfernter Onkel in der Stadt.

Für kurze Zeit besserte sich ihr Mann, der Friede kehrte zurück, sie aber blieb skeptisch. Die Gefahr eines Rückfalls war nicht gebannt und tatsächlich brach 1937 sein Widerstand völlig zusammen.

Verzweifelt widmete sie sich mit aller Kraft den Kindern, über ein Jahr hatte sie Briefkontakt mit jenem Onkel, die politische Lage und die großen Veränderungen nach dem Anschluß ließen ihr das Leben im kleinen Ort, der abseits der Umwälzungen lag, als beste Möglichkeit erscheinen.

Der Druck auf ihren Mann, dessen Kündigung schon in der Luft gehangen war, wich nach dem Anschluß, er galt als heimlicher Nazi und das rettete den versoffenen Gemeindeschreiber vor der Entlassung. Sein Ende nahte, der Datenschwindel verzögerte es. Nochmals unterstützte ihn Katharina, auch das half nichts mehr. Der erwartete Tod wurde von ihr durch Arbeit als Sekretärin im Sägewerk verdrängt. Wie ihr Vater war sie bald die rechte Hand des Unternehmers, der sich auf die neue Situation rasch eingestellt hatte und der Deutschen Armee Fertigteilbaracken verkaufte.

Als seine Frau 1944 starb, machte er zwei Wochen später der verwitweten Katharina den Heiratsantrag. Sie lehnte ab und wurde entlassen, was wohl ein Grund für den baldigen Konkurs des ebenfalls trinkenden Sägewerksbesitzers war.

Nach den harten Jahren zu Kriegsende, wo sie von Ersparnissen und intensivem Gartenbau lebte, ging sie 1947 wie ihre Mutter zum neu eingesetzten Pfarrer als Köchin und verwaltete ebenfalls den inzwischen geschrumpften Waldbesitz.

Durch die Schicksalsschläge wurde sie zu einer verbitterten Frau. Manchmal fuhr sie in die Landeshauptstadt ins Theater und kehrte aufgeblüht zurück, was sich nach wenigen Tagen verlor. Sie verstand nie, warum sie so ein hartes Schicksal hatte, war sie doch wieder an einen Trinker geraten. Der schon etwas senile Pfarrer wurde im Suff manchmal zudringlich, was sie problemlos abwehren konnte. So flüchtete sie in das große Theater der Meßinszenierungen und dirigierte wie ein Regisseur von der Sakristei aus Pfarrer und Ministranten.

1955 starb der Pfarrer und sie ging in Pension, sie hatte die Welt schon ein wenig verlassen, sah für sich keinen Sinne mehr und fand keine Kraft für einen Neuanfang. Nach einigen Monaten bei ihrer Tochter Anna zog sie sich in ein Altersheim zurück. Sie vertiefte sich in die Bibel und Bühnenliteratur und arbeitet in ihren letzten Tagen an einer dramatisierten Fassung des Matthäusevangeliums. Dabei wurde sie immer glücklicher, ihren Kindern erzählte sie begeistert von ihrer Arbeit.

Sie stellte immer wieder fest, daß die ganze Bibel in Wirklichkeit ein Bühnenstück war, die Prosafassung eines Lehrstücks über Gut und Böse. Die Personen, ihrer Meinung nach allegorische Figuren, führten das Stück vor historischem Hintergrund auf und ihr war es immer unglaublicher, daß über Jahrhunderte alles darin wie eine wahre Begebenheit genommen worden war. Das aber sprach für die Bearbeiter des Stoffes, die Evangelisten, die ihrer Meinung nach die besten Bühnenautoren waren, die je gelebt haben. Sie nannte die Bibel immer wieder "göttliche Dramatik", die leider nur in Prosafassung vorliegt.

Manches aber mußte daran geändert werden, sie dachte vor allem an das Wunder zu Kanaan und die Brotvermehrung, beides Fälle, wo auch Wein vermehrt worden war. In ihrer dramatisierten oder dramatischen Fassung wollte sie den Wein durch Fruchtsaft ersetzen, sie konnte sich nicht vorstellen, daß dieser gütige Herr Jesus dem Alkoholismus hatte Vorschub leisten wollen. Weiters überlegte sie, ob sie die aktualisierte Bearbeitung mit einer Gegenhandlung ausstatten sollte. 1969 starb Katharina Ömperdinger mit seligem Lachen, der Kopf lag auf dem soeben begonnenen ersten Akt, in der Hand hielt sie den Stift.

*"Bühnenbild Kuhstall. Im Mittelgang, voller Heuhaufen, das Lager der Heiligen Familie. Maria hält das Jesuskind im Arm. Josef füttert die Kühe, die zu beiden Seiten als gemalte Attrappen über die Tröge blicken.*

*Es erscheint eine alte Magd und meldet Besuch. Hinter ihr kommen durch die im Hintergrund gelegene Stalltür der Bürgermeister, der Fremdenverkehrsvereinsobmann und der Gendarmeriepostenkommandant in Uniform. Sie glauben, daß es sich um ein geflohenes habsburgisches Prinzenpaar handelt, sie sind devot und jeder hat ein Gastgeschenk mit: Der Bürgermeister einen Meldezettel, der Fremdenverkehrsvereinsobmann eine Ehrenbürgerschaftsurkunde, der Ortsgendarm drei Staatsbürgerschaftsurkunden. Als sich herausstellt, daß sie arme Leute sind, Josef ist arbeitsloser Tischler, besteht der Gendarm auf der ordnungsgemäßen Ausfüllung des Meldezettels, der Bürgermeister eilt davon und der Fremdenverkehrsvereinsobmann kassiert die Kurtaxe.*

*Auftritt Magd: "Gäst san da!"*

*Die drei drängen herein und öffnen ihre Aktentaschen. Der Bürgermeister verneigt sich tief: "Hoheit, wir versichern ihnen unser absolutes Stillschweigen. Kein Wort von ihrer Anwesenheit wird nach außen dringen! Wir waren hier schon immer monarchisch gesonnen und haben nie auf die seligen Zeiten unter der Regentschaft ihres Großonkels, Gott hab ihn selig, vergessen. Als Hilfe gegen die ihre Anwesenheit verbietende wild gewordene Republik –"*

## 3.4. Zusammenfassung

Karl Ömperdinger hat von seinen Großeltern nur die energische Anna gekannt, die seiner Mutter manchmal im Haushalt geholfen hat. Das Verhältnis zwischen den beiden Frauen war nicht besonders gut, vor allem die Hochzeitsreise und die Trinkgelage Karl Ömperdingers mit dem Pfarrer verstand Anna nicht. Ihrer Meinung nach verdarb er den Pfarrer und verführte ihn zum Trinken, was Katharina als böses Gerede bezeichnete.

Ömperdingers Kindheit fiel in die in der Familie idyllische Zeit der 20er Jahre, als der Streit begann, war er zwölf. Als er achtzehn war, löschte ihn sein Vater aus den Registern, kurz darauf erlebte er dessen Tod. Es ist möglich, daß er etwas von seiner Trunksucht bemerkt hat. Er konnte sich wohl die Schwankungen im Verhalten nicht erklären, die Schwierigkeiten in der Bewegungskoordination und die Müdigkeitsanfälle waren für ihn sicher auffällig. Unter dem Streit hat er gelitten.

Es ist nicht möglich, in eine Familie aus vergangener Zeit zu blicken, man kann nur Vermutungen anstellen, was sich wie ereignet hat, wie die Abläufe geregelt waren und wieviel der Vater mit den Kindern beschäftigt war. Auch kann nicht gesagt werden, wer wieviel Einfluß auf ihn hatte.

## 3.5. Karl Ömperdinger

Am 1. Mai 1921 erblickte er als zweites Kind von Karl und Katharina Ömperdinger das Licht der Welt. 14 Monate vor ihm wurde seine Schwester Anna geboren, zwei Jahre nach ihm die Schwester Walpurga. Als einziger Sohn war er vielleicht stärker auf den Vater bezogen.

Seine Kindheit muß glücklich gewesen sein. Sein Vater spazierte mit ihm durch Tal und Garten, tollte mit ihm herum, baute Dämme, half ihm beim Baumklettern und widmete sich ihm mehr als den Schwestern. Angeblich war er wild, mutig, unerschrocken und frech gegenüber Autoritäten. Manchmal war er mit dem Vater im Pfarrhaus. Mit Beginn der Schulzeit besuchte er die örtliche Volksschule, wo er leicht lernte und wegen seines schlechten Betragens schlechte Noten bekam. Bei vielen Streichen trat er als Rädelsführer auf. Gesichert ist der Bericht, daß er für den kaum zehn Minuten in Anspruch nehmenden Heimweg oft über eine Stunde benötigte.

Mit Zwölf änderte sich sein Wesen schlagartig. Er wurde still und kam oft stundenlang nicht nach Hause, sein Vater fand ihn an der Quelle am Haubenstock. Bald brachte er nur mehr die besten Noten aus der Schule heim. So wurde er mit Unterstützung des Pfarrers in ein Klostergymnasium gesteckt, wo er die für ein Studium notwendige Bildung erhalten sollte.

Im Sommer 1939 schloß er mit Matura ab, dann fehlt von ihm jegliche Spur, beim Begräbnis seines Vaters wurde er zum letzten Mal im Ort gesehen. Sein Vater hat ihn aus den Büchern gelöscht und er war während des Krieges verschwunden. Es gibt Gerüchte, wonach er in Übersee gewesen sein soll, etwa Kanada, andere sagen, daß er als Partisan im Widerstand kämpfte, wieder andere, daß er sich der amerikanischen Armee angeschlossen habe. Einer meinte, er wäre damals im "Urwald" gewesen, was sich sowohl auf die Tropen als auch auf heimische Forstgebiete beziehen kann.

1946 kam er knapp vor der Heirat seiner größeren Schwester zurück. Die Jüngere verließ übrigens 1955, mit einem Amerikaner verheiratet, das Land.

Er zog ins Elternhaus in der Schlucht, seine Mutter wurde Pfarrersköchin. Sie hat genau gewußt, wo er steckte, da sie nie ein Wort über einen verschollenen Sohn gesagt hat.

Als er zurückkam, hatte er eine Verletzung am rechten Arm, die zwei der Finger lahm werden ließ. Das zumindest behauptet ein mir nicht besonders glaubwürdig erscheinender Zeuge.

Bis 1950 arbeitete er nicht, er hat vermutlich von Erspartem gelebt. Andere meinen, daß er gehandelt habe, fallweise verreiste er nämlich für eine Woche oder länger, auch kamen Fremde mit dunkler Haut und fremder Sprache zu ihm und blieben für zwei oder drei Tage. Man nannte sie Zigeuner, weil im Ort ein Fremder mit dunkler Hautfarbe immer ein Zigeuner war.

siehe auch: 1.8. / 2.3. / 2.8.2. / 4.1. / 4.2. / 4.3.

## Zusammenfassung 1921 - 1950

Es gibt also kaum Berichte über seine Kindheit, ab seinem Eintritt ins Klostergymnasium ist nichts mehr über ihn bekannt. Sein Lebenswandel, er lebte in der Schlucht wie ein Einsiedler, gab Anlaß zu Gerüchten und Gerede, seine Mutter verteidigte ihn kaum, es ist wohl zwischen beiden zu Streit gekommen.

In diesen Jahren aber müssen für ihn bedeutsame Ereignisse stattgefunden haben.

Er war 19 Jahre alt, hatte keinen Beruf erlernt, niemand wußte, wovon er lebte und was er tat.

## 1950

In diesem Jahr änderte sich das mit einem Schlag.

Ein ehemaliger Schulkollege aus dem Stiftsgymnasium hatte 1949 die einzige Tochter eines Bauern weiter draußen am Ortsrand geheiratet. Dort erschien bei der Hochzeit Karl Ömperdinger erstmals in der Öffentlichkeit, er war zum Erstaunen aller ein Freund des Mannes.

Dieser Gottfried Hartner verkaufte 1950 den Hof, in den er eingeheiratet hatte und behielt nur die Hälfte des Grundes, jenen Teil, der am Flußufer gelegen war. Das dort stehende Häuschen wurde ausgebaut. Im Sommer 1950 kam ein Bruder Hartners namens Gerhard dazu, im Herbst wurde mit dem Bau einer Fabrik begonnen. Bauherrn waren die Brüder Hartner und Karl Ömperdinger.

Im Ort wußte man nicht, was dort produziert werden sollte, die Bewohner waren skeptisch, weil zwei Ortsfremde im Verein mit Ömperdinger werkten. In der für damalige Zeiten unglaublich kurzen Bauzeit von kaum zwei Jahren stand das Werk fertig da, ein Großteil der Arbeit Suchenden aus dem Ort fand eine Stelle, es stellte sich heraus, daß es ein Werk für Zentralheizungen war.

Ömperdinger war zu 25 % Teilhaber. Woher er das Geld hatte und ob er überhaupt mit Geld beteiligt war, ist unklar.

siehe auch: 4.5. / 4.10.

## 1952

In diesem Jahr lief die Produktion an. Ömperdinger war kaum anwesend, reiste viel und war wohl im Verkauf tätig. Drei Jahre lang war das Werk nahe am Konkurs.

## 1955

Als Ömperdinger 1955 zurückkehrte, schnellten die Verkaufszahlen in die Höhe, zwei Hallen mußten dazugebaut werden und aus der weiteren Umgebung pendelten Arbeiter dorthin, darunter auch Frauen. Bei der Firma Hartner langte ein Großauftrag nach dem anderen ein und man war für mehrer Jahre ausgebucht.

Karl Ömperdinger war nicht viel im Werk anwesend. Eine wohl juxhalber bestempelte Stechkarte zeigt, daß er jeden Wochentag gegen Zehn kam und zu mittag wieder ging. Die Brüder Hartner waren immer anwesend, es dürfte aber diesbezüglich nie Streit gegeben haben. Es mag sein, daß er seine Arbeiten lieber daheim durchführte.

1957

Karl Ömperdinger lieferte den Skandal des Jahres.

1955 hatte er ein Verhältnis mit einer wohlhabenden Bauerstochter aus dem Nachbarort begonnen, Anfang 1957 wurde Verlobung gefeiert, dann kam es zu Streit. Ömperdinger wollte sein Haus im Kessel unter keinen Umständen verlassen, sie wollte dort nicht hinziehen. Die Verlobung stand vor der Auflösung, die beiden versöhnten sich aber während einer Urlaubsreise im Sommer wieder. War es damals bereits ein Skandal, wenn zwei Unverheiratete gemeinsam zwei Monate lang durch die Welt reisten, so kam es noch schlimmer.

Am 16.Oktober sollte die Hochzeit sein, alle warteten vor der Kirche, Karl Ömperdinger kam nicht. Als man ihn holen wollte, fand man sein Haus unversperrt und leer, er blieb über zwei Jahre verschwunden.

siehe auch: 4.9.

1958

In diesem Jahr brach im Werk ein Brand aus, bis heute ist unklar, was gebrannt hat und aus welchen Gründen zwei der

Werkshallen vernichtet wurden. Die Versicherung wollte nicht zahlen und es bestand wieder die Gefahr eines Konkurses.

siehe auch: 4.11.1.

1959

Mitten in dieser für viele im Ort schweren Zeit kehrte Ömperdinger im Sommer 59 zurück. Am Tag vor seiner Ankunft überwies die Versicherung das Geld für Schaden und Produktionsausfall.

1960

Karl Ömperdinger schien im Handelsregister als Teilhaber mit 48 % Beteiligung auf, davon wurde im Ort nichts bekannt.

1962

Karl Ömperdinger renovierte sein Haus. Er brachte es jedoch nicht auf den neuesten Stand der Technik, sondern versetzte es in den vermutlichen Urzustand des 17.Jahrhunderts: Seitenwände mit einfachem Verputz, Herd, kein Wasser im Haus, eine hölzerne Stiege.

Damals dürfte er das Kastenbett aufgestellt haben. Nur der Herd war neu, es handelte sich aber um eine Maßanfertigung. Im Ort sah man ihn selten im Wirtshaus, er kam meist am Nachmittag zum Essen, wenn kaum jemand anwesend war. Am Sonntag ging er fallweise zur Messe, gerne spazierte er auf den Haubenstock. Er kaufte sich einen Wagen und soll nächtelang nicht daheim gewesen sein. Im Werk sah man ihn nach wie vor regelmäßig für wenige Stunden am Tag.

Zur großen Verwunderung bewarb er sich um die frei gewordene Stelle eines Totengräbers, die ihm nach langen Verhandlungen in der Pfarre zugesprochen wurde.

iehe auch: 2.10.1. / 4.13.

1964 / 65

Ömperdinger grub jeden Herbst die Löcher, jedesmal waren es so viele, wie bis zum nächsten Herbst benötigt wurden. Manchmal grub er drei, dann wieder zwölf oder mehr. Als er 1964 21 Gräber aushob, gab es im folgenden Sommer den Zusammenstoß zweier vollbesetzter Personenwagen mit jungen Leuten aus dem Ort, bei dem Unfall kamen acht davon ums Leben und alle Gräber wurden verbraucht.

Damals wurde er den Menschen endgültig unheimlich. Keiner wußte, was er wirklich tat, außer den Brüdern Hartner hatte er keine Freunde, nach wie vor kamen einmal im Jahr die "Zigeuner" zu ihm. So bestimmte man 1967 einen neuen Totengräber.

Vor allem seine Art zu graben hatte zu einer entsetzlichen Stimmung im Ort geführt. Alle zählten die Gräber und überlegten, wer darin liegen werde. Ömperdinger meinte dazu, daß er grabe, solange es ihn freue. Er habe keine Ahnung, ob das mit der Zahl der Toten übereinstimme oder nicht, 1965 habe er sich geärgert, daß tatsächlich alle verbraucht worden waren. Sein Lohn wäre für zehn, vielleicht noch zwölf Gräber angemessen, damals hätte ihm eine Prämie gebührt.

siehe auch: 4.13.

1968

Im Winter 67/68 erstand er einen ausrangierten Krankenwagen des örtlichen Roten Kreuzes, ließ ihn in der Werkstätte umbauen und der Mechanikermeister erinnerte sich, daß die Arbeiten für den Campingbus mit neuem Motor mehr gekostet hatten, als wenn sich Ömperdinger einen neuen Wagen gekauft hätte.

Im Frühjahr verkaufte er den Brüdern Hartner seinen Anteil der Firma. Nach meinen Schätzungen war er etwa 50 Millionen wert, die Brüder haben ihm aber nicht viel über zehn ausbezahlt. Am 17.3.1968 verließ Ömperdinger den Ort.

An diesem Tag ging am Gendarmerieposten eine Abgängigkeitsanzeige ein, sie betraf die 22-jährige Sabine Ömperlinger.

Es heißt, daß sie mit ihm abgereist war. Natürlich könnte sie auch unabhängig davon verschwunden sein, ihr Verlobter äußerte jedoch eine Vermutung in dieser Richtung. Ömperdinger blieb über zwei Jahre verschwunden, er kam auch nicht zum Begräbnis seiner Mutter.

Die Firma Hartner wurde von einem Schlag nach dem anderen getroffen. Zunächst starb Gerhard Hartner an den Folgen eines Autounfalls, den er in alkoholisiertem Zustand selbst verursacht hatte. Gottfried Hartner nahm einen technischen Leiter für das Werk auf, er war immer nur mit dem Handel beschäftigt gewesen und hatte von technischen Dingen wenig Ahnung. Der Mann entpuppte sich als Betrüger. Nach kurzer Zeit hatte er das Vertrauen Hartners erlangt, war bald für die Firmenkonten zeichnungsberechtigt und innerhalb einer Woche zog er davon große Beträge ab. Trotz des Mißtrauens der Angestellten gelang ihm die Flucht. Als Hartner vom Urlaub zurückkam, konnte er nur mehr die Verschuldung feststellen. Auf Anraten des Steuerberaters verkaufte er die Firma und zog sich zurück.

siehe auch: 4.13.

## 1969

Eine zu 51 % der Gemeinde gehörige Gesellschaft erwarb das Werk. Der eingesetzte Vorstand und das übrige Management ruinierten es binnen zwei Jahren vollständig, dabei redete man sich wie üblich auf politische Einflüsse aus.

## 1971

Die Maschinen wurden verkauft, aus dem Gelände wurde der Bauhof der Gemeinde, einen Teil der Gebäude bezog die Straßenmeisterei der Bundesstraßenverwaltung.

Im Mai kehrte Karl Ömperdinger zurück.

Am Tag nach seinem Eintreffen wurde er vom Ortsgendarmen abgeholt und über Sabine Ömperlinger befragt. Ömperdinger behauptete, daß er sie gut kenne, in der Folge beschrieb er eine andere Frau, in keinem Punkt stimmte seine Aussage mit dem Photo der jüngeren Abgängigen überein.

In der Folge zeigte sich, daß selbst 1971 die lokalen Aufzeichnungen nicht stimmten, Fehler aus der Zeit seines Vaters hielten sich noch immer im Melderegister. Die von Ömperdinger beschriebene Frau ging nicht ab. Ömperdinger erklärte, daß er nicht wisse, wo sie wohne, sie habe ihn immer in seinem Haus besucht, davon gesprochen, daß sie ledig wäre und ihr das "Scheiß-Kaff" auf die Nerven ginge, sie träumte von Bali und anderen Inseln.

Der Verlobte der Sabine Ömperlinger gab bei der Gegenüberstellung an, daß seine Sabine von einem bestimmten Hof stamme und als Hoferbin nie im Traum daran gedacht habe, zu verreisen. Mehrmals habe er mit ihr bezüglich einer Hochzeitsreise gesprochen, sie aber wäre nur zu einer Fahrt in die Bundeshauptstadt bereit gewesen, sie wollte gerne einmal eine richtig große Stadt sehen. Nach dem Verbleib von Sabine befragt, gab Ömperdinger an, daß sie, inzwischen 33 Jahre alt, mit ihm zurückgekehrt wäre, sich aber nicht nach Hause hatte bringen lassen. Er wäre also zu seinem Haus gefahren, sie habe ihren Rucksack genommen und wäre den Steig hinauf in den Ort gegangen. Heute abend würde sie zweifellos wieder kommen, um sich ihr restliches Gepäck abzuholen.

Am Abend trafen der Gendarm und der Verlobte im Haus Ömperdingers ein. Gegen 19 Uhr klopfte jemand gegen die Tür.

Nun der Bericht aus dem Protokoll des Gendarmen:

*Herr Ömperdinger ging aus der Stube und öffnete die Tür. Wir saßen in der Stube und hörten seine Frage: "Was wünschen sie?" Eine Frauenstimme antwortete: "Ich soll ihnen von meiner Schwester ausrichten, daß sie heute nicht kommen kann und sie sollen mir ihre Sachen geben." Da sprang Herr Sebastan Leitner mit einem Schrei auf, stürzte hinaus und ich sah mit eigenen Augen, wie sich die beiden umarmten.*

*Es stellte sich heraus, daß sie die abgängige Verlobte war. Sie machte ihm starke Vorwürfe, warum er sich so lange nicht habe anschauen lassen, immer wenn sie ihn angerufen habe, habe er sich am Telefon verleugnen lassen. Herr Leitner sprach von einer ihm unverständlichen Verwirrung. Er wäre wiederholt bei ihr im Haus gewesen und habe mit ihrer Mutter stundenlang um sie geheult. Mir schien die Sache merkwürdig. Ich befahl Herrn Ömperdinger, nochmals seine Sabine zu beschreiben, die anwesende Sabine hörte zu, nickte mit dem Kopf und erklärte, daß das ihre Schwester wäre.*

*Wegen des Verdachts der Irreführung von Behörden und einer falschen Abgängigkeitsanzeige fuhr ich mit dem Verlobten zum Wohnort der Familie Ömperlinger. Dort öffnete die von Herrn Ömperdinger beschriebene Sabine die Stubentür. Sie war braungebrannt und trug fremde Kleider.*

*So befragte ich ihre Mutter. Als ich mit der jüngeren Sabine in die Küche kam, stürzte die Mutter auf sie zu, nahm sie mit einem Schrei in die Arme und sie taten, als hätten sie einander lange nicht gesehen.*

*Am folgenden Tag bestellte ich die jüngere Sabine zu mir. Sie gab an, ihr Leben lang auf dem Hof gewesen zu sein, sie könne sich die Überraschung ihrer Mutter nicht erklären.*

*Die Mutter gab an, daß sie eine Tochter namens Sabine habe, sie war, wie in den Akten verzeichnet, am 17.3.1946 zur Welt gekommen und am 17.3.1968 verschwunden. Sie habe zwar, da sie mit ihrer Rückkehr rechnete, jeden Tag für sie gekocht und ihr Zimmer in Ordnung gehalten, manchmal wäre ihr auch vorgekommen, als habe jemand in ihrem Bett geschlafen oder als habe jemand mitgegessen, doch so etwas bilde man sich als Mutter sicher ein, wenn man sehnsüchtig auf ein verschollenes Kind warte. Eine 1938 geborene Tochter namens Sabine habe sie nicht, so eine Frau wohne nicht bei ihr, sie habe die zur Beschreibung passende Person noch nie gesehen, also könne sie sie mir nicht schicken. Als ich feststellte, daß genau diese Frau mir geöffnet habe, meinte sie, daß ich dann eben ihre Tochter fragen müsse. Sie wäre 1938 mit zwölf Jahren gar nicht in der Lage gewesen, ein Kind zu gebären, das könne ich in den Akten nachlesen.*

*Tags darauf erhielt ich einen Brief von Herrn Ömperdinger, er könne meine Verwirrung verstehen und gäbe zu bedenken, daß es hieße: Jemand wirkt abwesend. Ihm schien es möglich zu sein, daß eine Person, mit anderen Dingen beschäftigt, derartig abwesend wirken kann, daß sie von ihrer Umwelt nicht mehr wahrgenommen wird.*

*In der Folge konzentrierte ich mich auf die 1938 geborene Sabine Ömperlinger. Einige Aussagen standen im krassen Widerspruch zueinander, ich hatte den Verdacht, daß Herr Ömperdinger mit der 1946 geborenen Sabine verreist war und daß mir und dem Verlobten gegenüber alles vorgespielt worden war. Auch bestand der Verdacht wegen Verstoßes gegen das Meldegesetz.*

*Am Abend fuhr ich zum Hof der Familie Ömperlinger und die 1938 geborene Sabine öffnete mir. In der Stube kam es zu einer*

*Gegenüberstellung mit ihrer angeblichen Mutter, die behauptete, jene Frau noch nie gesehen zu haben. Die 1946 geborene Sabine stellte sie mir neuerlich als ihre Schwester vor.*

*Die 1938 geborene Sabine Ömperlinger hatte einen ordentlich ausgestellten Reisepaß mit Stempeln aus aller Herren Länder, eine Geburtsurkunde, lautend auf Sabine Ömperlinger, geboren 1938, die heute auf dem Hof lebenden Bauern sind als Eltern eingetragen, sie haben, wie das Buch im Pfarrhof beweist, erst 1945 geheiratet.*

*Die Frau gab an, in einem Waisenhaus aufgewachsen zu sein. Im Internat wohnend habe sie das Gymnasium besucht, 1956 mit Hilfe eines Stipendiums ein 1961 abgeschlossenes Studium der Germanistik und Romanistik absolviert. Sie war somit Magister der Philosophie und bis 1968 als Universitätsassistentin tätig gewesen.*

*1967 habe sie begonnen, nach ihren Eltern zu suchen und dabei habe sie festgestellt, daß die in der Geburtsurkunde angeführten ihre Eltern wären, auch wenn es nicht zusammenpasse.*

*Im Winter 67 wäre sie nach Hause gegangen und habe dort ihre Mutter gefunden, die völlig anders aussähe als jene Frau, die sich vor kurzem als Mutter der 1946 geborenen Sabine vorgestellt habe. Die Frau habe sie im Haus noch nie gesehen, obwohl sie dort regelmäßig zu Besuch gewesen sei. Auch habe sie immer wieder Briefe und Ansichtskarten an die Adresse gesandt. Mit ihrer Schwester verbinde sie eine tiefe Freundschaft.*

*Tag darauf erhielt ich eine Botschaft von Herrn Ömperdinger, er berichtete, daß ihm sein Vater 1938 gesagt habe, daß er manche aus dem Ort habe verschwinden lasssen. Ömperdinger habe das auf die Dokumente bezogen, nach dem Stand meiner Ermittlungen dürfte er jedoch tatsächlich manche zum Verschwinden gebracht haben. Mir ist bis heute unklar, woher Herr Ömperdinger vom Stand meiner Ermittlungen gewußt hat.*

*Trotz des weiterhin aufrechten Verdachts wegen Verstößen gegen verschiedene Gesetze beschließe ich den Fall als ungelöst. Es ist mir nicht gelungen, irgendjemand etwas Verbotenes nachzuweisen, alle haben ordnungsgemäß ausgestellte Papiere, sind polizeilich gemeldet, die zwei Mütter im Haus haben einander nie gesehen, die Töchter jedoch haben guten Kontakt. Die 1946 geborene Sabine Ömperlinger gab bei der letzten Befragung an, daß sie eine Mutter habe, die ihr manchmal mit einem zweiten Gesicht erscheine. Die 1938 geborene Sabine habe ich nie wieder gesehen. 1973 kam die Durchschrift eines Meldezettels aus der Bundeshauptstadt, in der die Änderung des Hauptwohnsitzes bekanntgegeben wurde, ihren Nebenwohnsitz auf dem Hof, wo sie seit 1967 gemeldet war, gab sie auf.*

1973

Durch eine beiläufige Aussage eines in der örtlichen Bankfiliale beschäftigten Mannes erfuhr ich, daß Ömperdinger seit 1968 von den Zinsen seines Vermögens lebte, über deren Höhe erfuhr ich nichts.

Ab diesem Jahr vermehrten sich die Besuche der Dunkelhäutigen, die immer zu Fuß im Ort erschienen und in die Schlucht gingen. Es hieß, daß Ömperdinger durch Schwarzhandel zusätzlich verdiente.

An einem Spätsommertag waren wieder zwei der "Zigeuner" durch den Ort gegangen. Als die Dämmerung angebrochen war, schlich ihnen einer nach. Gegen Elf stürzte er schreckensbleich ins Dorfwirtshaus, goß ein Bier nach dem anderen hinunter und erzählte, daß Karl Ömperdinger der Teufel wäre. Er habe mit eigenen Augen gesehen, wie sich vor dem Haus die Erde öffnete, eine feurige Leiter war darin erschienen und über sie waren Ömperdinger und die beiden Besucher in die Tiefe gestiegen. Als er vorsichtig näher geschlichen war, hatte ihn eine Glutwelle erfaßt und höllischer Schwefelgestank hatte ihm für einen Augenblick die Besinnung geraubt. Dann war das Loch verschwunden gewesen und er war heraufgelaufen.

Der Gendarm beschloß, der Sache nachzugehen. Er glaubte weder an Geister noch an den Teufel, die Sache mit den zwei Sabinen lag ihm aber noch immer im Magen und wie zufällig besuchte er am nächsten Morgen Karl Ömperdinger. Der gab gerne Auskunft: Am Abend zuvor waren Josef Ömerlinger und Otto Ömperdinger, seine besten Freunde aus dem Ort, zu Besuch gewesen, sie hätten einen privaten Jahrestag gefeiert und ein Spanferkel gegrillt. Die Feuerstelle vor dem Haus war tatsächlich noch warm, es fanden sich Glutreste, das Gestell für einen großen Grillspieß und die Knochen des Tieres, Abfälle und leere Flaschen. Ömperdinger erklärte, daß er durch ein Versehen zuviel Holz nachgelegt habe, das Feuer wäre plötzlich aufgelodert und habe das arme Ferkel äußerlich in wenigen Minuten völlig versengt, es habe höllisch gestunken. Zum Glück war das Fleisch noch genießbar gewesen.

Der Gendarm suchte im Melderegister die beiden erwähnten Namen, fand tatsächlich einen Otto Ömperdinger, geboren 1923 und einen Josef Ömerlinger, geboren 1920. Keiner im Ort jedoch kannte die beiden und einen Monat später ließ sich der Gendarm in einen entlegenen Landesteil versetzen.

siehe auch: 4.11.

## 1975

Der verbitterte, ehemalige Firmenbesitzer Gottfried Hartner starb. Drei Tage nach dem Begräbnis, an dem Karl Ömperdinger teilnahm, wurde sein Grab geschändet und der Tote war verschwunden. Die Stimmung im Ort stand so gegen Ömperdinger, daß man ihm gerüchteweise die Tat in die Schuhe schob. Mit Hilfe von Zeugen, jener Sabine Ömperlinger und ihrer inzwischen verheirateten Schwester, deren Ehemann, Otto Ömperdinger und Josef Ömerlinger konnte er nachweisen, daß er in jener Nacht den 3.Hochzeitstag des Paares gefeiert hatte.

1976

Die Sache mit der Brandlegung verschlechterte seinen Ruf noch mehr. Nun hieß es auch, daß er Alkoholiker wäre. Mit einem Schlag schien geklärt, warum er oft tagelang nicht im Ort auftauchte, man nahm an, daß er in dieser Zeit seinen Rausch ausschlief.

siehe auch: 4.29.

1977

Im Sommer fiel ein Bub in den Bach. Der war vom Regen stark geschwollen und riß das Kind mit sich. Ömperdinger sah durch Zufall den kleinen Körper, zog den Buben aus dem Wasser und rettete ihm das Leben. Zwei Tage später wurde im Haus seiner Eltern eine kleine Feier organisiert. Während des Grillfestes hielt Ömperdinger eine kurze Ansprache, die tiefen Eindruck hinterließ, der Pfarrer griff sie am folgenden Sonntag für seine Predigt auf. Mit einem Schlag verstummten die Gerüchte, man dachte sich seinen Teil, redete aber nicht mehr darüber.

**“Ich bin euer Mitbürger und gleichzeitig keiner von euch. Es mußte ein Kind ins Wasser fallen und von mir gerettet werden, damit ihr euch an mich als Mitbürger erinnern konntet. Ich stamme aus dem Ort, meine Eltern, Großeltern, alle wurden hier geboren.**

**Weil ich im am tiefsten gelegenen Haus wohne, ich wohne sozusagen unter euch, schreibt ihr mir ein Wesen zu, das unter eurem liegt, ein höllisches Wesen.**

**Das stört mich nicht. Ich habe eine Funktion, in mich könnt ihr eure verdrängten Bosheiten, eure ungelebte Lust und eure gelebte Unmoral projezieren. Somit bin ich euer Mitbürger. In mir erscheint euch euer schlechtes Gewissen,**

**von dem ihr euch befreit zu haben glaubt. Ihr habt von mir ein teuflisches Bild, - doch denkt daran: Es ist euer Bild.**

**Ich bin euer Diener. Ich diene euch dazu, daß ihr euch besser fühlen könnt, eine Aufgabe, die mich mit Freude erfüllt. Doch denkt daran: Wenn ich einmal sterbe und meine Aufgabe nicht mehr erfüllen kann, bleibt euch nichts anderes übrig, als euren Teil an mir wieder auf euch zunehmen - und es wird Heulen und Zähneknirschen sein."**

1978

An einem Tag im späten August kam Ömperdinger von der Quelle am Haubenstock herunter. Er war nicht weit vom 64-jährigen Eduard Kastenhofer entfernt, als dessen alter Traktor umstürzte und über den Mann rollte. Ömperdinger eilte hin, der Sohn Kastenhofers stürzte ins Haus und verständigte die Rettung, dann kam er ebenfalls zum Verunglückten. Ömperdinger soll gesagt haben:

**"Tut mir leid, da ist wohl nichts mehr zu machen."**

Wenig später erschien der Rettungswagen, die Sanitäter berieten, ob sie den Verstorbenen überhaupt transportieren durften. Da richtete sich Kastenhofer auf, schüttelte wie benommen den Kopf und fragte seinen Sohn, ob er das gesehen habe: Der Traktor habe wie ein Flugzeug beschleunigt, dann wäre er zwei loopings geflogen, deutlich wäre der Haubenstock unter ihm gelegen, nur die Landung war etwas zu hart geraten.

Die vorsichtshalber durchgeführte Untersuchung im Krankenhaus ergab, daß Kastenhofer abgeheilte Rippen-und Wirbelbrüche sowie andere schwere Unfallfolgen hatte. Kastenhofer gab an, sein Leben lang nie gestürzt zu sein, nie hätte er sich einen Bruch zugezogen.

3.9.1978

Karl Ömperdinger wurde im Morgengrauen vom Wagen des vermutlich ebenfalls alkoholisierten Josef Ömerlinger erfaßt und in die Schlucht geschleudert. Noch im Aufprall starb er an den Folgen der Verletzungen, darunter Schädelbasisbruch, Serienrippenbrüchen und Wirbelverletzungen.

Josef Ömerlinger ist bis heute abgängig.

Eine Woche später fand man sein Haus ausgeräumt und offen, als wäre jemand ausgezogen.

siehe auch: 4.31.

# Zusammenfassung

Zu Karl Ömperdinger gab es zwei Gerüchtekreise:

Einer drehte sich um die Lebensweise, vor allem die Besuche der Dunkelhäutigen gaben Anlaß, ihm verbotene Geschäfte zu unterstellen, was durch seine Reisen unterstützt wurde. Es war von Rauschgifthandel, Schmuggel oder dem Betrieb eines Bordells die Rede.

Nach dem zweiten Kreis stand er mit dem Teufel im Bund. Das sollte die Verbindung zur Firma Hartner beweisen, wo jedes Mal in seiner Abwesenheit Unglück geschah. Auch seine Arbeit als Totengräber wurde damit in Verbindung gebracht.

Die Fakten besagen, daß ihn sein Vater zum Untertauchen bewogen hat. Was er in den sieben Jahren unternahm, ob er im Zweiten Weltkrieg Soldat war, ist unbekannt. Die Idee zur Firma dürfte von ihm gestammt sein, er war ein Verkaufstalent und konnte gut handeln. Vermutlich hat die Versicherung nach seinem Besuch bezahlt.

Zu einer der Sabinen, wenn es nicht überhaupt nur eine war, dürfte er ein eheähnliches Verhältnis gehabt haben, das die beiden geschickt verbargen. Die Geschichte mit dem Gendarmen halte ich für ein Stehgreifstück, seine Mutter mag in ihm die Lust daran geweckt haben, die Tendenz, sich mit Amtspersonen kritisch bis zynisch auseinanderzusetzen, findet sich bei seinen Eltern als auch in seiner Jugend.

Wenn sein Tod mit dem Überleben Kastenhofers in Zusammenhang gestellt wurde, ist das sicher einer der Punkte, an denen man Ömperdinger dämonisierte.

Unbekannt ist, ob er in den letzten Lebensjahren Alkoholiker war. Seit 1972 kaufte er nicht mehr im Ort ein, es ist aber nicht auszuschließen, daß ein vermögender Mann, der nichts tut, sich höchstens unbekannten Hobbies widmet, zu trinken beginnt.

Der Anfang zu seinem bemerkenswerten Lebenslauf wurde durch seinen Vater gelegt. Die Bekanntschaften in der Fremde drängten ihn aus der örtlichen Gemeinschaft, die ihm die erfolgreiche Zusammenarbeit mit Ortsfremden neidete. Ungewöhnlich ist, daß ein erfolgreicher Geschäftsmann sich in den besten Jahren aus einem Betrieb zurückzieht und nichts mehr tut.

Seine Rede 1977 war sicher eine treffende Analyse. Da er sehr zurückgezogen lebte, niemand wußte etwas über ihn, war er an den daraus entstehenden Gerüchten zu einem Teil mitschuld.

siehe auch: Teil 4 (besonders 4.10. / 4.20 ) / Teil Fünf

Teil Vier (4)

# Seine Taten, Seine Worte

# Einführung

Dieser Teil ergänzt die Lebensgeschichte. Der Unterschied zum dritten Teil besteht darin, daß es sich nun nicht um Berichte aus objektiven Datensammlungen handelt (wie etwa dem Gendarmerieprotokoll), sondern um Anekdoten.

Sie wurden zweifellos im Lauf der Zeit ausgeschmückt. Die folgenden 31 sind ein Bruchteil der Berichte, es handelt sich um von mir ausgewählte Erzählungen, die durch die Person des Erzählers Glaubwürdigkeit bekommen haben. Alle enthalten Wendungen, die überdies darauf schließen lassen, daß sie tatsächlich Karl Ömperdinger zugeschrieben werden können, ich traue niemandem im Ort die Gabe zu, so etwas zu erfinden.

4.1.

Der lebendige und kluge Karl Ömperdinger war mit elf Jahren der Anführer der"Schluchtenbande", sein großer Gegenspieler kam aus der Eder-Sippe und beherrschte den Hang des Haubenstocks. Die Hauptquartiere waren uneinnehmbar und leicht zu verteidigen, so gab es friedliche Spiele und Kriege um Geheimpapiere mit Plänen von vergrabenen Schätzen.

Eines Tages begann die Schluchtenbande mit dem Goldwaschen, sie nützte dafür den flachen Verlauf des Bächleins von der Quelle am Haubenstock. Anfänglich lachte man sie aus, bald ging das Gerücht um, daß sie einen kirschgroßen Nugget gefunden hätten.

Sofort erklärte die Bergbande den Krieg. Sie behauptete, daß die Reviergrenze schon immer am Oberrand der Schlucht und nicht an der Hauptstraße durch den Ort gelegen wäre, der Nugget wäre gestohlenes Gut und müsse sofort zurückgegeben werden.

Die ersten Vorgeplänkel fanden im Ort statt, die Erwachsenen wunderten sich, warum die Kinder nicht wie bisher in den Wäldern spielten. Es gab geheime Botschaften und Prügeleien am Schulweg, dann setzte man den Tag für den alles entscheidenden Kampf fest. Sieger war, wer die meisten Gefangenen machte.

Beide Banden schmiedeten Pläne, die Bergbande wollte die Übermacht einsetzen, zusammen bleiben und die aus dem Tal einzeln fangen. Karl gab sich siegessicher. Er verkündete, daß er auf dem Dachboden des Pfarrhauses ein Geheimrezept gefunden habe, mit dessen Hilfe die Gegner geschlagen werden könnten. Seine Leute müßten nur große Holzkisten mit Deckel mitbringen.

Im Morgengrauen am Tag der Entscheidung stellten sie die Kisten nebeneinander zu den Büschen am Bächlein. Karl befahl ihnen, auf sein Zeichen, wenn die vom Berg heranstürmten, die

Deckel zu öffnen. Sofort würde aus jeder Kiste ein Teufel hervorspringen und ihnen helfen. Sie alle aber müßten unbedingt die Hände vors Gesicht schlagen, sonst wären sie in Gefahr. Die Teufel könnten nicht zwischen ihnen und der Bergbande unterscheiden, sie packten jeden, der sein Gesicht nicht bedeckt hielt und nahmen ihn für kurze Zeit ins Fegefeuer mit. Dann bildeten sie einen Kreis um die Kisten und Karl las aus einem kleinen Büchlein Worte in fremder Sprache. Dabei wurde allen unheimlich zumute, leises Grauen schlich heran und manch einer glaubte Gepolter zu hören.

Die Bergbande kam am mittleren Vormittag, immer in Dekkung hinter den Büschen am Bach. Sie waren des Sieges sicher. Auf Kommando stürzten sie zu den um die Kisten Versammelten. Was dann geschah, ist unklar. Zweifellos wurden die Deckel geöffnet und die vom Berg hetzten davon, brüllten wie am Spieß und rannten um ihr Leben. Mancher stolperte und blieb auf der Stelle liegen.

Die von der Schluchtenbande schlossen die Deckel wieder und sammelten die fünf stocksteif Liegenden ein, sie hatten den Kampf gewonnen. Die vom Berg gaben freiwillig auf, schickten einen Unterhändler mit weißer Fahne und verzichteten auf jede Vergrößerung ihres Territoriums. Keiner von ihnen verlor ein Wort über den Vorfall, ein ehemaliges Mitglied der Bergbande berichtete mir 1986, ihn habe damals unbeschreibbares Grauen gepackt, Angst gemischt mit Abscheu, wie er sie nie mehr in seinem Leben gefühlt habe.

## 4.2.

Die meisten Streiche spielte Karl Ömperdinger dem Pfarrer.

Einmal stahl er den Schlüssel der Kirchentür. Als am Sonntag die Ersten zur Messe eintrafen, sperrte er das Portal von innen ab und verdrückte sich durch die Sakristei.

Er leerte den Rest des Meßweins aus und ersetzte ihn durch Wasser, bei der Kommunion sah er zu, wie es den Pfarrer vor Überraschung schüttelte.

Eines Sonntags kletterte im er im Morgengrauen auf den Kirchturm und drehte die Uhr um eine Stunde vor, was Unruhe in den Ort brachte.

Ein andermal verstopfte er in mühsamer Arbeit an einem Samstag einen Großteil der Orgelpfeifen, am Sonntag mußte die Messe bald ohne Begleitung gesungen werden.

Aufsehenerregend war, als er eine feine Schnur vom obersten Leuchter des Altars an der Sakristeitür vorbeispannte. Der erste Ministrant, der beim Einzug in den Chor trat, riß den Kerzenhalter herunter, der polterte mit Krachen zu Boden und um ein Haar wäre das Altartuch angebrannt.

Im Frühjahr 1933 trieb er es besonders schlimm. Nach Art eines Heckenschützen beschoß er die Honoratioren des Orts gezielt mit Schneebällen und traf sie oft im Gesicht, wenig später begann die Schluchtenbande unter seiner Anleitung Hühner zu stehlen und am offenen Feuer zu braten.

Alle Streiche führte er so geschickt aus, daß ihm nie etwas nachgewiesen werden konnte, obwohl man ihn auf Grund des sonstigen Verhaltens in Verdacht hatte.

## 4.3.

Im Sommer 1933 änderte sich Karl grundlegend. Er erschien nicht mehr bei der Bande, in der Schule saß er still in der Bank. Während die anderen nach wie vor ihre Streiche spielten, war er bei der Quelle am Haubenstock. Obwohl er damit im Revier der Bergbande war, ließ man ihn in Ruhe, sein Rückzug hatte die Feinde mit einem Schlag zu Herrschern über das ganze Gebiet gemacht, sie hatten ihr Hauptquartier sogar in die Höhle im Tal verlegt.

Aus dieser Zeit stammt ein Bericht. Im Winter 1933 soll er selbst an eiskalten Tagen an seinem Lieblingsplatz gesessen sein und oft mußte ihn die ältere Schwester in der Dämmerung abholen. Einmal kam ein Bauer vorbei und fragte ihn, ob ihm nicht kalt wäre. Karl entgegnete, daß der Boden so warm sei, daß ihm so warm wäre wie daheim beim Ofen. Das ließ dem Bauern keine Ruhe, am folgenden Tag stieg er hinauf und trat in den Kessel, wo kein Schnee lag, der Boden aber war eiskalt. Als er Karl wieder einmal dort sitzen sah, meinte er, daß ihm der Junge einen schönen Bären aufgebunden habe. Karl hatte ihn tasten lassen und diesmal war der Kies warm. Dazu soll er gesagt haben:

**"Er freut sich, wenn ich komme, wie ich mich freue, wenn ich ihn sehe. Vor Freude wird uns beiden warm."**

4.4.

Als Einleitung zum ersten Bericht über Karl Ömperdinger nach seiner Abwesenheit zitiere ich den walisischen Anthropologen Sir Geoffrey Llewelin mit einem Kapitel aus "Sitten und Unsitten der Alpenbewohner", geschrieben 1905.

*"Die Eingeborenen, von derbem Äußeren, gegerbter Haut und schwieligen Händen, leben dort streng nach Männern und Frauen getrennt. Während die Frauen in den Dörfern wohnen, die Äcker bestellen, sich um das Vieh kümmern und die Kinder pflegen, ziehen die Männer monatelang durch die weiten Gebirgswälder. Sie schlagen Holz und jagen das reichlich vorhandene Wild, aus der Rinde frisch gefällter Bäume errichten sie kleine Hütten, worin sie schlafen.*

*Ich fragte mich, wie der Stamm zu seinen Nachfahren kam. Eines Abends wurde ich Zeuge eines Paarungsrituals.*

*In der Dämmerung schlich einer der Waldmänner über die Wiese. Vorsichtig näherte er sich einem der Häuser, klopfte aber nicht an die Tür, sondern kletterte über eine bereitgestellte Leiter zu einem erleuchteten Fenster im Stockwerk. Sogleich öffnete sich dieses und der Mann stieg in den Raum. Wenig später vernahm ich die überall auf Erden gleich klingenden Laute einer Vereinigung, nach kurzer Zeit kletterte der Mann heraus, legte die Leiter an ihren Platz und verschwand im Wald. Ich wandte mich zum Gehen, als von einer anderen Seite ebenfalls ein Waldmann herbeigeeilt kam, über die Leiter hinaufstieg und das Spiel neuerlich begann.*

*Die Nacht brach herein und ich vermochte nichts mehr zu erkennen, auch verlosch das Licht im Haus. Nachdenklich kehrte ich ins Wirtshaus zurück. Mir scheint, daß wie bei manchen Insekten oder auf andere mir nicht erkennbare Weise, die Waldmänner von den Frauen angelockt werden, wahllos empfangen sie jeden, wenn er über die Leiter kommt.*

*Zwar fand ich im Ort eine christliche Kirche, sie haben Pfarrer und kennen die Bibel, ihr Leben aber richtet sich nach uralten Bräuchen und Riten, die sich in den abgelegenen Tälern aller Zivilisation zum Trotz gehalten haben."*

Wenn Sir Geoffrey Llewelin auch die Ausnahme von der Regel beobachtet hat und in seiner Unwissenheit absurde Schlüsse zieht, das Prinzip gilt bis auf den heutigen Tag. In Fremdenverkehrsorten der Alpen steigen Burschen auf diese Weise zu durchaus willigen Urlauberinnen aus dem nördlichen Nachbarland. Doch zurück zu Ömperdinger:

Da keiner im Ort von einer "Weibergeschichte" wußte, sagte man ihm nach, daß er "nicht normal" wäre. Das dürfte ihm zu Ohren gekommen sein.

Eines Tages stand er just zu der Zeit, als der Briefträger auftauchen mußte, auf einer Leiter, die am Fenster des ersten Stocks angelehnt war. Aus halber Höhe rief er dem Mann zu, daß er “fensterln” übe, spätestens am Wochenende werde er es in der ausprobieren, er wisse schon eine.

Der Briefträger sorgte für die Verbreitung der Ankündigung. Manches Mädchen stellte einen Kübel Wasser oder Jauche bereit, manches auch nicht, die Burschen legten sich auf die Lauer, sie wollten sich das zu erwartende Schauspiel nicht entgehen lassen.

Am Freitagabend kam Ömperdinger den Steig aus der Schlucht hinauf, er trug eine kurze Leiter mit sich und tat, als sähe er die Beobachter nicht. Zum Gaudium der Zuschauer ging er zu einem kleinen Haus, in dem eine 70-jährige Witwe wohnte, legte die Leiter auf das Brett des ebenerdigen Fensters, kletterte hinauf und klopfte. Wenig später öffnete ein unbekanntes Mädchen, ließ ihn ein und schloß das Fenster wieder. Erst im Morgengrauen ging Ömperdinger mit seiner Leiter heim.

Am Morgen fragte man die Frau, wer das bei ihr wohnende Mädchen sei. Sie antwortete, daß doch jeder wisse, daß sie alleine lebe, ihre Kinder waren erwachsen und verheiratet. Zwei der Burschen gingen mit ihr ins Haus, die Frau führte sie in das Zimmer, in dem das Mädchen gesehen worden war. Es war eine Kammer voller Gerümpel, alles lag unter dickem Staub und keine Spur war zu sehen. Die Frau aber zeigte sich über ein auf dem Boden liegendes, ebenfalls verstaubtes Handtäschchen erstaunt. Sie hatte es noch nie gesehen und es war wenige Tage vorher noch nicht dort gelegen.

## 4.5.

Aus einem nicht verwendeten Entwurf für eine Werbebroschüre der Firma Hartner:

“Warum unsere Heizung?

Unser zum Patent angemeldetes, neuartiges System hat einen beachtlichen Nutzungsgrad der Brennstoffenergie. Nach den Messungen der technischen Hochschule in München bringen unsere Anlagen 20 % mehr Wärme in die Räume, anders gesagt: Sie sparen 20 % der Heizkosten.

Unser System basiert auf einem tieferen Verständnis für Zusammenhänge zwischen Wasser, Feuer und Luft. Es liegen nicht einfach Heizschlangen in der Wand des Heizkessels, das erwärmte Wasser gibt nicht einfach die Wärme an die Raumluft ab, wir haben zur Kontaktübertragung und Abstrahlung zusätzliche Mechanismen eingebaut.

Bekanntlich wird viel der Energie vom System geschluckt, weil Feuer das Wasser und Wasser die Luft erwärmen muß. Beim Übertritt der Wärme von einem Element zum anderen verliert sich einiges, sie entweicht ungenutzt durch den Kamin oder verschwindet in den Rohren.

Wir garantieren in unseren patentgeschützten Teilen für wässriges Feuer und luftiges Wasser. Die Erfindung verringert den Übertrittsverlust.

4.6.

Im Herbst 1955 stieg eine ungeheure Rauchwolke aus dem Kessel in der Schlucht. Die Feuerwehr stand wenig später vor dem brennenden Schuppen. Ömperdinger war dabei, Kübel um Kübel in die Flammen zu leeren. Die groteske Situation, daß das über den Bach gebaute Haus wie ein Schiff brannte, hatte den Vorteil, daß keine Schlauchleitungen gelegt werden mußten, nach kurzer Zeit schossen zwei mächtige Wasserstrahlen in die Flammen.

Allen war klar, daß das Holzhäuschen nicht gerettet werden konnte. Ömperdinger bat die Männer um Hilfe, gleich neben der Eingangstür stehe etwas, das er retten müsse, der Rest der Hütte mochte abbrennen. Trotz der ungeheuren Hitze und trotz aller Versuche, ihn zurückzuhalten, rannte er zur Tür, schlug die Jacke über den Kopf und trat in die Hütte. Ein Feuerwehrmann hetzte ihm nach und zog den bereits Bewußtlosen aus dem Schuppen, seine beherzte Tat rettete Ömperdinger das Leben.

Als er die Augen aufschlug, bedankte er sich. Zum Glück habe er das Ding retten können. Dabei öffnete er die Hand und zeigte ein verkohltes Holzstückchen. Die Männer überlegten, ob sie die Rettung rufen sollten, anscheinand hatte er den Verstand verloren. Da lief das Holzstückchen wie eine Maus davon und verschwand im Gras.

Auf die Frage, was das für ein Tier gewesen wäre, antwortete Ömperdinger, daß es sich um eine Feuerspore handle. Er gab sich verwundert, daß sie als Feuerwehrleute nicht wußten, daß bei jedem Brand, wenn er groß genug war, so ein winziges Stück Leben entsteht. Nach seiner Meinung war alles Leben aus dem Feuer gekommen, die Menschen waren vor Urzeiten von Vulkanen in die Welt gespuckt worden.

## 4.7.

Feuer war ein Lieblingsthema Ömperdingers. Man nannte ihn einen Pyromanen, weil er sehr oft vor seinem Haus auf offenem Feuer grillte, manche hielten das für einen Beweis dafür, daß er mit dem Teufel im Bund stand. Anfang der 60er Jahre trat Ömperdinger der Feuerwehr bei. Da er jedoch nur unregelmäßig bei den Übungen erschien und beim Leitungslegen zu langsam war, verekelte man ihm die weitere Mitgliedschaft. Dafür gab es einen zusätzlichen Anlaß:

In einer Kurve war ein kleiner Tankwagen gegen die Leitplanken gekracht, dabei war der Tank aufgeplatzt. Die Feuerwehr mußte die Unfallstelle sichern und verhindern, daß das Benzin den Boden verseuchte. Durch das Umkippen des Fahrzeugs befand sich das Leck auf der Oberseite und es konnte kaum etwas ausgeflossen sein. So wartete man lediglich auf einen anderen Wagen, in den die explosive Flüssigkeit gepumpt werden sollte, anschließend galt es, etwa zwei Kubikmeter Erdreich abzugraben.

Plötzlich gab es eine Explosion mit gewaltiger Stichflamme und der Wagen brannte lichterloh. Ömperdinger soll dazu gesagt haben, daß die Feuerwehr schließlich zum Löschen und nicht zum Gräber Schaufeln da wäre. Auf Grund dieser Aussage munkelte man, er selber habe den zündenden Funken bereitet.

## 4.8.

Wie in den meisten kleinen Bauerngemeinden bestand die politische Vertretung ausschließlich aus "Schwarzen". Das heißt jedoch nicht, daß nicht gestritten wurde. Angesichts einer Opposition hätte man sich einigen müssen, so aber ging es um ererbte Rechte von Familienclans, die untereinander wie Hund und Katze waren, manche Sitzung endete in Handgreiflichkeiten. Im Grunde war der Gemeinderat untätig und der Bürgermeister regierte in den wenigen ihm zur Entscheidung verbliebenen Angelegenheiten wie ein absoluter Herrscher. Seit 1945 stammt der Bürgermeister in X. aus dem Ederclan, damals erschlichen die Eder von den ebenbürtigen Ömperdingern das Erbrecht und gaben es nicht mehr aus der Hand.

Fallweise regte sich der Unmut der Bevölkerung, es ging dabei um so bedeutende Fragen wie die Form der neuen Beleuchtungskörper an der Hauptstraße, Aufregung herrschte, als im Herbst am Dorfplatz Astern gesetzt wurden. Ein Teil der Bewohner meinte, daß Astern nur auf den Friedhof gehörten. Dieser Aufruhr wurde gezielt von der Ömperdingersippe ins Dorf gebracht, so machte man dem Bürgermeister das Leben schwer.

Was Großausgaben der Gemeinde anging, herrschte kluger Proporz. Es kam immer die Sippe zum Zug, die beim letzten

Auftrag hatte zusehen müssen, wie Schmiergelder und der Differenzbetrag zwischen bereitgestelltem Kapital und tatsächlichen Kosten im Clan verteilt worden war.

Eines Tages beschloß man, das Gemeindeamt mit einer neuen Heizung auszustatten. Diesmal kamen die Eder an die Reihe und die Gemeinderäte mußten der Bevölkerung erklären, warum der Auftrag an einen Schwager eines Eder vergeben werden sollte.

Um eine Ausschreibung kam man nicht herum, und so legte man den Termin für die Angebotsabgabe auf einen Sonntagnachmittag. Der Ömperdingerclan verständigte die Brüder Hartner und Karl Ömperdinger nahm die Sache in die Hand. Eine Stunde vor Ende der Einreichungsfrist erschien er bei den versammelten Gemeinderäten. Die vier Eder wurden bleich, hatten sie doch damit gerechnet, daß die Sache glatt über die Bühne gehen würde. Die drei Ömperdinger freuten sich, über diese Affaire mochten sie vielleicht den Bürgermeistersessel wieder in ihre Hand bekommen. Karl Ömperdinger hinterließ eine Schenkungsurkunde mit der Unterschrift der Brüder Hartner. Nun wurden auch die Ömperdinger bleich. Beide Parteien verloren das Geschäft und auch ein Bürgermeisterwechsel konnte daraus nicht gemacht werden. Lange überlegten sie einträchtig, wie der Auftrag doch an die Edersippe vergeben werden konnte. Sie versuchten, die Sache als Bestechung darzustellen, als die Firma Hartner erklärte, in diesem Fall sofort in die Nachbargemeinde zu übersiedeln, wurde das Geschenk angenommen, hätte das doch einen großen Ausfall an Steuereinnahmen bedeutet.

Der Einbau wurde für Anfang September geplant. In der dritten Woche erschienen Arbeiter, entfernten die alten Heizkörper, stemmten große Löcher in die Wände und verschwanden wieder. Mitte Oktober war es empfindlich kalt und von der Heizung fand sich keine Spur. Vorsichtig fragte man bei der Firma nach, die Antwort war, daß der Einbau nur mehr eine Woche dauern würde, die Stemmarbeiten waren ja bereits gemacht worden. Mitte Dezember entdeckte man, daß man noch immer keinen Einbautermin vereinbart hatte.

Der Wind pfiff inzwischen durch die Löcher, der Gemeindesekretär kam nicht mehr zur Arbeit, seit eines Morgens auf seinem Schreibtisch eine Schneewächte gelegen war. Der Gemeinderat tagte im Extrazimmer des Wirtshauses und überlegte, wie man die Firma Hartner zum Einbau bewegen könne.

Der ganze Ort lachte über seine Vertreter, endlich gab es Gelegenheit zum Spotten. Die Mandatare brachten aber nach wie vor keine Einigung zustande, sie lähmten einander, warfen einander Habgier, illegales Handeln, Unterschlagung von Geldern und andere wahre Tatsachen vor, es war Mai, als die Arbeiter überraschend erschienen und in drei Tagen die Heizungsanlage einbauten. Zwei Tage später war alles verputzt, die Gemeinderäte atmeten auf und freuten sich auf den bevorstehenden Winter.

Bei der nächsten Sitzung schlug ihnen aus dem kleinen Saal Treibhaushitze entgegen. Die Heizung war die ganze Zeit über gelaufen und hatte nur den Sitzungssaal auf über fünfzig Grad erwärmt. Trotz offener Fenster schwitzten die Sieben wie die Schweine, nach einer halben Stunde brachen sie mit hochroten Köpfen die Versammlung ab und übersiedelten in den nahen Gastgarten. Tags darauf kamen die Monteure, schraubten herum, erklärten die Heizung neuerlich und gingen wieder. Nach wie vor aber heizte die Anlage den Sitzungssaal ununterbrochen, obwohl in allen anderen Räumen die Temperatur durch die Thermostaten geregelt werden konnte.

Den Gemeinderäten riß die Geduld und sie reichten eine Klage ein, die vom Gericht nach Überprüfung der Heizung abgewiesen wurde. Als auch der Installateur des Ederclans alles in Ordnung fand, trat der Bürgermeister zurück. Bald folgten die anderen Gemeinderäte, da sie im Extrazimmer des Wirtshauses nicht offen reden konnten. Am Tag nach ihrem Rücktritt funktionierte die Heizung normal.

## 4.9.

Mehrere Erzählungen gibt es zur geplanten Heirat 1957, ich wählte drei glaubhafte aus.

### 4.9.1.

Ömperdinger galt als unbekehrbarer Junggeselle. Sein schlechter Ruf wurde zwar mit dem Aufstieg der Firma Hartner gemildert, dafür trat der Neid in den Vordergrund, daß ein Nichtstuer zu den Reichsten im Dorf gehörte.

Trotzdem erschien er manchen als akzeptabler Schwiegersohn, gibt es doch bis heute Versuche von Eltern, ihre Töchter mit einer "guten Partie" zu verheiraten, das bäuerliche "Geld zu Geld" ist gang und gäbe. Söhne von reichen Bauern fragen um die Zustimmung ihrer Eltern, müssen sie doch mit diesen ihr Leben lang unter einem Dach wohnen.

So gab es mehrere Versuche, Karl Ömperdinger die Tochter schmackhaft zu machen. Manche bestellten eine Zentralheizung und bestanden auf ihm als Verhandlungspartner, die Besichtigung der Baulichkeiten endete in einem opulenten Mahl unter Vorsitz der herausgeputzten Tochter. Der Nachbar der Firma stellte plötzlich Grundansprüche, angeblich war der Grund beim Verkauf falsch vermessen worden. Bei den unzähligen Verhandlungen war die attraktive Tochter jedes Mal anwesend und der Bauer ließ klar durchblicken, daß er im Fall einer wörtlich als "persönlichen Lösung" bezeichneten Vorgangsweise alle Ansprüche vergessen hätte.

1956 wurde eine neue Sekretärin für Ömperdinger gesucht, zwei Bauerntöchter aus dem Ort bewarben sich mit eindeutigen Absichten. Tatsächlich begann im Sommer eine Liebschaft zwischen ihm und seiner Sekretärin.

4.9.2.

Im Frühjahr 1957 war Verlobung. Keinen wunderte es, als es zu vorübergehender Trennung kam. Der nach außen dringende Anlaß war der Streit ums Haus in der Schlucht. Nach einer zweiten Erzählung soll ihr Ömperdinger vorgeworfen haben, daß sie "falsch" wäre. Nicht die Tatsache, daß sie sich ihm an den Hals geworfen habe, ärgere ihn, wer könne schon sagen, aus welchen Gründen ein gemeinsames Leben begonnen würde, sondern die Tatsache, daß sie das beharrlich leugne und damit ihn und sich betrüge. So könne die Ehe nicht gutgehen. Ihren Einwand, daß es nur anfangs so gewesen wäre, nun liebe sie ihn wirklich, gleichgültig, ob er arm oder reich wäre, ließ er nicht gelten.

4.9.3.

Nach der Versöhnung und dem gemeinsamen Urlaub wurde die Hochzeit geplant und für den 16.Oktober festgesetzt. Drei oder vier Tage vorher gab es das letzte Treffen der beiden. Dabei erklärte Ömperdinger, daß er dringend verreisen müsse, er würde aber wie vereinbart um neun Uhr vor der Kirche erscheinen. Als Anlaß für die Reise erzählte ihr Ömperdinger eine Geschichte, die er ein Gleichnis nannte:

**"Es lebte einmal ein Mann, der als glücklich galt.Er hatte alles, was man zum Leben braucht, war weder arm noch reich, weder hungrig noch überfüllt satt, weder durstig noch betrunken. Er hielt immer die ausgeglichene Mitte ein, die vielen ein Ziel ist.**

**Auch seine Gefühle standen in der Mitte und das machte ihn unglücklich. Er war nie traurig, konnte aber auch nicht herzhaft lachen. War Ersteres angenehm, so fehlte ihm das Zweite und sein Leben floß auf dem von ihm als "lauwarmer Brei" bezeichneten Mittelweg dahin.**

**Zu gerne wäre er der ihn fesselnden Mitte entkommen, er hätte Leid, Trauer und Armut auf sich genommen, wenn er nur einmal in der Folge einen Grund für glucksendes Vergnügen bekommen hätte.**

**Eines Tages begegnete ihm eine alte Frau, die ihm eine Lösung anbot: Wenn er den Punkt erkennen könne, jenen Mittelpunkt, an den er gefesselt wäre, ihn zerreibe und verbrenne, würde er mit einem Schlag das Feuer des Lebens in sich spüren, das Feuer von Freude und Trauer. Er müsse nur mit aller Kraft suchen, der Punkt wäre ähnlich einem schwarzen Stecknadelkopf.**

**Tagelang suchte er das Kügelchen. Eines Morgens, als er vom Frühstücksteller hochblickte, schien ihm, als läge es vor ihm auf dem Tisch. Vorsichtig näherte er den Eierlöffel, dann zermalmte er es mit aller Kraft. Leises Knirschen war zu hören, als zerreibe er einen Salzkristall, dann schoß die Stichflamme des lebenslang gefangenen Feuers in die Höhe. Sie verbrannte sein Haus mit Hab und Gut, er saß als Bettler auf der Straße.**

**Er wurde als der lachende Bettler bekannt. Er saß am Gehsteig, streckte seinen Hut aus und jedem, der ihm gab, schenkte er ein dermaßen herzliches Lachen, daß man ihm gerne gab."**

Mit den Worten, daß er soeben erfahren habe, wo sein Pünktchen wäre, führte er die Verlobte vors Haus.

4.10.

Die Erzählungen stammen von der Sekretärin der Brüder Hartner:

Angeblich hat Karl Ömperdinger das patentierte System erfunden, die Brüder Hartner haben es umgesetzt. Auch war er der

Kopf des Unternehmens, die Brüder sprachen in größter Hochachtung von ihm und waren in seiner Abwesenheit manchmal der Verzweiflung nahe, tauchten doch Schwierigkeiten auf, die nur Ömperdinger lösen konnte.

Sein Geist schwebte ständig über dem Werk, obwohl er nie an seinem Schreibtisch saß und eigentlich nichts Erkennbares tat. Seine regelmäßigen Besuche liefen nach folgendem Ritual ab:

Gegen Zehn kam er ins Vorzimmer der Brüder, legte dort den Mantel ab, dann verschwand er zu den Produktionshallen, wo er mit den technischen Leitern lange Gespräche führte. Wenn er zurückkam, gab es Kaffee und die drei Männer durften nicht gestört werden. Die Besprechungen dauerten in der Regel eine Stunde, spätestens um Eins verließ er das Werk wieder.

Wenn Karl Ömperdinger verreiste, trafen in den nächsten Wochen große Bestellungen ein. Die zwei Vertreter brachten nie auch nur annähernd solche Verkaufszahlen zustande. Die Sekretärin war Ohrenzeuge eines Gesprächs, in dem ein Vertreter Karl Ömperdinger auszufragen versuchte, er vermutete, daß er Schmiergelder bezahlte.

**“Im Gegenteil, ich bekomme oft eine Art Provision für die Vermittlung.”**

Dann meinte er, daß das nur ein Scherz gewesen wäre. Er habe sein Leben lang noch nicht ein System verkauft.

Daraufhin war der Vertreter beleidigt und meinte, daß es doch im Interesse der Firma liegen würde, wenn auch er über den Trick Bescheid wüßte. Ömperdinger erklärte ernst, daß es keinen Trick gäbe, somit könne er ihn nicht erklären. Er arbeite mit seinem Wesen, das wäre etwas Unnachahmliches. Sein “Trick” bestünde darin, daß er nichts verkaufe. Es wäre das gleiche System wie das in den patentgeschützten Teilen eingebaute Übertragungssystem. Wenn er mit einem potentiellen Käufer spreche, würde er zu einem kaufenden Verkäufer. So übertrage er die Einstellung, den Willen zum Kauf, auf den anderen. Das habe nichts mit Überzeugungsarbeit zu tun, er preise nicht an, nenne weder Zahlen noch Daten. Er wisse selber nicht, wie es funktioniere, doch er zöge mit dem Kaufwilligen an einem Strang und berate ihn, wie er am besten kaufen könne.

**“Anscheinend habe ich eine natürliche Begabung, es gibt keine Tricks, alles ist echt.”**

Der Vertreter lauschte mit offenem Mund und versuchte sich so ein Verkaufsgespräch vorzustellen. Da sprach Ömperdinger weiter, daß er glaube, seine Begabung habe eine unvorteilhafte Kehrseite. Wenn er als Käufer auftrete, wechsle er auf die Seite des Verkäufers und erst kürzlich habe er einen Wagen für 10 % über dem Listenpreis erstanden, er habe sich gemeinsam mit dem Verkäufer übervorteilt. Im Lebensmittelgeschäft bekäme er immer die angefaulten Waren, seine Kleider hätten immer Webfehler und bei seinen Schuhen lösten sich die Sohlen. Er verabschiedete sich mit den Worten:

**“Bleiben sie, wie sie sind!”,**

und ließ den staunenden Verkäufer zurück.

4.11.

In den 60ern stiftete der Dorfwirt, ein Eder, der sein Wirtshaus zu einem Gasthof mit großem Saal und Gästezimmern ausgebaut hatte, den Gemeinderat an, aus dem verschlafenen Ort eine Fremdenverkehrsgemeinde zu machen.

Vier Jahre beherrschte das Thema die Menschen, mancher Bauer meldete sich für die Liste der Privatzimmervermieter. Nun galt es etwas zu tun, damit in den Betten auch Gäste schliefen.

Man rief einen Sachverständigen der Landesregierung, der einen Grundlagenkatalog für Seniorenurlaub erarbeitete, jemand anderer würde seiner Meinung nach ohnehin nie nach X. kommen. Schwerpunkte waren das Ortsbild, die Errichtung von Wanderwegen und Ruhebänken sowie die Aufforderung, daß man mindest eine Attraktion schaffen müsse. Der Sachverständige reiste wieder ab und hinterließ im Ort das "Touristenfieber".

Nach einer kurzen Bedenkzeit wurde ein Fremdenverkehrsverein gegründet, der mit den Gemeinderäten die Planung vornehmen sollte.

Die Sache war allen wichtig: Der Gemeinderat sah ungeheure Bauvorhaben und Nebeneinkommen winken, der Wirt wollte seine Zimmer füllen, der Kaufmann hoffte auf eine Belebung des Geschäftsganges, der Pfarrer auf größere Beträge bei der Kollekte, mit einem Wort, alle freuten sich auf den Strom stiller Pensionisten aus den Städten, die ihre reichlichen Pensionen und Doppelpensionen mit beiden Händen über die Einwohner verteilen würden. Es gab Pläne für ein Kaffeehaus, ein Devotionaliengeschäft und der Schuhmacher interessierte sich für Orthopädie. Der Gemeindearzt, der auf Grund der Rauflust der Dorfbewohner ohnehin gut ausgelastet war, dachte heimlich an ein geriatrisches Zentrum. Zur rechten Zeit wollte er mit der Gemeinde ein Luftkurheim errichten, es sollte hoch oben auf dem Haubenstock liegen. Vorsichtig fragte er beim Pfarrer wegen eines Waldgrundstücks an, das, südseitig gelegen und ständig von Winden umweht, ein idealer Platz für das unter Aufsicht seiner Frau durchgeführte "Heilatmen" schien.

Leider scheiterte alles am Desinteresse der bald verfluchten "Stadtsäcke", die statt nach X. zu pilgern, auf Mallorca und anderen Inseln "ihre faltige Altweiberhaut vor dem Sterben noch ein letztes Mal verbrennen ließen", wie ein bösartiger Bauer bemerkte, der nach der dritten Saison noch immer keinen Gast gehabt hatte und an den Verkauf der Einrichtung der drei über dem Kuhstall ausgebauten Doppelzimmer dachte.

Unter dem Stichwort "Seniorenurlaub" brachte der Fremdenverkehrsverein eine beachtliche Liste an Plänen zustande, darunter die Errichtung eines Schluchtensteigs, die Quelle am Haubenstock sollte ein Kneipp-Wassertretweg werden, das Haus Ömperdingers wollte man kaufen und in ein Museum umwandeln.

4.11.1.

Um den Schluchtensteig zu verschönen, wollte man durch einen kleinen Eingriff aus der Mündung des Baches einen Wasserfall machen. Eine aus Natursteinen errichtete Mauer, über die das Wasser in weitem Bogen in den Bach stürzte, würde keinem als künstlich auffallen. Nach einer Begehung stellte der Baumeister fest, daß ein 25 Meter hoher Wasserfall kein Problem wäre. Die Steine fanden sich an Ort und Stelle, das Loch dahinter wollte man mit Schotter auffüllen. Der Weg sollte in einer Nische der Wand hinter dem Wasserfall zu der zu einem romantischen Aussichtspunkt umgestalteten Felskanzel führen.

Die Firma versprach naturgetreues arbeiten und eine Fertigstellung binnen sechs Monaten. Im Frühjahr 1964 wurde eine kleine Staumauer errichtet, das gesamte Bachwasser floß in einer Rohrleitung in den Fluß.

Sofort kam ein Vorschlag Ömperdingers ins Gemeindeamt. Man solle das Wasser für ein Kraftwerk nutzen, Staumauer und Rohr wären bereits vorhanden. Die Gemeinde erspare sich so die Kosten für die Beleuchtung und könne den Überschuß verkaufen. Die Idee schlug sich als negative Stimmung zum sinnlosen Wasserfall nieder, der Bau wurde gestoppt, ein Sachverständiger berechnete aber, daß der zu erwartende Gästestrom die Ersparnis durch den elektrischen Strom wettmachen würde.

Als die Mauer acht Meter hoch war, schwoll zu einer Zeit heftiger Gewitter der Bach, riß den Ableitungsdamm weg und spülte die Felsbrocken der Mauer in die Schlucht. Im Oktober geschah das noch einmal und langsam ging das Material an Ort und Stelle zur Neige.

In der wasserarmen Winterszeit mußte man in einer Woche extremer Kälte pausieren, als die Arbeiter wieder kamen, war der Damm verschwunden, hinter der halbfertigen Mauer stand ein durchgefrorener See, der sie sprengte.

Ömperdinger erzählte dazu im Gemeindeamt, daß er eines Nachts hellen Schein gesehen habe. Zu seinem Erstaunen war er bald vor der brennenden Betonmauer gestanden, in wenigen Stunden war sie verbrannt und das aufgetaute Wasser hatte die Asche hinuntergeschwemmt. Angesichts einer so starken Reaktion der Natur glaube er, daß es besser wäre, das Vorhaben aufzugeben, dort müsse alles zwangsläufig scheitern.

4.11.2.

Drei oder vier Tage, bevor mit der Errichtung des Wassertretpfades begonnen wurde, versiegte die Quelle. Man schrieb das der Trockenheit zu. Zwei weitere Versuche liefen gleich ab, so verlegte man die Attraktion in die Schlucht des Flusses und sah sie als Ersatz für den Wasserfall. Alle glaubten, daß Ömperdinger seine Hand im Spiel gehabt habe, nach der Fertigstellung des Pfades im Tal versiegte die Quelle nie mehr. Man will ihn in den Nächten vor dem Versiegen oben gesehen haben, auch berichtete man von Feuerschein.

4.11.3.

Für die Errichtung des Freibades bedurfte es langer Kaufverhandlungen. Man sah den besten Platz in der Senke, wo das Wasser von guter Qualität war. Die Bauern drückten den Grundpreis in die Höhe und schließlich entstand das Bad am Eingang der Schlucht, wo es zwar schattig war, dafür war der Grund billig. Die an der Reihe befindlichen Eder fürchteten nämlich um ihr Zusatzeinkommen, wenn die Grundkosten bereits den gespannten Kostenrahmen füllten.

Das kleine Freibad hatte ein seichtes Becken, einen Zaun, ein Kassenhäuschen, zwei Umkleidekabinen und eine Toilettenanlage mit kalter Dusche. Das war nicht viel und mancher hatte in seinem Garten ein brauchbareres Modell.

Nach wenigen Wochen kam es zur feierlichen Eröffnung. Schon in dieser Stunde war klar, daß das Freibad keine Attraktion werden würde. Außer den Kindern wurde dort nie ein Mensch gesehen. Dazu kam noch, daß kurz nach Regenfällen das Becken von graubraunem, schlammigen Wasser gefüllt war.

Wenn an milden Sommerabenden alle das Bad verlassen hatten, kletterte Ömperdinger über den Zaun und schwamm im von der Sonne erwärmten Wasser ein paar Kürzen, ehe er wieder ins Schluchtenhaus zurückkehrte. Einer, der die nächtliche Szene zufällig beobachtete, meinte, daß aus dem Becken Dampfwolken aufgestiegen wären. Ömperdinger wäre wie ein glühendes Stück Metall hin-und hergeschwommen, so lange, bis er sich zu Menschentemperatur abgekühlt hatte. Der Mann war sofort über den Zaun geklettert und hatte sich im kochenden Wasser die Hand verbrannt.

Das war eines der Gerüchte, die Ömperdinger mit der Hölle in Verbindung brachten. Zweifellos glaubten einige solche Geschichten, die vom kochenden Badewasser wurde belächelt und schlug gegen den Erzähler aus.

Der Badeaufseher wunderte sich, warum zwischen den Steinen um das Becken nie Unkraut wuchs, außerdem blätterte der Anstrich mehrmals im Jahr ab.

4.11.4.

Ende 1968 war das Touristenfieber abgeklungen. Trotz intensiver Werbung und allen nur erdenklichen Anstrengungen waren bloß zwei Sommerfrischler gekommen, die nach einer Woche wieder abreisten, obwohl sie für drei Wochen gebucht hatten.

Am siebten Tag erklärten sie, daß sie fünf Mal den Schluchtensteig gegangen wären, alle vier aufgestellten Ruhebänke benutzt hätten und den Rundwanderweg trotz mehrmaliger Versuche nie gefunden hätten. Die Zeichnung auf der kleinen Broschüre klaffe derartig mit der Wirklichkeit auseinander, daß sich wohl nicht einmal der Verfasser zurechtfinden könne. "Fünf Mal Schluchtensteig" wurde zum geflügelten Wort.

Als Ömperdinger gefragt wurde, was er dazu meine, er hätte doch ein für eine Jausenstation ideal gelegenes Haus gehabt, antwortete er sinngemäß:

**"Die Stadt ist das Feuer, das Land das Wasser. In der Stadt lodert das Leben, es rast und frißt wie verrückt, huscht hin und her. Hier fließt es wie ein ruhiger Strom. Gerät Feuer ins Wasser, so ist es verloren, gießt man Wasser ins Feuer, geht es darin auf. Wir können in die Stadt, aus der Stadt aber kommt man nicht mehr, es sei denn, man hat einen Rest des ruhigen Fließens bewahrt, ähnlich dem schwachen Flämmchen, das über die Metallschicht eines beschichteten Papiers eine langsame Spur zieht, ehe es erlischt.**

**Kommt ein Städter aufs Land, setzt er sich dem langsamen Fließen aus, so verkümmert er, für ihn ist eine Schlucht, die er an sechs Tagen fünf Mal sieht, zuwenig Nahrung. Unsereiner könnte fünf Mal am Tag durch die Schlucht gehen, im Morgengrauen, wenn das bleierne Licht die Farben verschluckt, am Vormittag, wenn das Licht klar und frisch ist, zu Mittag, wenn die Hitze zu stechen beginnt und alles blendet, am Nachmittag, wenn die Schwüle den Schweiß aus den Poren treibt, die Wolken sich ballen und alles stickig wird und schließlich am Abend, wenn die Kühle der Nacht und die Feuchte des Taus einfallen, wenn die Mückenschwärme wie Wolken über dem Wasser stehen.**

**Das Feuer der Stadt hat die Städter verbrannt, es hat ihre Augen versengt, ihre Ohren verkohlt, die Poren zugeschmol-**

**zen. Wollten wir Fremdenverkehr, müßten wir Stadt werden.**

**Wir müßten alle Straßen verbreitern, Ampeln aufstellen, ununterbrochen müßten alle mit den Wagen fahren und die wenigen Parkplätze besetzen. Kommt dann ein Städter zu uns, wird er sagen: "Da ist etwas los, da gefällt es mir." Alles müßte schnell, viel und laut werden, wir bräuchten Kräne und Gerüste, Preßlufthämmer und Straßenwalzen, ein immerwährendes Graben und Zuschütten. Je natürlicher die Stadtkulisse wirkt, desto mehr werden kommen. Doch denkt daran: Dabei werdet ihr selber zu Städtern und der Weg aufs Land bleibt euch für immer versperrt. Was einmal brennt, verbrennt."**

4.11.5.

Die einzige Großtat im Zuge der Ortsverschönerung war die Neugestaltung des Platzes. Der zog vom Kirchentor schräg fallend zum Gemeindeamt, war unregelmäßig geformt, bucklig und mit runden Steinen geflastert, diente als Fahrbahn, Parkplatz und Versammlungsort.

Nun begrünte man den Platz, der Parkplatz wurde hinter die Kirche verlegt, die Straße zog am Rand dahin und die verbliebene Fläche gliederte man in niedliche Terrassen. Im Zuge der Änderung wurde der alte Brunnen weggerissen und durch ein Gerüst aus Schmiedeeisen und Kupfer ersetzt, durch unzählige Ritzen ließ es das Wasser frei, das sich dann wie ein Bächlein über den Platz wand und in einem Kanalgitter verschwand.

Alles war wunderschön anzusehen, die Bevölkerung war begeistert, der Blumenschmuck war im ersten Jahr von großer Farbenpracht, die Bäumchen würden wachsen. Bald jedoch war der Teil nahe der Kirche verwüstet, stand man doch wie eh und je am Sonntag nach der Messe beisammen und die Nachkommenden drängten die anderen in die Anlage.

Der zweite Makel war der Brunnen. So schön er anzusehen war, es handelte sich um das Werk eines lokal berühmten Bildhauers, so unbrauchbar war er. Er erfüllte seinen Zweck als Wasserspender nicht, nur Hunde schleckten es vom Gestell. In einer eisigen Winternacht wurde von Unbekannten die Wasserzufuhr geöffnet, das Wasser gefror rasch und sprengte den Brunnen. Natürlich schob man die Tat Ömperdinger in die Schuhe, da er lautstark über ihn geschimpft hatte.

4.12.

Der Kleintierzüchterverband in X. hatte sich in den 50ern vom Verband der Kleintierzüchter abgespalten und führte ein auf die Gemeinde beschränktes Eigenleben. Angeblich war der Grund für den Alleingang, daß der Obmann anläßlich einer Ausstellung seine Regenwürmer gezeigt hatte. Das Hauptinteresse des Verbandes galt Hasen, Kaninchen, Tauben und Katzen, doch der damalige Obmann bestand darauf, daß auch Regenwürmer Kleintiere wären.

Eines Tages erschien Karl Ömperdinger zur Monatsversammlung mit einem Vogelkäfig, in dem zwei faustgroße Tiere saßen, die wie eine Mischung aus Hamster und Meerschwein aussahen. Sie hatten schwarzes Fell und große, rote Nagezähne.

Er berichtete, daß die Tiere vor einem halben Jahr bei ihm im Kessel eingezogen wären. Sie hatten begonnen, einen kreisrunden Bau zu graben, inzwischen waren es vier Baue, die darüber stehenden Büsche gingen ein. Langsam wurden die putzigen Nagetiere zur Plage. Sie ließen sich jederzeit fangen und streicheln, wenn er aber plante, sie wegzubringem, verschwanden sie sofort in den Löchern und kamen so lange nicht heraus, bis er den Plan aufgegeben hatte. Seiner Meinung nach waren sie intelligent.

Die Vereinsmitglieder standen vor einem Rätsel. Noch keiner hatte so ein Tier gesehen, man hielt sie für entflohene Neuzüchtungen oder entkommene Exoten, vielleicht aus Australien, da einer an einem Tier eine Art Beutel entdeckt zu haben glaubte. Die Nager gingen von Hand zu Hand, sie kuschelten sich mit ihren weichen Pelzen in die Handflächen und mancher brach in Entzücken aus. Sie hatten keine Angst, genossen die Berührung und betrachteten die Menschen mit hellwachen Augen.

Dann erhob der Obmann das Wort. Er meinte, daß sie, wenn auch noch so liebenswert, bereits eine Plage wären und daß man sie schweren Herzens bekämpfen müsse. Er malte den Teufel einer Invasion an die Wand und bestand darauf, sofort etwas zu unternehmen, gerade Nager vermehrten sich bekanntlich rasend schnell. Jedes Zuwarten konnte für alle zu einer Katastrophe werden.

Als er ausgesprochen hatte, huschten die beiden Tiere in ein Eck des Raumes, bissen innerhalb von Sekunden ein Loch in den Kunststeinboden und verschwanden darin. Nun waren alle besorgt. Man beschloß, Ömperdinger bei der Bekämpfung der gefährlichen Tiere zu helfen. Sie fraßen kein Gift, also legte man Schläuche vom Bach und ließ tagelang Wasser in die Baue rinnen. Das Wasser verschwand, als man aufgab, kamen die schwarzen Nager wieder heraus und wirkten. als lachten sie die Menschen aus.

Bald gab es sieben Baue und selbst die Fachleute von der Universität waren ratlos. Ömperdinger wurde geraten, die Baue abzugraben. Tagelang schaufelte der Kleintierzüchterverein riesige Löcher. Es stellte sich heraus, daß in einer Tiefe von fünf Metern die Gänge zu einem Gang zusammenliefen, der in acht Metern Tiefe in einem Felsspalt verschwand. In diesen Spalt goß man Beton, dann wurden die Gruben zugeschüttet, ein neuer Rasen und Büsche gesetzt und die Plage schien beseitigt.

Ein Jahr später kamen die ersten Tiere zurück. Sie gruben an der gleichen Stelle einen runden Bau. Diesmal verzichtete Ömperdinger auf Hilfe. Durch Zufall entdeckte er, daß sie gerne Wein tranken. Er wußte selber nicht, warum er ihnen dann noch einen Fernsehapparat ins Gras stellte, der Einfall zeigte jedoch große Wirkung. Die klugen Tiere saßen tagelang ununterbrochen vor dem Bildschirm. glotzten und liefen zwischendurch hinüber zum flachen Trog, den Ömperdinger immer wieder mit Wein füllte. Manchmal verdrückte sich eines ans Bachufer und erbrach.

Nach wenigen Wochen waren die intelligenten Nager verblödet, ließen sich einsammeln, verladen und abtransportieren. Keiner von ihnen erschien wieder in der Schlucht.

4.13.

Es ist zweifellos ungewöhnlich, wenn ein Industrieller Totengräber wird. Das Image dieses Berufs ist nicht besonders gut, niemand will jedes Mal, wenn er einen bestimmten Menschen sieht, an den Tod erinnert werden. Immer wieder wurde er gefragt, warum er das mache und ob er es not habe, immer wieder antwortete Karl Ömperdinger, daß er es not habe und daß er es täte, um der Not abzuhelfen. Er wolle sich mit dem Tod auseinandersetzen und dafür wäre die Arbeit gerade recht.

Da sich niemand um den Posten bewarb, bekam ihn Ömperdinger. Wenn er im Herbst zu graben anfing, war auch der Mesner auf dem Friedhof und der Pfarrer las zwischen den Gräbern gehend sein Brevier. Hatte Ömperdinger ein Loch ausgehoben, sprang er hinein und legte sich auf den Boden. Dem Mesner antwortete er, daß er so den Tod besser fühlen könne, als wenn er in einem Bett durch die Beine in die Luft gehoben wäre.

Eines Tages, Ömperdinger hatte an der Kirchenwand neben der Sakristei ein kaum dreißig Zentimeter tiefes Loch ausgehoben, raste er wie verrückt davon. Am nächsten Tag kam er mit einer Schubkarre voller Felsbrocken, warf sie ins Loch und formte mit der ausgehobenen Erde einen Hügel. Dann erklärte er, daß genau an jener Stelle ein Eingang in die Hölle wäre, dort könne er kein Grab anlegen. Später kam er mit einem einfachen Holzkreuz, das er hinter dem Hügel in die Erde schlug. Auf der Tafel stand: Hier ruht Karl Ömperlinger, geb. Schaunberger. 1634 - 1681 . Der Teufel sei seiner Seele gnädig.

Der Pfarrer bestand darauf, daß das Unsinn wäre und daß Ömperdinger das Kreuz sofort entfernen müsse. Er bezweifelte, daß dort das Grab Ömperlingers wäre und fragte, woher Ömperdinger wisse, daß der in die Hölle gekommen sei.

Ömperdinger antwortete, daß er es als direkter Nachkomme eben wisse, mit Hilfe von unklaren Drohungen hielt er den Pfarrer davon ab, das Kreuz zu entfernen. Der Pfarrer erreichte, daß Ömperdinger entlassen wurde.

Als Ömperdinger 1969 verreist war, schaufelte der neue Totengräber an jener Stelle das Grab für Gerhard Hartner. Es heißt, daß Gottfried Hartner eines Abends dort vom zukünftigen Geschäftsführer angesprochen worden ist und daß er bereits im Dunkel mit ihm den Friedhof verlassen hat.

4.14.

Das übelste Gerücht stammt von einer Frau, die die Geschichte mit dem Ballonfahrer folgendermaßen berichtet:

Der Ballonfahrer war beim Aufprall gegen die Felswand auf das Dach des Hauses geschleudert worden. Als er wieder zu sich kam und hinunterklettern wollte, benützte er dafür den Kamin. Er stieg hinunter und blieb im ersten Stock stecken. Als Ömperdinger heimkam, glaubte er einen bösen Geist zu hören. Rasch entzündete er ein Feuer, um ihn zu vertreiben. Tatsächlich war der Ballonfahrer bald erstickt, da der Ofen nicht zog, öffnete Ömperdinger den Ofen im ersten Stock, zog den Mann heraus, schleppte ihn zum Fluß und warf ihn ins Wasser. Desgleichen tat er mit dem Ballon und dem Korb.

4.15.

Eines Tages überschwemmte sintflutartiger Regen den Ort, vor allem in den Kellern stand das Wasser. Im örtlichen "Kaufgeschäft" war es besonders schlimm, das schlammige Wasser reichte bis zur Kellertür und manches trieb auf dem See. So versuchte der Kaufmann, die Feuerwehr zu verständigen, an diesem Samstagnachmittag aber war der Ort wie ausgestorben.

Endlich erreichte der Kaufmann jemanden, der einen Schlüssel zum Zeughaus hatte, mit Karl Ömperdinger und einem weiteren Helfer begann das Abpumpen.

Als alles vorbereitet war, stieg Ömperdinger mit dem Kaufmann in den Keller, um zu verhindern, daß herumtreibende Gegenstände den Schlauch verstopften. Zum Glück des Kaufmanns war der Schaden nicht groß, es galt nur die abgestellten Kisten mit Flaschen zu säubern, die vernichteten Ladenhüter aus der Textilabteilung waren nahezu ein Gewinn, bekam er doch von der Versicherung einen Schaden ersetzt, den er bereits gehabt hatte. Nur eine große Schachtel mit Zündhölzern trieb als echter Verlust auf dem See, worüber der Kaufmann unaufhörlich jammerte. Ömperdinger wies darauf hin, daß die nassen Hölzer nicht verdorben wären. Als Beweis nahm er eine der Schachteln, öffnete sie, nahm ein Zündholz heraus und rieb den durchweichten Kopf an der Zündfläche. Es brannte sofort. Nun versuchte es der Kaufmann selbst, der Versuch gelang und der Mann trug die gesammelten Schachteln in Plastiksäcken hinaus, um sie am nächsten Sonnentag zum Trocknen aufzulegen.

In der Folge brannte keines mehr. Als Ömperdinger zum Einkaufen kam, klagte ihm der Kaufmann sein Leid. Karl erklärte, daß er sie bloß naß machen müsse, was er dem Ungläubigen auch vorführte. Dann begann er mit der Erklärung.

Feuer, einmal naß geworden, hat Sehnsucht nach Wasser und kann ohne es nicht mehr sein. Das können nur jene erfahren, die es ausprobieren, obwohl es als sinnlos gilt. Jeder hat aus Erzählungen oder aus oberflächlicher Betrachtung die Erfahrung gesammelt, daß Nasses nicht brennt. Er hingegen konnte feststellen, daß angebranntes Holz, mit Wasser gelöscht, getrocknet und neuerlich befeuchtet, besser brennt als übliches Brennholz.

Der Kaufmann ließ sich wiederholt das Wunder der nassen Streichhölzer zeigen und versuchte es selbst immer wieder, während Ömperdinger weiterredete. Für ihn war Wasser kondensiertes Feuer, eine andere Ausformung des gleichen Elements, eine Tatsache, die die Blitze bei Gewittern erklärt. Wenn etwas verbrennt, wandelt sich das im Brennstoff enthaltene Wasser unter Hitzeentwicklung in Wasserdampf um, der Rest bleibt als Asche zurück. Daher entsteht beim Verbrennen von Öl keine Asche. Öl ist nach Ömperdinger veredeltes altes Wasser, das im Lauf der Jahrtausende Kohlenstoff gebunden und sich in jene Moleküle umgewandelt hat, die aus Kohlenstoff, Wasserstoff und Sauerstoff bestehen.

Ömperdinger war klar, daß er damit im Widerspruch zur Naturwissenschaft stand. Die Naturwissenschaft war seiner Meinung nach eine Kausalkette der Dummheit. Jedes Forschungsergebnis baut auf angeblich gesichertem Wissen auf, das jeder einfach übernimmt.

**“Die Grundlagen sind falsch!”**

Diesen Merksatz wiederholte er mehrmals.

Der Kaufmann tauchte Streichholz um Streichholz ins Wasser und beobachtete fasziniert, wie jedes ohne Ausnahme brannte. Nach Ömperdinger ist das Prinzip der Naturwissenschaft falsch. Manche der deduktiven Schlüsse mögen zufällig stimmen, doch es gibt heute immer mehr Punkte, wo man ansteht und bald wird man überhaupt nicht mehr weiterkommen. Langsam sind die Grenzen der deduktiven Methode erreicht, man wird sich wieder den nie angetasteten Grundlagen nähern müssen.

Vor allem das Feuer ist der Wissenschaft fremd, er führt das auf die von jedem in der Kindheit gemachte Erfahrung zurück, daß Feuer heiß und gefährlich ist. Von diesem Greiftabu hat sich niemand befreit. So läßt man das Feuer links liegen, spricht von thermisch exogenen Prozessen, von hitziger Oxidation und anderem Unsinn.

Nur eine als Lehrling Beschäftigte hörte ihn sagen, daß Feuer Leben sei, jedes Feuer wäre ein lebendes Wesen in gasähnlicher Gestalt, es vermehre sich mit ungeheurer Geschwindigkeit, verzehre die Nahrung jedoch so schnell, daß es bald verhungere. Er habe Feuersporen gefunden, durch sie verbreite sich das Feuer und manchmal, wenn Feuersporen in einem Heuhaufen die für sie notwenige Temperatur vorfänden, entzündeten sie sich, dann schlüge aus ihnen Feuerleben empor. Gerade bei der angeblichen Selbstentzündung von feuchtem und durch Gärung erhitztem Heu wäre der Zusammenhang zwischen Wasser und Feuer deutlich sichtbar.

Der Versuch des Kaufmanns, die Zündhölzer zu verkaufen, scheiterte an der Ungläubigkeit der Kunden. Wenn er sie auch vor ihren Augen in Wasser tauchte und entzündete, hielten sie es für einen Scherzartikel, die Berufung auf Ömperdinger und seine Thesen tat ein Übriges. Die wenigen, die sich überzeugen ließen, brachten daheim nicht eines zum Brennen. So kaufte ihm Ömperdinger einen Posten ab, der bis an sein Lebensende reichen mußte, wobei er meinte, daß sie nur brennen könnten, wenn man die Sache mit kindlicher Naivität anginge. Auch zwei Volksschüler waren von den Wunderzündern begeistert, erstanden sie statt Süßigkeiten von ihrem Taschengeld und steckten damit eine Scheune in Brand.

4.16.

Das größte Fest im Ort ist der Kirtag Ende April. Die Belustigungen wie Autodrom, Schießbuden, Stände mit allerlei Waren, vor allem aber das Bierzelt, zogen immer viele aus der weiteren Umgebung an.

1965 suchte Karl bei der Gemeinde um einen Standplatz an, er schrieb von einer Belustigung ähnlich einer Schießbude. Am Kirchweihwochenende war sein Zelt die größte Attraktion. Gegen Bezahlung bekam man eine hölzerne Lanze in die Hand und mußte sich auf ein Schaukelpferd setzen, das durch einen Motor ständig bewegt wurde. Wenn man saß, öffnete sich ein kleiner Käfig und ein Drache kam heraus, der um das Holzpferd lief, dabei Haken schlug, knurrte und ein wenig Feuer spuckte. Nach einer Minute kehrte er in den Käfig zurück.

Wer innerhalb dieser Zeit den Drachen aufspießte, erlebte, daß rote Flüssigkeit aus der Wunde trat. Zur Belohnung erhielt man Spieß, Drache und eine Urkunde, die einen als Mitglied des Georgsritterordens auswies. Obwohl es sich um eine einfache Konstruktion handelte, trafen während des Wochenendes nur vier mit der Lanze. Die meisten stürzten vom Pferd. Manche waren wie besessen, es kam zu Wutausbrüchen und einmal mußte die Gendarmerie gerufen werden, weil ein leicht Betrunkener mit der Verwüstung des Zelts drohte, wenn er nicht auf der Stelle einen der verfluchten Drachen aufspießen könne.

Die Gegner bezogen sich auf die Brutalität des Spiels. Sie sprachen von den wutverzerrten Gesichtern derer, die verbissen nach den Tieren stocherten. Dem hielt Ömperdinger entgegen, daß wenigstens so die Menschen an den Kirchenpatron, den Heiligen Georg, gedacht hätten. Das Erlegen von kleinen, mechanischen Drachen war nicht blutrünstig, da war es wohl eher der Heilige Georg, der ein wildes Tier umgebracht hatte.

Zur Enttäuschung vieler war der Stand eine einmalige Sache, Karl Ömperdinger stellte nie mehr aus. Er sagte, daß die Drachen mit ihrem Feueratem die Käfiggitter durchgeschmolzen hätten und davongelaufen wären, er könnte selbst mit größten Bemühungen keine Kampfdrachen vom Ontong-Atoll bekommen.

4.17.

Am 16.3.1968 kam er mit dem umgebauten Krankenwagen zum Lagerhaus, kaufte einen Sack Saatkartoffel und fragte, ob ihm das Lagerhaus die Ernte wieder abnehmen würde. Der Preis war niedrig, doch Ömperdinger meinte, daß man diesbezüglich noch verhandeln könne.

Gegen vier Uhr kam er mit dem Bus voller Heuriger. Sie waren groß, fest und hatten dünne Schale. Dafür verlangte er das Vierfache des angegebenen Preises und meinte, wenn man ihm das nicht geben wolle, müsse er in die Stadt zu einem Gemüsehändler fahren. Auf die Frage, woher er die Kartoffel habe, meinte Ömperdinger, daß er die Saatkartoffel am Vormittag eingelegt und um zwei Uhr mit der Ernte begonnen habe. Der Mann lachte, zwinkerte mit den Augen und meinte, daß die Sache für Ömperdinger keine Geschäft gewesen sein könne, denn Anfang Mai kämen die ersten Frühkartoffel ins Land, diese müßten von weit her und entsprechend teuer gewesen sein. Da zuckte Ömperdinger wortlos mit den Achseln und fuhr.

Als der Lagerarbeiter am Morgen in die Halle kam, lag dort, wo am Abend die Kartoffeln gewesen waren, ein Haufen aus weißlichen Pflanzen, sie trugen reife Früchte und waren gerade eingegangen, da ihnen Licht und Erde gefehlt hatten. Ömperdinger konnte nicht erreicht werden, er war bereits abgereist.

4.18.

Eines Tages erschien Ömperdinger beim Verein der Kleingärtner. Dort vereinbarte er einen Termin mit einem Hobbybotaniker, der mehr wußte als mancher Botaniker, seine Spezialität war die Neuzüchtung von Pflanzenkrankheiten.

Als der Mann den Weg in die Schlucht hinunterstieg, hörte er den Schrei Ömperdingers, er rannte los und kam zum Beet, als die obersten, gerade aufblühenden Blüten einer Feuerlilie Feuer fingen und die Pflanze verbrannte, bis nur mehr ein Stummel in der Erde stand.

**“Zuerst dachte ich an böswillige Zerstörung”,** sagte Ömperdinger, **“also legte ich mich auf die Lauer, bis ich das beobachten mußte. Mit dem Öffnen der Blüten entzünden sie sich und verbrennen.”**

Der Fachmann betastete die Knospen der benachbarten Pflanzen, sie waren bereits warm. Der Mann blieb. Er ließ sich von Ömperdinger einen Sessel bringen und saß zwei Tage vor dem Beet, bis die nächsten Knospen aufsprangen und wieder die Pflanzen verbrannten.

Nun wurde er tätig. Er grub manche samt Erdballen aus und verpflanzte sie in seinen Garten und an andere Orte, etwa in vollkommenen Schatten, er nahm mit einer Nadel Proben aus den Knospen und untersuchte sie. Er arbeitete mit allen ihm bekannten Methoden und fand nichts Abnormes. Von den verpflanzten Lilien brannte keine, so konzentrierte er sich auf den Boden. Eine Untersuchung der Inhaltsstoffe und Zwiebeln ergab nichts.

Im folgenden Frühjahr brach in seinem kleinen Laboratorium ein Brand aus und vernichtete die dort gelagerten Zwiebel der verbrannten Feuerlilien aus dem Kessel.

4.19.

Als der Mesner eines Tages die Kirche betrat, um den Blumenschmuck zu erneuern, glaubte er seinen Augen nicht zu trauen: Karl Ömperdinger kniete vor dem Seitenaltar. Vorsichtig ging er näher, um den plötzlich fromm gewordenen Mann nicht zu stören, als er mit noch größerem Erstaunen auf dem Altar eine Holzfigur stehen sah. Sie wirkte in Haltung und Gestalt wie ein Heiliger, so ließ er das verirrte und gerade auf dem Weg zurück zur Herde befindliche Schaf gewähren.

Wenig später erhob sich Ömperdinger, steckte die Figur in die Tasche und wandte sich zum Gehen. Vorsichtig fragte der Mesner, zu wem er da gebetet habe und bekam zur Antwort, daß die Figur eine Darstellung des Heiligen Gorgon wäre, einem hierzulande unbekannten Nothelfer. In der Koptischen Kirche rufe man ihn gerne an.

Verwundert verrichtete der Mesner seine Arbeit. Als er auf den Friedhof trat, schlug ihm schrecklicher Gestank entgegen. In einer Ecke an der Mauer entdeckte er die Quelle des Geruchs, darauf lag ein Zettel mit den Worten: "Gorgon hat geholfen!"

4.20.

Anfang der 70er ging Ömperdinger nicht mehr zum Kaufmann. Das begab sich so:

Ein junger Hauptschullehrer wollte Schuldirektor werden und um das zu erreichen, galt es viele Punkte in der Wertungsliste der Lehrer des Landes zu erreichen. So trat er in den Kirchenchor ein und wurde nach kurzer Zeit Chorleiter. Die ersten beiden Jahre wurden durch ein ehrgeiziges Programm bestimmt, dann gab er auf und widmete sich der Betätigungslosigkeit, indem er das Amt eines Fremdenverkehrsvereinsobmannes bekleidete.

Das "Sängermaterial" hatte durchwegs stimmliche Schwächen, abgesehen von Schwierigkeiten beim Notenlesen, Umblättern und Blasenschwäche während der Chorproben, die manche für die ohnehin knapp bemessene Zeit ausfallen ließ. Es gab eine Art Erbrecht auf Stimmlagen, die Maierin z-Edt oder deren Tochter mußte mit dem 1.Alt betreut werden, somit durfte eine von ihnen die zum Glück seltenen Altsolos singen. Der Mesner war schon immer der einzige Baß gewesen, nur beim Sopran gab es Rivalitäten. Damals hatte gerade die Frau des Kaufmanns ihr Recht zu Sopransolos auf Lebenszeit erworben.

Mit den beschriebenen Sängern und einer für den Chorleiter als Ortsfremden unveränderbaren Besetzung trat der Chor unter neuer Leitung erstmals in einem Hochamt an die Öffentlichkeit und bot eine leider bekannte Mozartmesse. Zum Unglück des Kaufmanns besuchte Ömperdinger an diesem Tag die Messe. Er erschien knapp vor dem Evangelium, hörte wenige Taktlosigkeiten des Gesangs und stürmte mit hochrotem Kopf aus dem Gotteshaus, dabei schlug er die Tür mit solcher Kraft zu, daß es krachte und der Chor für einen Moment einen Aussetzer hatte, als wäre jemand neben einem Plattenspieler heftig auf den Boden gesprungen.

Am Montag erschien er beim Kaufmann und sagte angeblich folgendes:

**"Ich bin zum letzten Mal bei ihnen. Daran sind nicht die Waren schuld, die saure Milch und die alten Eier, die bereits daheim aus dem Papier stinkende Wurst und die Käfer im Mehl, all das könnte ich übersehen und habe es bisher auch übersehen. Die Tatsache aber, daß sie ihrer Frau nicht verbieten, in den Chor singen zu gehen und dort wie verrückt in den schrillsten und stechendsten Lauten zu brüllen, weit neben den geschriebenen Noten, jenseits von Takt und ohne erkennbaren Willen, sich wenigstens ansatzweise einer Melodie zu nähern, gibt mir den Rest."**

Alle im Geschäft schwiegen, hatte man doch Ömperdinger noch kaum so lange und heftig sprechen gehört. Der Kaufmann schnappte nach Luft und überlegte, ob er seine Frau verteidigen solle, als Ömperdinger erläuterte:

**"Und es besteht sehr wohl ein Zusammenhang zwischen Kirchenmusikalität und einer ordentlichen Geschäftsführung! Das bedeutet nicht, daß ein unmusikalischer Mensch kein guter Kaufmann sein kann, ich ziehe nicht diesen kurzen Schluß, aber ein Mensch, der nicht singen kann und der sich einbildet, unbedingt die erste Stimme singen zu**

**müssen, ein Mensch, der die Rohheit aufbringt, das tatsächlich zu tun, ein Mensch also, der weder für sich noch für die erbarmenswerten Zuhörer Mitgefühl aufbringt, ist für mich als Lieferant und Nahversorger nicht tragbar.**

**Ich nehme an, sie sind aus Gewohnheit und aus Angst vor einem Einbruch nicht in der Messe erschienen, denn sonst hätten sie gleich mir wie ein Teufel, dem man ein Kruzifix vorhält, aus der Kirche rasen müssen. Mir war - und ich möchte hinzufügen, daß ein heiliges Hochamt gefeiert wurde, eine Feier, die Gott zur Ehre gestaltet wird, - als stünde auf der Empore eine Schar wildgewordener Teufel und als heulten sie, von ihrer Gattin angeführt, um die Wette. Sie verhöhnten mit ihrem schrillen Gekreisch die Gläubigen, den Pfarrer und nicht zuletzt unsern Herrn. Als bischöflicher Gesandter hätte ich sofort den gesamten Kirchenchor exkommuniziert. Selbst ein Besessener, aus dem der Teufel getrieben wird, vollführt nicht so ein Gebrüll.**

**Somit wäre der Bogen gespannt, von dessen Sehne ich sogleich aus ihrem Geschäftslokal schnellen werde: Bei ihnen werden zwangsläufig die Milch sauer, die Eier stinkend, das Mehl madig und die Wurst verdorben, es liegt nur an der Verpackungshygiene, daß nicht auch das Öl ranzig wird und aus ihren Weinflaschen Essig kommt. Bei ihnen liegt ununterbrochen leichter Höllengestank in der Luft! Und der Teufel hat noch nie etwas anderes in die Welt gebracht als Verderben und Tod, in ihrem Fall ein Verderben, an dem man sich als unachtsamer Konsument den Tod holen kann."**

Er beendete die wie aufgesetzt klingende Rede, drehte sich um und schritt hinaus.

Der Kaufmann klammerte sich bleich geworden an das Förderband der Kasseneinheit und schnappte nach Luft. Die drei im Geschäft anwesenden Kundinnen luden geräuschvoll Waren in die Einkaufswagerl, das als Lehrling angestellte Putz-und Tragefräulein verschwand im Lager, um nach Bodenwischtüchern zu suchen, eine Sache, die sie schon lange zu tun vorgehabt hatte und die ihr immer als zu umständlich erschienen war, jetzt aber war der Moment gekommen, wo sie zu suchen sich aufdrängte.

Ömperdinger erschien nie mehr im "Kaufgeschäft".

4.21.

Eines Tages erschienen wieder zwei der Dunkelhäutigen im Ort und gingen hinunter in die Schlucht. Als es dämmerte, schlich ein damals 18-jähriger Bursch nach, er wollte wissen, was an den Gerüchten stimmte und was Ömperdinger mit den Besuchern tat oder redete.

Im Haus brannte kein Licht und die Tür war offen. Vorsichtig trat der Bursch ein und spähte in die Küche, wo im Herd ein kleines Feuer brannte. Daraus schloß er, daß Ömperdinger jeden Augenblick zurückkommen mußte, er eilte ins Freie, um nicht ertappt zu werden. Als er aus der Tür trat, traf ihn die Hand Ömperdingers wie ein Blitzschlag, seine kurzen, schlanken Finger zeichneten rote Striemen, die er eine Stunde später daheim im Spiegel erkennen konnte.

4.22.

Eines Tages erschien Ömperdinger in der örtlichen Bibelrunde. Das war eine private Veranstaltung einige Frommer aus Ort, die einander in zweiwöchigen Abständen trafen, eine Bibelstelle lasen und darüber sprachen. Natürlich saßen einige im Kreis, denen Ömperdinger unheimlich war, manch einer glaubte an einen Teufelspakt oder böse Taten.

Ömperdinger setzte sich zur Runde, rückte seinen Sessel ein wenig zurück und deutete so an, daß er zwar dazugehören wollte, aber nicht dazugehörte. Das sah man mit Wohlwollen. Wie immer schlug der Älteste die Bibel auf und begann zu lesen.

Er hatte ausgerechnet das Gleichnis vom Reichen und dem Kamel, das durchs Nadelöhr ging, erwischt. Sofort herrschte statt besinnlicher Stille eisiges Schweigen. Es war klar, daß alle an ihn dachten. Vor allem die anwesende Pfarrhelferin, die bei ihrer Bitte um Spenden für die Caritas-Haussammlung wiederholt bei Ömperdinger abgewiesen worden war, sah ihm wie eine blitzende Speerspitze ins Gesicht.

Das Gespräch lief nach folgender Regelung ab: In einer ersten Runde wurde von jedem die Stelle gedeutet, in einer zweiten mußte jeder sagen, was das für ihn bedeute, in der dritten wurden dazupassende gute Vorsätze geäußert. Dazwischen gab es Raum für Gespräch, während der Äußerungen durfte weder gefragt noch geantwortet werden.

In der ersten Runde gab es nichts zu deuten. Allen war klar, daß die Stelle meinte, ausschließlich materiell orientierte Menschen könnten nicht in den Himmel kommen. Ohne Diskussion schloß sich die zweite Runde an und alle waren auf die Worte Ömperdingers gespannt. Die ersten vier waren der Meinung, daß sie mit ihrem Einkommen im Durchschnitt der Bevölkerung lagen und somit nicht als reich bezeichnet werden konnten. Ömperdinger stellte fest, daß er arm wäre. Im Eiltempo antworteten die restlichen Teilnehmer im Sinne der ersten Vier, dann prasselte ein Regen von Vorwürfen, Ermahnungen, ja sogar Beschimpfungen über ihn nieder. Im Grunde wurde ihm vorgeworfen, daß er ein Heuchler und Lügner wäre, daß er sich und die anderen betrüge und daß sein Weg so nur in die Hölle führen konnte. Keiner wollte eine Erklärung Ömperdingers hören.

Der saß gelassen da und hörte zu, wie sie ihrem Neid freien Lauf ließen. Nach dem Getöse wartete man auf eine Verteidigung, er aber meinte, ob das nun schon das Jüngste Gericht gewesen wäre. Er antwortete so beiläufig, daß die Gerechten zornig wurden.

Plötzlich sprang Ömperdinger auf. Er tat das mit solcher Kraft, daß sie verstummten und manch einer zuckte zusammen, wohl aus Angst vor einem körperlichen Angriff. Dann ging er ruhig zur Tür und sagte leise zum Abschied:

**“Wenn dort, wo ihr nach dem Tod hinzukommen hofft, der Himmel ist, werde ich alles daran setzen, um in die Hölle zu kommen.”**

4.23.

1973 wurde der Ort vom Fußballfieber erfaßt. Innerhalb von zwei Jahren war der lokale Fußballklub um zwei Spielklassen aufgestiegen, er befand sich in der Bezirksliga und alles sah danach aus, als würde man auch dort den ersten Tabellenplatz erreichen. Was national gesehen ein lächerlicher Erfolg war, galt im Ort als Großereignis. Keine der Nachbargemeinden hatte ihre Mannschaft je so weit gebracht, was wohl auch an der hügeligen Landschaft lag, die die Bewohner in allen Volkssportarten benachteiligte: Zum Schifahren war es zu flach und zum Fußballspielen zu bucklig. Nur ein Motorradfahrer nahm an drei oder vier Motocrossrennen statt, ehe er die mühsam ersparte Maschine vernichtet hatte und weiter auf dem elterlichen Traktor über die Felder raste.

Niemand wußte, was der Grund für den sportlichen Erfolg war. Die Trainingslager der Mannschaft waren nach wie vor bacchantische Feste, der Trainer, ein Langstreckenläufer aus dem Dritten Reich, sah mit seinem Glasaug noch immer nicht besser, der Tormann war klein, die Stürmer rissen bei jedem Schuß gewaltige Furchen in den Rasen, sie waren als Bauernsöhne das Ackern gewohnt. Die Verteidiger benahmen sich noch immer wie Stierbändiger und arbeiteten mit allen erlaubten, vor allem aber mit den unerlaubten Tricks, das Mittelfeld bestand noch immer aus einem Haufen lahmer Burschen, die, für das Stürmen zu langsam, für das Verteidigen zu schwach, nur mitspielten, damit zu Spielbeginn die erforderlichen elf Mann in den Rasen treten konnten. Die Spielanlage war wie seit

Jahren direkt und ohne Raffinessen, die Technik hieß geschicktes Fallenlassen zur rechten Zeit, um einen Elfer zu provozieren, sowie “Forechecking”, einer im Verein üblichen, verschleiernden Bezeichnung für boxkampfartiges Vorgehen gegenüber Gegnern.

In der Bezirksliga spielten alle so und je bulliger die Mannschaft war, desto leichter kam sie auch zu einem Sieg. Das waren die Zuschauer gewohnt und die Spiele hatten mehr Ähnlichkeit mit Ringkämpfen als mit dem “soccer” Englands.

Der Spitzenplatz in der Tabelle war das Ergebnis von sechs Auswärtssiegen, wo man jedes Mal einen freundlichen Schiedsrichter zugeteilt bekommen hatte. In dieser Zeit gab es auch die Affaire mit dem Loch in der Gemeindekasse. Die von den Edern aus dem Neubau des Dorfbrunnens abgezweigten Gelder schienen nicht gereicht zu haben, um die Schiedsrichter mit einer kurzzeitigen Trübung der Augenlinsen zu schlagen. Die innerparteiliche Opposition verzichtete schließlich auf die Gelder aus dem Neubau der Toilettenanlagen im Gemeindeamt und das Loch verschwand wieder.

Als sich gegen Mitte April der Sieg in der Bezirksliga als Streifen am Horizont zeigte, wurde jedes Spiel zu einem Volksfest. Böse Zungen behaupteten zwar, daß man nur gewonnen habe, weil die durch Alkohol gedopten Spieler torkelten und ihre Schüsse für die Gegner nicht zu berechnen gewesen waren, ein normaler Fußballspieler hätte nie derartig verwirrend kreuz und quer herumgeschossen, doch das tat der Euphorie keinen Abbruch.

Es war bei einem Heimspiel, die Kondition ließ durch das Übermaß an Dopingmitteln bereits stark nach, als Ömperdinger durch Zufall am Spielfeld vorbeimarschierte. Als man ihn sah, schleppten ihn stark animierte Zuschauer an den Rand des Platzes. Er mußte auch dabei sein, wenn die Gegner geschlagen, vernichtet und niedergemacht wurden. Angesichts der betrunkenen Übermacht machte Ömperdinger gute Miene zum bösen

Spiel, ließ sich zu Bier einladen und stahl der Mannschaft um ein Haar die Show. Überraschender Weise zeigte er Wissen über Fußball, er gab sich so umgänglich, daß mancher in seinem Rausch Ömperdinger mit anderen Augen sah. Ja, er war doch einer von ihnen, der war ein echter Ömperdinger aus X., er verstand Spaß und schrie vor Wut, als der gegnerischen Mannschaft ein Elfer gepfiffen wurde. Das geschah übrigens zu Recht, der Stürmer gab nach diesem Spiel seine Tätigkeit im Sportverein auf und wurde zu einem zurückgezogenen Botaniker, er sagte, nur Blumen könnten nicht treten und beißen. Ömperdinger war jedenfalls eine echte Unterstützung, sorgte wie die anderen für die Welle aus bierdunstigem Urschreigewirr.

Zur Halbzeit stand es 1:1 und alles war offen. Die Mannschaft wurde gedopt und erhielt von den Fans Instruktionen. Es galt, den zweiten Stürmer auszuschalten, dann könne man zwei Verteidiger mit nach vorne nehmen und die durch einen etwaigen Ausschluß dezimierte Mannschaft werden spielend den notwendigen Siegestreffer erzielen. So begann ein taktisches Spiel. Zwei der Verteidiger nahmen den Stürmer bei jeder nur erdenklichen Möglichkeit in die Zange, nach zwanzig Minuten kam er an den Rand des Spielfeldes und flehte den Trainer um Austausch an, dabei zeigte er die verschwollenen Schienbeine und die Flecken an den Rippen.

Der Trainer gab verzweifelt nach, er sah das Spiel verloren, schickte ihn aber zurück aufs Feld, bis der Ersatzmann aufgewärmt hatte. Ein letzes Mal nahm der Stürmer allen Mut zusammen und raste voller Wut von der Mittellinie los. Er war tatsächlich begabt, rannte den Bewachern davon und kam näher und näher ans Tor. Zwischen ihm und dem Gehäuse wartete als echtes Hindernis nur mehr der extrem bullige Mittelverteidiger, ein Fuchs, der geschickter als alle anderen den beim Training in den Biergärten geübten Rippenstoß mit dem Ellbogen beherrschte. Für einen Moment zögerte der Stürmer, dann entschied er sich für einen halbrechten Sturmlauf und einen Schuß auf das Tor, das war seine Spezialität, immer wieder hatte er durch gedrehte Schüsse aus halbrechter Position, einem Mittelding aus Flanke und Torschuß, Gegner bezwungen.

Nun setzte die bekannte Unterstützung durch die Zuschauer ein. Mit verschiedenen akustischen Methoden versuchten sie den Stürmer zu verwirren, es gab Rufe wie "Telefon!" oder "Die Rosi hams zamgführt!", psychologische Kriegsführung, wobei das Wissen eines Zuschauers um den Namen der Verlobten des Stürmers klug eingesetzt wurde. Der Mann ließ sich nicht beeindrucken. Plötzlich brüllte Ömperdinger:

**"Kern!"**

Der Verteidiger blickte auf, als er seinen Namen hörte. Dieser Moment der Ablenkung ließ den Stürmer vorbeilaufen und jetzt schrie Ömperdinger:

**"Schieß!"**

Sofort drosch der Stürmer auf den Ball, der jedoch eine Spur zu weit rechts angesetzt war. Da fuhr ein Windstoß über den Platz und lenkte den Ball ins Kreuzeck, eine Stelle, die der Tormann an seinen besten Tagen mit seinen höchsten Sprüngen nicht erreichte.

Im folgenden Entsetzenstaumel verschwand Karl Ömperdinger. Sein Nachbar berichtete, daß er genau gesehen habe, wie Ömperdinger den Mund gespitzt und den Ball ins Tor geblasen hatte.

4.24.

Eines Tages erschien in der örtlichen Filiale der Raiffeisenkasse eine große Gestalt, sie war in einen schwarzen Mantel gehüllt und trug eine rote Gesichtsmaske. Der Fremde hielt eine Pistole in der Hand, warf einen Sack über die Glasscheibe vor der Kassa und bedrohte wortlos die Angestellten. Das eingeschüchterte Fräulein packte Geldbündel in den Sack und reichte ihn dem Räuber, dabei drückte sie geschickt den Knopf der Alarmanlage, die drei Häuser weiter im Gendarmerieposten ein Signal gab. Die Gestalt ging mit dem Sack in der Hand langsam rückwärts, wankte mehrmals und die beiden Angestellten hatten den Eindruck, daß der Räuber betrunken sein mußte. Als er bei der Tür angelangt war, standen draußen bereits die zwei Gendarmen mit gezückten Dienstwaffen.

Mit offenen Mündern starrten sie auf die schwarze Gestalt, die in sich zusammenfiel und unter dem auf dem Boden liegenden schwarzen Mantel huschte ein Schar schwarzer, etwa faustgroßer Tiere mit roten Nagezähnen hervor. Sie stoben in alle Richtungen auseinander und ließen alles zurück. Einer der Gendarmen erkannte die Tiere. Als Ömperdinger von der Sache erfuhr, meinte er, daß die putzigen Tiere anscheinend zuviele Kriminalfilme im Fernsehen gesehen hätten.

4.25.

Eines Tages rief Ömperdinger in der Station des Roten Kreuzes an und meinte, daß man sich bereithalten solle, in zwei Stunden würde man um den Abtransport eines Verletzten bitten.

Tatsächlich kam ein Anruf aus dem Gemeindeamt, ein Gemeinderat wäre auf dem regennassen Asphalt ausgerutscht und wäre dabei so unglücklich gestürzt, das er sich den Arm gebrochen habe.

Am Abend traf der Rettungsmann Ömperdinger bei seinem Abendspaziergang auf den Haubenstock. Er lud ihn zu einem Glas Bier ein und befragte ihn, woher er vom Unfall gewußte habe. Darauf soll Ömperdinger geantwortet haben:

**“Ich habe jemand stürzen gesehen und kurz darauf kam der Rettungswagen. Doch ich bitte darum, das nicht als**

übersinnliche Begabung zu verstehen. Es gibt Tage, an denen fällt das Licht in die Zukunft. Dazu muß man wissen, daß Licht und Zeit eng zusammenhängen, sie besitzen die gleiche Qualität. Beide fließen, es gibt einen Strom von Licht und Zeit. Beides wirkt erhellend.

Jeder weiß, daß Licht leuchtet. Das Erhellende an der Zeit wird ebenfalls benutzt, doch das ist niemandem bewußt. Nehmen wir ein Geräusch vor dem Haus. Der im Haus Sitzende will wissen, woher das Geräusch stammt, er steht auf, geht hinaus und sieht den Nachbarn mit dem neuen Rasenmäher. Um zu diesem Wissen zu kommen, mußte Zeit vergehen. Oder: Der Sohn des Bauern kommt weinend nach Hause. Die Ursache dafür, nämlich daß er gestolpert ist und sich die Rippen angeschlagen hat, erfährt er erst nach der Erzählung des Kindes.

Zurück zum Licht: Jeder weiß, daß direkte Sonnenbestrahlung blendet und die Farben verschwimmen läßt. Ist die Luft klar und steht die Sonne nicht zu hoch, fällt also das Licht schräg ein, sieht man Farben und Konturen deutlich. Es gibt unterschiedliche Lichtintensitäten, manche lassen viel erscheinen, andere verschleiern. Das gleiche gilt für die Zeit, was bekannt ist, aber kaum beachtet wird. Liegt etwas lange zurück, verschwimmt das Bild in der Erinnerung, kann man Ereignisse der nächsten Minuten noch abschätzen, also vorhersehen, so hat man über Ereignisse des folgenden Tages nur mehr selten treffende Vermutungen.

Schließlich gilt noch ein Drittes: Die Geschwindigkeit der Erfassung ist unterschiedlich. In der Dämmerung erkennt man manches erst, wenn man lange genug hinstarrt, mag sich das Licht auch mit konstanter Geschwindigkeit bewegen, die Wahrnehmung ist unterschiedlich. Hier sieht man deutlich den Zusammenhang zwischen Zeit und Licht: Die Licht selber bedarf manchmal längerer Beobachtung. Vom Hören kennt man, daß manchmal jemand etwas halblaut sagt, man versteht es nicht, fragt nach, doch schon in diesem

Augenblick steht der ganze Satz im Ohr. Das ist ein anderes Phänomen als beim Sehen: Der Gegenstand in der Dämmerung ist immer vorhanden, der Satz in der Luft ist lange verklungen und trotzdem hört man ihn.

Während klare Luft das Sehen klarer werden läßt, verändern trübe Tage und die Dunkelheit die Wahrnehmungsbreite im Fluß der Zeit. Die Zeit erscheint dann so klar, daß man mehr als den Zeitpunkt erkennt, der "Jetzt" genannt wird. Jeder sieht in der Nacht gleichzeitig zwei oder mehr Minuten in die Vergangenheit und in die Zukunft, nur schlafen zu dieser Zeit die meisten. Die Sichtbreite ist der Anlaß für Träume, in denen eine Beeinflussung der Abläufe möglich ist. Ich habe mich lange mit der Zeit beschäftigt und meine Sinne in dieser Richtung geschärft, an Tagen mit günstigen Zeitverhältnissen sehe ich ein Stück Vergangenheit und Zukunft gleichzeitig wie übereinandergelegte Klarsichtfolien, auf denen ein Text steht. Dabei überdecken einander die Bilder und ein Erkennen wird schwierig. Fällt aber das Licht auf ein weiter hinten liegendes Blatt, so leuchtet es durch die davor liegenden Folien und man sieht einen Punkt in der Zukunft so klar wie einem ein Bild aus kurzer Vergangenheit im Kopf steht.

Unsere Schwierigkeit im Erkennen der Zukunft ist neben der Überlagerung der Bilder, daß wir aus dem Jetzt Schlüsse in die Zukunft ziehen. Drückt einer auf einen Lichtschalter, so weiß er, daß das Licht den Raum erhellen wird. Beobachtet einer einen Wagen, der auf einer Schneefahrbahn zu schnell unterwegs ist, schließt er, daß der Wagen schleudern wird. Das Weiterschließen in die Zukunft, das Weiterdenken der Kausalkettem, spiegelt einem vor, daß man sich etwas ausgedacht hat, was man in Wirklichkeit gesehen hast. Man erkennt es nicht als reales Bild.

Die Sache ist sehr einfach, man muß nur üben, die Schlüsse in die Zukunft zu unterlassen."

So sehr der Rettungsfahrer auch übte, er hatte nur einmal das Gefühl, etwas Zukünftiges zu sehen.

4.26.

Anfang der 70er entdeckte irgendjemand, daß Ömperdinger keinen Hausmüll abtransportieren ließ. So lud man ihn unter Androhung einer Zwangsstrafe zur Klärung des Sachverhalts vor.

Der zuständige Gemeinderat befragte ihn unfreundlich, Ömperdinger erklärte, daß bei ihm kein Müll anfalle. Er gebe Küchenabfälle auf den Komposthaufen, Papier verbrenne er, andere Materialen kaufe er nicht. Daraufhin hielt der Gemeinderat aus der Edersippe eine lange Rede darüber, daß gerade heute in der Abfallbeseitigung alle zusammenhalten müßten, es gehe nicht an, daß sich einer aus der Gemeinschaft entferne und die Kosten der Abfallbeseitigung nicht mitzutragen bereit wäre. Der Einwurf Ömperdingers, daß in dem Fall, wo sich alle wie er verhalten würden, der Gemeinde auch kein Budgetpunkt "Abfallbeseitigung" entstehen würde, wollte er nicht hören. Er meinte zur Verabschiedung: "Wo kämen wir hin, wenn alle wie sie wären!"

Wenig später fuhr der Müllwagen zum Haus Ömperdingers, stellte einen neuen Mistkübel davor, der Briefträger brachte die Rechnung und eine Gebührenvorauszahlungsaufforderung. Bei der nächsten Gemeinderatssitzung schleppte Ömperdinger den unbenutzten Mistkübel in den Sitzungssaal, auf dem Deckel klebte der hier zitierte Brief:

**"Lieber Gemeinderat!**

**Der unschöne Müllbehälter gilt als nicht angenommen, er bleibt Ihnen zur weiteren freien Verwendung. Da es widersinnig ist, von jemand, der, wie ich dem zuständigen Ge-**

**meinderat bereits mündlich erklärt habe, keinen Müll anfallen läßt, eine Gebühr für den nicht zu beseitigenden Müll zu verlangen, fordere ich Sie auf, von einer weiteren Forderung Abstand zu nehmen.**

**Da Sie das nicht beeindrucken wird, bitte ich Sie, bevor Sie den nächsten Zahlschein mit Mahnung in ein an mich adressiertes Kuvert stecken, folgendes zu bedenken:**

**Sie erwartet eine Klage wegen nicht erbrachter Leistung. In dem von Ihnen aufgestellten Müllbehälter wird sich nie etwas befinden. Nach dem Entleeren müßte ich nicht nichts, sondern gar nichts vorfinden, was herzustellen die Firma O.Eder, die das Müllentsorgungsunternehmen betreibt, nicht in der Lage ist.**

**Mir ist klar, daß durch mein gemeinschaftsschädigendes Verhalten die Familiengemeinschaft O. Eder um die Gewinnspanne geschädigt wird. Sollte durch einen plötzlichen Ausfall der Müllproduktion im Ort die Familie an den Bettelstab gebracht werden, bin ich der erste, der den Betrag direkt als Spende überweist.**

**Weiters gebe ich zu bedenken, daß der Zufahrtsweg zu meinem Haus mehrmals im Jahr verschüttet ist. Ich empfehle daher bei hartnäckigem Aufstellungswillen von ihrer Seite, den Kübel am Eingang der Schlucht zu postieren, etwa dort, wo die Gemeinderäte Xaver Eder und Gerhard Ömerlinger so gerne ihre alten Autoreifen vergessen.**

**Hochachtungsvoll**

**Karl Ömperdinger**

4.27.

1974 kam es zu einer Untersuchung der Landeselektrizitätsgesellschaft im Hause Ömperdingers. Anlaß war, daß er seit drei

Jahren keinen Strom mehr verbraucht hatte. Es bestand der Verdacht einer Umgehung des Stromzählers.

Ohne Ankündigung erschienen zwei Fachleute, die erklärten, sie müßten die Leitungen überprüfen. Dabei ließen sie Ömperdinger nicht zu Wort kommen und begannen mit der Untersuchung. Das Ergebnis war, daß die Lichter brannten, obwohl kein Strom durch den funktionierenden Zähler floß. Ömperdinger gab den Hinweis, daß sie doch die Leitung zum Haus unterbrechen sollten, als sie das taten, erloschen die Glühbirnen nicht, auch eine Stromabschaltung in der Gemeinde ließ sie nicht ausgehen.

Ömperdinger meldete den Stromanschluß ab, die Männer kappten die Leitung und nahmen den Zähler mit, man blieb aber mißtrauisch. Es stellte sich heraus, daß er auch keine Leitung angezapft haben konnte, die außerhalb der Gemeindeschaltzentrale gelegen war. Nachforschungen ergaben, daß er keinen Generator betrieb und durch vorsichtiges Fragen versuchte man ihm sein Geheimnis zu entlocken. Schließlich bat ihn der technische Leiter zu einem Gesprächstermin und der bis dahin schweigsame Karl Ömperdinger erschien zu seiner Überraschung. Er erklärte, daß ihn bisher noch nie jemand direkt gefragt habe, die Besucher hätten nur umständlich herumgeredet. Er habe sich auf ihre Ebene begeben, sie aber hätten das nicht verstanden.

Der Mann entschuldigte sich dafür, atmete erleichtert auf und fragte deutlich: “Herr Ömperdinger, wie bringen sie die Lampen in ihrem Haus zum Leuchten?”

Ömperdinger schlug ein Experiment vor. Er ließ die Hauptsicherung abschalten, berührte den Lichtschalter und sofort brannte die Glühbirne. Dazu sprach er so deutlich wie der technische Leiter:

**“Auch zu Hause drehe ich einfach das Licht auf.”**

Der Techniker hielt das für einen Scherz, eine Sprachspielerei auf eine unpräzis gestellte Frage und meinte lachend, daß er natürlich den Schalter berühre. “Wie aber kommt Strom in die Leitung, wenn die Stromzufuhr unterbrochen ist?” Ömperdinger antwortete, daß er das nicht wisse, ja er denke, daß kein Strom in der Leitung wäre.

Der Techniker ließ sich ein Meßgerät bringen, schraubte die Glühbirne heraus, Ömperdinger berührte den Lichtschalter und das Gerät zeigte keinen Stromfluß an. Als der Mann die Glühbirne wieder einschraubte, brannte sie. Immer wieder betätigte er den Lichtschalter und es war immer das Gleiche: Es war kein Strom in der Leitung, die Sicherung war abgeschaltet, die Lampe leuchtete. Als Ömperdinger den Mann ratlos dasitzen sah, lüftete er das Geheimnis:

**“Sehen sie einen Zusammenhang zwischen Licht und Strom?”**

Der Techniker stutzte, überlegte und bestätigte dann, daß Elektrizität nur eine von vielen Möglichkeiten war, um einen Stoff zum Leuchten zu bringen.

**“Wie und warum bei mir Licht erscheint, kann ich ihnen auch nicht erklären. Die Waschmaschine läuft nicht, da sie einen Elektromotor enthält und direkt mit Strom zu tun hat. Ich biete ihnen aber eine Möglichkeit an:**

**Wir sind gewohnt, daß das Betätigen des Lichtschalters die Lampe zum Glühen bringt. Keiner denkt an fließende Elektronen und hohen Widerstand in einem dünnen Metallfaden, der durch die Reibung zu glühen beginnt, keiner wundert sich, daß es hell wird. Jeder aber wundert sich, wenn es nicht hell wird.**

**Die Versuche, mich zu erinnern, lassen ein Ereignis dumpf in mir auftauchen. Eines Abends drehte ich das Licht auf. Es war vermutlich gerade eine Störung und kein Strom in der Leitung. Ich spazierte im Raum auf und ab. Dumpf glaube ich mich erinnern zu können. daß kein Licht war, für einen**

**Moment hatte ich das Gefühl, als wäre das Licht von der Lampe von anderer Qualität, ein damals unbedeutender und nicht weiter verfolgter Gedanke. Ich habe mich nicht weiter gewundert, die Sache nicht ernst genommen. Ich kann auch sagen: Ich tat so, als brenne Licht. Normalerweise werden die Menschen unruhig, laufen zum Sicherungskasten, blicken aus dem Fenster, ob die Straßenbeleuchtung ausgefallen ist oder ob der Fehler im Haus liegt. Allgemein gilt, daß man den Schalter betätigt und aus Erfahrung weiß man, daß nun das Licht aufleuchten wird. Die oft gemachte Erfahrung, daß es eine Kette von Zusammenhängen gibt, etwa Schalter-Stromfluß-Leuchten, läßt einen denken, daß irgendetwas in der Kette schadhaft ist. Niemand trennt zwischen Schalter und Licht, das nur aus Gewohnheit, denn der Auslöser könnte auch andere Gestalt haben. Jeder denkt, daß zwischen Licht und Schalter ein Zusammenhang besteht, daß der Schalter ursächlich mit dem Licht zu tun hat, die beiden verschmelzen zu einer Einheit, obwohl sie keine sind.**

**Mir scheint, daß das Licht weiß, daß es mich nicht beeindrucken kann, wenn es nicht leuchtet. Somit beginnt die Lampe zu glühen, wie sie es selber gelernt hat: Sie sieht mich den Schalter betätigen, spürt den Reiz und leuchtet."**

4.28.

Eines Tages raffte man sich in der Gemeinde zum Bau einer Kläranlage auf. Ömperdinger konnte zwar den Standort oberhalb seines Hauses akzeptieren, doch die Pläne sahen vor, daß das geklärte Wasser ins Bächlein geführt werden sollte. Er bat darum, das Abwasser zum Fluß zu leiten, das jedoch war dem Gemeinderat zu teuer. Auf Grund der Jauche habe das Wasser im Bächlein ohnehin keine Trinkwasserqualität, er solle sein Haus ans örtliche Trinkwassernetz anschließen lassen. Weitere Beschwerden Ömperdingers wies man ab.

Am Tag der Eröffnung der Kläranlage standen die Gemeinderäte, der Pfarrer und der Bürgermeister im kleinen Häuschen mit den Bedienungselementen. Langsam stieg im Becken das Abwasser und der Bürgermeister las ein letztes Mal auf dem Zettel, welchen Schalter er in welche Richtung drehen mußte, damit der große Quirl sich zu drehen begann, Luft einarbeitete und den zersetzenden Bakterien das Leben leichter gemacht wurde. Dann hielt er eine kurze Rede, launig und ernst zugleich, sie war vom Gemeindesekretär aufgesetzt worden, einem Mann mit Humor, der statt des üblichen Bandes Klopapier vor den Schalterkasten gespannt hatte.

Der Bürgermeister schnitt das Papier durch und drehte den Schalter. Der Quirl bewegte sich nicht. Dafür hörten die Anwesenden ein gurgelndes Geräusch, ähnlich dem, wenn das letzte Badewasser durch den Abfluß rinnt. Das Becken der Kläranlage war leer, ein breiter Riß hatte mit einem Schlag das trübe Wasser verschwinden lassen.

Die Baufirma verschloß das auf unerklärliche Weise entstandene Loch und die Anlage wurde ohne Eröffnung in Betrieb genommen. Wohin das Wasser verschwindet, weiß bis heute niemand. Es fließt zwar in die Röhre, erreicht aber nie das Ende im Bächlein. Ömperdinger soll dazu eine Erklärung angeboten haben: Er glaube, daß das Wasser im Dunkel der Röhre sein Ziel aus den Augen verliere und sich einfach verirre.

4.29

Als am 24.Dezember 1976 alle um die Weihnachtsbäume standen oder beim Essen saßen, löste Karl Ömperdinger beim Zeughaus Alarm aus. Es dauerte länger als sonst, bis alle eingetroffen waren, Ömperdinger erklärte, bei welchem Bauern es brannte, dann raste der Wagen los. Als die Feuerwehr am Hof ankam, war alles friedlich, die Bauersleute waren verwundert und nicht die geringste Spur eines Feuers war zu finden.

Das war eine Gelegenheit, Ömperdinger endlich eins auszuwischen, mit der Brandmeldung hatte er etwas Strafbares getan. Die Männer stiegen gerade aus dem Löschwagen, als das Telefon im Zeughaus läutete und sich der Bauer entsetzt meldete. Soeben schlugen die ersten Flammen aus dem Dach des neuerbauten Stadels.

Zu den Löscharbeiten wurden im Lauf der Nacht noch weitere acht Löschzüge aus den umliegenden Gemeinden gerufen, das Abbrennen der Scheune konnte nicht verhindert werden, Ställe und das Wohngebäude bewahrte die Feuerwehr vor einem Übergreifen des Brandes.

Ömperdinger war verdächtig, da er im Befragen erzählte, er habe beim Spaziergang durch den Ort eine Sternschnuppe gesehen, die über der Schucht ins Flache flog, dann war der glühende Brocken in die Scheune gekracht. Ein Lokalaugenschein aber ergab, daß er die Scheune vom Ort aus nicht gesehen haben konnte.

Dann präsentierte Ömperdinger eine neue Geschichte: Er gab zu, den Einschlag nicht gesehen zu haben, erklärte aber, daß er es einfach gewußt habe, welchen Hof der Meteorit treffen würde.

Als ihm der Gendarm mit einer Anzeige drohte, erzählte er eine dritte Variante, auf der er beharrte: Auf dem Weg durch den Ort hatte neben ihm ein großer Wagen mit arabischem Kennzeichen gehalten, ein dunkelhaariger Mann hatte das Fenster geöffnet und in gebrochenem Deutsch erklärt, wo es brenne. Dann war er davongebraust und um ein Haar gegen eine Hauswand geprallt. Im Fond des Wagens hatte er eine Frau mit einem sehr kleinen Kind, wahrscheinlich einem Neugeborenen gesehen, auffällig waren auch zwei große Stofftiere links und rechts, eines davon sicher ein Esel.

Das glaubte man ihm erst recht nicht. Ömperdinger versuchte, die Geschichte zu beweisen. Im Schnee vor jener Hauswand fand er eine Reifenspur, die auffällig war. Jemand hatte in abgefahrene Reifen mit einem Messer ein neues Profil geschnitten, das charakteristisch unregelmäßig war. Mit einer Zeichnung des Profils fuhren Ömperdinger und der Gendarm zum Brandplatz. Alles war von den Löscharbeiten zerwühlt, nach zwei Stunden fand sich hinter der Scheune tatsächlich die gleiche Spur.

Nun war der Verdacht von ihm genommen, ein wenig davon blieb an ihm aber haften, da er immer von Dunkelhäutigen besucht wurde und der Brandstifter einer von ihnen gewesen sein konnte.

4.30.

Der Setzer des Buchs, Herr Ömerdinger, legte der Druckfahne, die ich zur Korrektur erhielt, einen Brief bei, der nicht nur die Geschichte von Melitta Angsen enthielt, sondern auch ein ihm über Ömperdinger erzähltes Gerücht.

Ich nehme die Geschichte nachträglich in die Arbeit auf, möge der Leser den leicht zu ziehenden Schluß ziehen, der in Kapitel Fünf gehören würde.

In den 70ern ging einer der Waldbesitzer des Forstes auf dem Haubenstock hinauf, um die Schlägerungen für den Winter zu planen. Er fand Ömperdinger auf seinem Lieblingsplatz in der Quelle sitzen, wurde von ihm gefragt, ob er eine soeben erfundene Geschichte hören wollte, was er bejahte. Ömperdinger soll das erzählt haben:

**“Es war einmal ein Mann, der besaß zwei Bücher. Sie stammten vom gleichen Autor, waren im gleichen Verlag in gleicher Ausstattung und gleichem Umfang erschienen.**

**Der Mann hielt beide Bücher für die bedeutendsten der Welt, er konnte sich in beiden finden, beide berührten ihn. Auf Unfaßbare und für ihn nicht durchschaubare Art zeig-**

**ten sie ihm gleichzeitig, wie er seine Schwierigkeiten lösen konnte. Mit jedem Studium sah er das Tor deutlicher.**

**So kam es, daß die Bände bald völlig zerlesen waren und nur aus losen Blättern bestanden. Er wollte sie neu binden lassen oder überhaupt neue Bücher kaufen, doch es kam immer wieder etwas dazwischen und so las er in den alten Exemplaren.**

**Eines Tages kam Besuch. Die Kinder der Bekannten gerieten auch in sein Schlafzimmer und spielten mit den Büchern. Als die Familie ging, fand der Mann einen Haufen loser Zettel. Er ordnete sie nach den Nummern der Seiten und überprüfte, ob er die Arbeiten nicht mische. Am Abend las er wieder und es stellte sich heraus, daß die Bücher doch vermischt waren. Sie waren so geschrieben, daß der abgebrochene Satz am Ende eines Blattes in beiden Büchern sinnvoll weitergelesen werden konnte. Mit immer größerem Erstaunen las er zwei neue Bücher. Sie waren durch das Mischen entstanden, berührten ihn aber wie die Ursprünglichen, ja sie zeigten ihm auf den ersten Blick die Lösung seiner Lebensprobleme.**

**Von diesem Abend an mischte er die Blätter immer wieder und bekam jedes Mal neue Geschichten, die während des Lesens rund und ganz waren."**

4.31

Im Sommer 1979 ereignete sich etwas, das mir der Mesner in seiner letzten Stunde am Sterbebett liegend erzählte:

Am 5. Juli stürzte eine alte Frau aufgeregt in den Pfarrhof und zerrte den Pfarrer auf den Friedhof. Sie redete wirres Zeug, als der Pfarrer vor den Gräbern von Karl Ömperdinger, Gerhard Hartner und Gottfried Hartner stand, war er selber verwirrt. Über Nacht waren aus den drei Gräbern runde Hügel geworden, am Fuß der Hügel gab es viele Löcher, aus denen faustgroße, schwarze Nagetiere mit roten Zähnen kamen. Sie hatten Ähnlichkeit mit Meerschweinchen und blickten mit klugen Augen in die Welt. Als er eines fangen wollte, um es zu untersuchen und wegzutragen, verschwanden alle blitzschnell im Bau. Er, der Totengräber und der Pfarrer versuchten sie durch giftige Köder loszuwerden, doch es half nicht. So grub der Totengräber die Hügel ab und verfolgte die Gänge bis zu den Särgen. Als er sie öffnete, fand er darin die Nester der Tiere, von den Toten war keine Spur zu sehen, weder Kleider noch Knochen.

Vor Schreck bekreuzigten sie sich an den offenen Gräbern. In diesem Augenblick raste die Herde davon. Die Tiere schossen zu Tausenden auf den Kirchplatz, wo sie sich in alle Richtungen zerstreuten. Manche verschwanden im Gemeindeamt, manche beim Kaufmann, in jedes Haus im Ort rannten ein paar, bis weit hinauf zum Waldrand des Haubenstocks und hinaus ins Land. Keines wurde von diesem Tag an gesehen.

Schließlich sagte der Mesner wörtlich:

"Und so hat Ömperdinger mit seiner Rede recht gehabt. Kaum ein Jahr nach seinem Tod kehrte das Böse, das er aufgenommen und bewahrt hatte, das ihn selber zu einer teufelsähnlichen Gestalt hatte werden lassen, zu den Menschen zurück."

Teil Fünf (5)

# Sein Wesen

## Zusammenfassung
## Schlüsse aus den Teilen Eins bis Vier (1-4)

# Einführung

Im fünften Teil liegt das Ziel der Arbeit vor Ihnen: Die Schlüsse auf sein Wesen.

Aus der Zusammenschau der Teile Eins bis Vier ergibt sich ein Bild, nun versuche ich die Beweisführung mit vielen Bezügen zum bisher Erwähnten.

Ich verweise nochmals darauf, daß Karl Ömperdinger eine Gestalt der Sage ist und ich mich für diesen wissenschaftlichen Teil so weit wie möglich an die überprüfbaren Tatsachen halte.

## 5.1. Zusammenfassung der Einflüsse auf Karl Ömperdinger

### 5.1.1.

Hat ein Mensch ein bestimmtes Lebensalter erreicht, nennt man ihn "Persönlichkeit". Man nimmt an, daß er ein bestimmtes Wesen eindeutig zeigt. Die Ursachen dafür liegen in der Entwicklung und in prägenden Einflüssen.

Da gab es den Vater, den traurigen und lustigen Gemeindesekretär, seine Nähe zu Kirche und Pfarrer, seine fallweise launische Art und seinen Spott. Vor allem den Spott an der Kirche hat Karl Ömperdinger übernommen. Die Kehrseite war ein Zugang zu den Dingen um uns, der nicht in den allgemein anerkannten Bahnen verlief. Er hatte keinen Respekt vor menschlichen Autoritäten wie vor allgemein gültigen Gedankengängen oder Naturgesetzen.

Weil er die Grundlagen in Frage stellte, war er eine Art "ländlicher Philosoph".

Von seiner Mutter hat er wohl die stille Art und die trotz aller Zweifel vorhandene Frömmigkeit übernommen, eine vielleicht tiefere Frömmigkeit, als man sie bei "normalen" Christen findet.

Quellen der Schlüsse in: 3.3.1. / 3.3.2. / 3.5. / 4.2. / 4.6. / 4.15. / 4.16. / 4.22. / 4.25./ 4.27.

### 5.1.2.

Das kluge und intelligente Kind dürfte eher unter dem Einfluß des Vaters gestanden sein, was ihn zu einem frechen und gleichaltrige beeindruckenden Jungen machte, so wurde er auch zum Anführer der Schluchtenbande.

Als er im Sommer 1933 die Alkoholkrankheit seines Vaters erfaßte, hat ihn das getroffen und er verließ auf seine Art den vom Vater begangenen Weg. In der Folge orientierte er sich mehr an der Mutter, wurde ernst und still. Es war der Verlust einer geliebten Person durch den Akt des Erkennens. Vielleicht hat ihn das von einer Heirat abgehalten, er mag Angst gehabt haben, zu einem Zeitpunkt, an dem eine Trennung schmerzhaft, wenn nicht unmöglich ist, das wahre Wesen eines geliebten Menschen erkennen zu müssen.

Quellen der Schlüsse in: Teil Drei, 1957 / 4.1. / 4.2. / 4.3. / 4.9.

## 5.1.3.

Mit seinem Auszug aus der Schlucht und dem Leben im Stiftsgymnasium war er religiösen Einflüssen ausgesetzt. Sie erreichten ihn in der Pubertät und haben ihn ebenfalls geprägt. Leider ist darüber und über sein Leben während der Kriegsjahre nichts bekannt. Eine Rekonstruktion der zweifellos bemerkenswerten Begegnungen dieser Zeit war mir leider nicht möglich.

## 5.1.4.

Wie im ersten Teil beschrieben, hat der einzigartige Platz in der Schlucht auf ihn gewirkt. Dort verbrachte er den größten Teil seines Lebens, er verließ ihn auch nicht, als dadurch die geplante Ehe scheitern mochte.

Man muß davon ausgehen, daß Ömperdinger das Büchlein des Urahns gekannt hat und gelesen hat. Ob er den Gang und die unterirdische Höhle gefunden hat, ob es beide gibt oder ob die Geschichte von Leben und Tod nur eine Parabel ist, sei dahingestellt. Zumindest mit der Beschreibung des Orts hat sich Karl Ömperdinger auseinandergesetzt. Wenn man die Grabung nach den Gängen der schwarzen Nagetiere beachtetet, läßt das eher den Schluß zu, daß es die Höhle nicht gibt, sie hätte dabei gefunden werden müssen.

Die Themen Ömperdingers waren Feuer, Licht, Wasser, Leben und Tod. Diese Wahl mag mit dem Haus zusammenhängen, vielleicht kam er bei seinen Überlegungen sogar zu brauchbaren Ergebnissen.

Quellen der Schlüsse in: Teil Eins / 4.5. / 4.6. / 4.9. / 4.10. / 4.22. / 4.24. / 4.25 / 4.27.

### 5.1.5.

Manches mag Ömperdinger durch seine Herkunft und durch seinen besonderen Stammbaum angeboren gewesen sein.

Quelle des Schlusses: Einleitung Teil Drei

## 5.2. Der erwachsene Karl Ömperdinger

In unanzweifelbaren Berichten erscheint er als stiller und zurückgezogener Mensch. Er arbeitete daheim und pflegte wenig Kontakte. Vermutlich lebte die Firma der Brüder Hartner von seinen Ideen, vielleicht auch von seiner Erfindung, eine Sache, die er nie an die große Glocke hängte. So kann man ihn als bescheiden bezeichnen.

Seine Erscheinung war gebückt, mit schlurfendem Gang. Nur in wenigen Fällen war er entschlossen, scharf und bestimmt. Er wußte genau, was er wollte.

Ömperdinger hatte gute Sinne und nahm feine Dinge wahr. Gelacht hat er nie oder höchst selten, vielleicht hatte er Humor. In der Öffentlichkeit trat er jedoch immer ernst auf.

Sein Versuch, Anschluß an die Feuerwehr zu bekommen, stand sicher in Zusammenhang mit seinem Interesse am Feuer, doch mag er es auch getan haben, um nicht vollends ausgeschlossen zu sein.

Was seine Tätigkeit als Totengräber angeht, können ähnliche Schlüsse gezogen werden. Natürlich beschäftigte er sich mit dem Tod, doch deshalb mußte er nicht Totengräber werden. Die Arbeit hatte die Bedeutung eines Dienstes an der Gemeinschaft, während dessen er aber seine Freiheit beibehalten konnte. Zweifellos wollte er nicht durch Einbindung in die lokalen Strukturen eingeengt werden. Keiner teilte seine Kritik an den alten Werten, so war sein Schicksal das eines Sehenden unter Blinden. Weil er mehr sah, war er keiner von ihnen.

Der alternde Ömperdinger hat diese Rolle für sich verklärt. Die Rede zeigt, daß er sich als Diener verstand. Das war ein Versuch, die Rolle des teufelsähnlichen Menschen umzukehren und seine Mitschuld in aktive Dienerschaft zu verwandeln. Sein Verhalten schloß ihn aus, er zeigte sich nicht und so entstanden zwangsläufig Gerüchte. Durch den Trick war er ein Bestandteil der Gemeinschaft, der Sündenbock ist vielleicht sogar der bedeutendste Bestandteil einer Gruppe. Gleichzeitig lenkte er so von mancher ungewöhnlicher Praxis ab.

Neben den ortsfremden Brüdern Hartner und der verzogenen Sabine Ömperlinger hatte er im Ort nur zwei Freunde, Otto Ömperdinger und Josef Ömerlinger. Welche Rolle den mehrmals erwähnten Dunkelhäutigen zukommt, ist unklar, sie können auch eine Erfindung der Gerüchtemacher sein.

Im Lauf der Jahre änderte sich seine kritische Haltung zur Kirche. Die Geschichte mit der Bibelrunde besagt, daß er sich zögernd näherte. Er mag religiös gewesen sein, auch wenn er mit den Katholiken im Ort keinen Kontakt hatte.

Quellen der Schlüsse in: Teil Zwei / 3.5., 1968/73/77 / 4.5. / 4.7. / 4.10. / 4.13. / 4.15. / 4.16. / 4.19. / 4.20. / 4.22. / 4.26.

## 5.3. Auffälliges

### 5.3.1.

Ich gehe nicht näher auf die ihm unterstellten übersinnlichen Fähigkeiten ein. Abgesehen davon, daß sie nur gerüchteweise überliefert sind, versucht das Kapitel zu beweisen, daß sie für

Ömperdinger nicht notwendig waren. Die Menschen der Gegend zeigen heute noch manchmal das Gesicht mittelalterlichen Heidentums, vielerorts glaubt man an Geister, was die Richtung der Gerüchte bestimmt hat.

Zweifellos hat sich Karl Ömperdinger mit Absurdem auseinandergesetzt, doch die faustische Gestalt, die durch einen Pakt mit dem Teufel in der Lage war, eine patentgeschützte Erfindung zu machen, die durch unterirdische Fähigkeiten ein angenehmes Leben bis zum folgerichtigen tragischen Unfall genoß, lebt nur im Reich der Sage. All das waren Fehldeutungen der bemerkenswerten Eigenschaft Ömperdingers.

## 5.3.2.

In seinem Leben gibt es erstaunliche Brüche, die er inszeniert hat.

Wenn man den Berichten glaubt, gab es bereits vor der gemeinsamen Urlaubsreise Streit mit seiner Verlobten. Sie konnte sein Mißtrauen beseitigen, die Lösung des Wohnproblems gelang und sie kehrten glücklich zurück. Es gab den festen Entschluß zur Heirat.

Zur Überraschung der Verlobten sprach er wenige Tage vor dem Hochzeitstermin von Unzufriedenheit, ja Unglück. Wie er die ihn gefangen haltende Lebensmitte aufzuspüren gedachte, ist unklar.

Es gibt drei Möglichkeiten, warum er nicht zur Hochzeit kam:

1. Ihm gelang die Lösung des Problems nicht und er kehrte nicht zurück, um nicht durch seine eigene unglückliche Lebensführung aus der Ehe eine unglückliche Beziehung zu machen.

2. Der Ausbruch gelang und die freigewordene Energie ließ ihm die Hochzeit sinnlos erscheinen.

3. Die Geschichte war ein Vorwand.

Die 3. Möglichkeit schließe ich aus. Er war nie feig, das in der Erzählung beleuchtete Problem dürfte ihn ehrlich belastet haben.

Gegen die 2. Möglichkeit spricht, daß er auch in seinem weiteren Leben nicht mehr Feuer zeigte.

So bleibt nur, daß er das Kügelchen nicht finden konnte. Warum er nicht zurückkehrte,ist unklar. Es mußte ihm klar sein, daß er eine in 36 Jahren erworbene Lebensart nicht mit einem Handstreich beseitigen konnte, auch hätte er die Suche als Ehemann weiterführen können. Tatsache ist, daß er heiraten wollte und nicht zur Hochzeit kam, obwohl alle Linien seines Lebens auf diesen Punkt zuliefen und er mit der Heirat vielleicht etwas getan hätte, das ihn aus der ungeliebten Lebensbahn hätte werfen können.

Auch sein Entschluß, Totengräber zu werden, ist bemerkenswert. Er sprang dadurch aus dem Klischeebild eines wohlhabenden Mannes, was ihm gleichgültig gewesen sein durfte. Er tat es, ohne sich um die Meinungen der Dorfbewohner zu kümmern.

Einer der größten Brüche war sein Rückzug aus der Firma. Er hätte zweifellos Urlaub nehmen und für längere Zeit verreisen können.

Auch hiefür finden sich keine Ursachen. Es gab weder Streit noch andere Schwierigkeiten, er plante keine neue Unternehmung, alles sprach von außen gesehen gegen diesen Schritt.

Quellen der Schlüsse in: 3.5.: 1957, 68 / 4.9. / 4.13.

5.4.

Der Schlüssel zum Phänomen Ömperdinger findet sich in der Untersuchung von drei Ereignissen:

5.4.1.

Es ist nicht von Bedeutung, ob die Geschichte mit den brennenden nassen Zündhölzern stimmt. In ihr findet sich jedoch eine wichtige Aussage:

Ömperdinger glaubte, daß die Grundlagen und Ausgangspunkte der Kausalketten falsch wären und daß nichts auf dem Ursache-Wirkungsprinzip basiert. Leider gibt es dazu nicht mehr Ausssagen. Er stellte also die als gesichert geltenden Naturgesetze in Frage.

Hier ist nicht von Bedeutung, welche er anzweifelt, es wird aber darauf hingewiesen, daß das gesamte Weltbild Ömperdingers im Gegensatz zur klassischen Wissenschaft steht. Er glaubte in der Geschichte, daß nicht in allen Fällen Wasser Feuer löschen konnte.

Quellen der Schlüsse in: 4.11. / 4.15.

5.4.2.

Ömperdinger meint, daß er die Zukunft nicht sieht, weil er in sie hinein Schlüsse zieht, sondern weil er sie tatsächlich sehen kann. Nach seiner Meinung verstellen sich die Menschen den Blick in die Zukunft durch die in sie geschlossenen eigenen Bilder.

Die Begebenheit mit dem Gemeinderat läßt darauf schließen, daß die Theorie für ihn Praxis war, er konnte tatsächlich Bilder der Zukunft erkennen.

Quellen zu den Schlüssen in: 1.10. / 4.25.

5.4.3.

Der Erzähler der Geschichte ist über jeden Zweifel erhaben, es handelt sich um den technischen Direktor der Landeselektrizitätsgesellschaft. Nochmals kurz die Fakten:

Ömperdinger "drehte das Licht auf". Er berührte also den Schalter und die Glühbirne erhellte den Raum, obwohl sie auf Grund des fehlenden Stromflusses nicht hätte leuchten dürfen.

Als Erklärung bietet Ömperdinger etwas auf den ersten Blick Absurdes an: Er tue einfach so, als leuchte das Licht. Das lasse der Lampe keinen Ausweg, sie müsse leuchten.

Wieder erwähnt er die Kausalkette: Das Betätigen des Lichtschalters bringt den Strom zum Fließen und die Lampe zum Glühen. Das habe jeder gelernt und oft erlebt. Durch seine Einstellung, er erwartete es nicht, zwang er die Lampe auf den von ihr erlernten Zusammenhang zwischen Schalter und Licht zu reagieren.

Ömperdinger nahm an, daß sich die Welt um uns, die Naturgesetze, an das von uns eingeführte System von Ursache und Wirkung, von Ereignis und Folgeereignis, gewöhnt hätte. Er akzeptierte das nicht und weil er nicht in Kausalketten lebte und handelte, mußte das Licht leuchten.

Quellen der Schlüsse in: 4.27.

## Der Schluß

**Ömperdinger war ein Mensch, der frei entscheiden konnte, ohne sich auf vorhergegangene Erfahrung stützen zu müssen, ohne sich durch vergangene Erfahrung blenden und in die Irre führen zu lassen, ohne sich durch Regeln und Normen bestimmen zu lassen.**

**Er war überlieferter Weise in der Lage, vom Zusammenhang zwischen Lichtschalter und Licht von der Glühbirne abzusehen, sodaß der Lampe nichts übrig blieb, als zu leuchten.**

**Dieser Kernsatz, das Ergebnis der Forschungen und der archäologischen Arbeit birgt den Schlüssel zum Leben Öm-**

**perdingers, erklärt seine Eigenschaften und manche vordergründige Ungereimtheit in seinen Taten und seinem Leben.**

**Überdies macht ihn diese Eigenschaft zu einem Menschen, wie es ihn kein zweites Mal auf der Erde gibt.**

Anhang Eins (1)

# Protokoll der Selbstgespräche

# Einführung

Ich hatte gerade mit dem Verlag Kontakt aufgenommen, als ich erfuhr, daß es einen Zwillingsbruder von Karl Ömperdinger geben soll. Warum ich die Spur in all den Jahren nicht entdeckt habe, ist mir rätselhaft.

Dieser Josef Ömperdinger lebt in der psychiatrischen Abteilung der Landesnervenklinik und gilt als unheilbar krank. Die Diagnose wurde mir nicht mitgeteilt, es ist aber nicht von großer Bedeutung, woran er leidet, zumal die Namen der Geisteskrankheiten Sammelbegriffe sind, die über die Krankheit des Einzelnen nichts aussagen.

Aus der Zusammenfassung der 18 Selbstgespräche in einem Gedächtnisprotokoll geht hervor, daß er enge Beziehung zu Karl Ömperdinger gehabt hat, weiters ist denkbar, daß er sich dermaßen in das Büchlein des Urahns eingelebt hat, daß er die Geschichte in dieser Richtung ausschmückte und langsam so in ihr aufging, daß sie zu einem Bestandteil seiner Person wurde. So verlor er den Blick für die Wirklichkeit und wurde ein Pflegefall.

Er spricht von Josef Ömerlinger und Otto Ömperdinger. Wären alle Ereignisse Erlebnisse von ihm und seinem Bruder, hätte er keinen Anlaß, die Namen zu ändern. Nach meiner Deutung kann aber auch er Otto und sein Bruder Karl der in der Erzählung Josef Genannte sein, das aber nur zum Teil, er hat wohl einiges vermischt.

Als ich ihn zum ersten Mal sah, glaubte ich allerdings, Karl Ömperdinger vor mir zu haben. Der leichte Buckel und der schlurfende Gang waren so charakteristisch, daß es sich um einen Zwillingsbruder handeln kann.

*Es war immer das Gleiche, 50, 52, 55. Er ging nicht und lag Otto in den Ohren. Selber hatte er Vorwände, der lächerlichste war der angeblich verstauchte Fuß.*

*Irgendwie schaffte er es doch, es war der 10.10. acht Uhr morgens, als Otto für die angeblich letzte Schau der Dinge mit ihm hinunterstieg.*

*Josef hatte höllische Angst, er hatte Angst vor dem Feuer, das ihn längst von innen auffraß, Angst vor dem schwarzen Feuer des Todes und Angst vor der Auflösung im Allwissen, dem Hineinverlieren, wie die Steine und das Gitter sich hineinverloren haben. Am schlimmsten war der Augenblick, in dem sich das Gedächtnis im Wissen verlor, innerhalb von Sekunden galt es die Grenze zu verlassen, um nicht selber verloren zu gehen. Sekunden entschieden, ob man Neues mitnahm oder ob sich ein Teil in der Unendlichkeit der Erde verlor.*

*Die Technik war einfach: Das Seil um Hüften und Brust, ein Ruck und der Zweite mußte ziehen, mit aller Kraft den Ersten aus dem Grenzloch ziehen. Das durfte nicht ruckartig geschehen. Es galt sanft und kräftig zu ziehen. Damals hatte Otto durch den Ruck das Gleichgewicht verloren, war gestürzt und er vergaß sein Geschlecht für 18 Jahre. Otto war selber ein Jahr lahm gewesen, seine Füße waren hängengeblieben, das schwarze Loch hatte sie mit seinem zähen Klammern nicht freigeben wollen und ein Schlurfen blieb ihm bis heute.*

*Dorthin zu gehen war verlockend und gefährlich, lag doch dort Allwissen, mit dem weit mehr anzufangen war als Heizungsanlagen zu verbessern.*

*Am 10.10., damals gab es die Konstruktion mit dem Sessel auf Rädern und die elektrische Seilwinde noch nicht, wagte sich Otto hinein, das Seil um Brust und Hüfte. Josef spannte es, er stemmte sich gegen den Felsbrocken und war bereit, beim geringsten Ruck zu ziehen. Es dauerte über fünf Minuten, bis all die Lebensrollen und Weltenhüllen verschwunden waren, sie waren zäh und fest und daran hatte selbst das schwarze Loch zu nagen, dann stürmte mit einem Schlag alles gleichzeitig in den Geist, kehrte um und nahm ihn mit hinein ins dunkle Erdenloch. So muß das Sterben sein, ein Augenblick des Allerkennens und dann geht man, weil ein Zurück wie ein Sprung in seichtes, eiskaltes Wasser ist, wo man hart am Grund aufschlägt und wie benebelt fortan durch die Welt taumelt, im Gegensatz zum Augenblick unklar und dumm. Nur der Rosenduft des Lebens vermag zu locken und nur er läßt den Grenzgänger taumeln, das Seil ruckt und der draußen muß ziehen.*

*Otto sollte im Punkt des Allwissens seine Konzentration auf den Elementeweg richten, auf den einen Punkt starren und aus ihm das Wissen um feurige Luft mitbringen, ein Wissen, das die Heizungstechnik in den Bereich von sagenhaften Nutzungsgraden gebracht hätte.*

*In kaum drei Sekunden ereignete sich das Übrige. Es waren an diesem Tag 6 Minuten und 12 Sekunden vergangen, wie die beim Sturz stehengebliebene Uhr zeigte, als der Ruck aus dem Zwischenreich kam, gefolgt von einem Zug, der Josef über den Stein riß und zu Otto zog. Er schleifte über den Boden, wehrte sich mit aller Kraft, er tat sein Bestes, doch die Überraschung machte ihn schwach und er geriet selbst ins Grenzreich, wo vor ihm Otto auftauchte. Der wirbelte um die eigene Achse und wickelte dabei das Seil auf. Dazu leuchtete er, er strahlte wie der grelle Scheinwerfer eines kreisenden Leuchtturmfeuers. Da prallte Josef gegen ihn, beide stürzten und Josef schleppte den Bewußtlosen hinaus.*

*Als Otto wieder zu sich kam, wußte er, daß er etwas vergessen hatte. Ein Teil war aufgesogen worden und steckte im Dunkel der Erde. Es handelte sich aber nicht um einen Teil des Gedächnisses, seine Erinnerung zeigte keine Lücken. Seine Bewegungen stimmten, er war wie zuvor, er spürte aber ein winziges Loch, das Bedeutung hatte. Er konnte das Fehlende nicht bestimmen, vielleicht würde er einen Teil der Träume nicht mehr träumen können.*

*Josef rannte davon. Ihn hatten wieder kalte Angstschauer gepackt, er wußte, daß er mit dem Grenzreich etwas in der Nähe hatte, dessen stabiler Zustand nicht gesichert war, jederzeit konnte etwas Unvorhersehbares geschehen, etwa eine Ausdehnung der Grenze. Von diesem Tag an versuchte er Otto nie mehr zu überreden, er verzichtete auf weiteres Wissen und weigerte sich sogar, den Strick noch einmal zu halten.*

*Otto begann den verlorenen Teil zu suchen. Er wußte, daß er ihm eines Tages abgehen würde, doch er wußte nicht, wonach er suchen sollte. Sein Teil lag in der Erde verborgen, das unterirdische Kugeltier hatte ihn verschlungen. Das Feuer des Tiers frißt alles. Was es nicht brauchen kann, kommt als Lava glühend zur Welt oder als Teufel, der läuft, bis er abgekühlt ist und nicht mehr laufen kann.*

*Damals zogen die Dunklen wieder durchs Land, jene, die auftauchen und sind und untertauchen und nicht sind, jene, die die Pfade der Vögel kennen und auf ihnen frei wie die Vögel ziehen. An ihren Rastplätzen lassen sie Himmel zurück, weil ihre Freiheit alles ansteckt. Kiesel nehmen sich die Freiheit, wie Gold und Edelstein zu werden, Würmer nehmen sich die Freiheit, wie schwarze Marder zu jagen, Bäume nehmen sich die Freiheit, im Winter auszuschlagen, Blumen nehmen sich die Freiheit, in den Farben von Luft, Wasser oder Feuer zu blühen.*

*Otto erzählte ihnen sein Leid und sie gingen, nahmen sich die Freiheit, wie Vögel davonzufliegen, ihr Glück zu bewahren, indem sie der ihr nachschleichenden, todbringenden Leidenskatze entflohen. "In der Erde, in der Erde!" , riefen sie im Flug.*

*So begann er zu graben. Er grub vor dem Haus acht Meter tief, mußte eine Stützmauer errichten, damit ihm der Bach nicht die Grube füllte. Dann grub er auf dem Friedhof. Dort mußte sich zumindest der Mechanismus zeigen, die Ausformung des entflohenen Teils, dort lagen die Toten und ihr Wesen mußte rings um sie in der Erde kondensiert liegen. Doch da er nicht wußte, wonach er suchen sollte, übersah er es. Nur ein Grenzreich vor einem der Schlünde des Kugeltiers war zu finden.*

*Josef begann, von schlechtem Gewissen getrieben, bei der Suche zu helfen. Er hoffte nun im Vergessen der Angst, bei der Gelegenheit sein verlorenes Geschlecht zurückzubekommen, das ihm nach den langen Jahren abzugehen begann. Er baute den fahrbaren Stuhl, ein Knopfdruck genügte, um zurückzukehren. Im Allwissen mußte auch zu erfahren sein, wo die verlorenen Teile zu suchen wären und wie man sie wieder an sich bringen konnte.*

*Beide wollten sich hineinwagen. Zunächst schob Otto den auf dem Sessel angeschnallten Josef. Der tauschte sein Wissen um wässriges Feuer und luftiges Wasser gegen sein Geschlecht, vergaß er das eine, so bekam er das andere zurück. Er fuhr in der Summe gleich, in den Bestandteilen verändert auf dem Sessel ins Leben zurück.*

*In freudiger Erwartung setzte sich Otto, schnallte sich an und ließ sich schieben. Er kam erschreckt zurück. Er hatte erfahren, daß er einen Teil seines Wesens verloren hatte. Wissen konnte aus dem Vergessen geholt werden, ein verstorbener Teil aber hatte die Grenze überschritten, die nur in einer Richtunmg zu überqueren war.*

*Der erste Hinweis, worin jener Verlust bestand, war dies Ereignis:*

*Otto saß an jenem Platz, an dem aus dem Maul des Kugeltiers fließendes Feuer zu Wasser kondensiert zu Tage tritt. Dabei erwärmt es den Kies, wie sich der Boden erwärmt, wenn sterbende Wesen zum Kugeltier fließen. Denn nicht der Himmel ist der Platz der Seelen, sondern sie leben tief unten als schwarzes Feuer weiter.*

*Tags davor hatte es geregnet und das in die Erde gesickerte Wasser, das die vom Feuer des Kugeltiers geformten Spalten benutzte, trat hervor. Als Otto das leise Gurgeln hörte, stand er auf. Das Wasser reichte ihm bis zu den Knöcheln, er aber war trocken geblieben. Das Wasser hatte seine Wirkung an ihm nicht vollzogen.*

*Dieses Ereignis zog einen Versuch nach sich. Otto ließ sich einen Anzug ohne Taschen anfertigen, in die nicht vorhandenen Taschen konnte er ein Tuch stecken, wenn er das Vorhaben mit den Gedanken begleitete: "Weil ich keine Hosentasche habe, kann ich nichts einstecken."*

*So stand es für ihn fest: Er hatte jenen Teil des Lebens verloren, der aus Ursache und Wirkung besteht. Er zog sich zurück, stellte Versuche an, die die Vermutung zur Gewißheit werden ließen. Er hörte zu essen auf und lebte weiter. Daraus schloß er, daß er unsterblich sein müßte. Wenn der Tod für jeden Menschen das Ende aller Kausalketten war, ein Ende, das jeder mit dem Augenblick der Zeugung in sich trug, durfte für ihn das nicht mehr gelten.*

*Er überredete Josef, ihm bei einem letzten Versuch zu helfen. Josef sollte mit seinem Wagen mit hoher Geschwindigkeit aus dem Ort fahren. An irgendeiner Stelle, die Otto nicht preisgab, um ihn nicht im letzten Augenblick zögern zu lassen, würde er vor den Wagen springen und unverletzt überleben. Zum Beweis der Harmlosigkeit vollführte er mehrer Selbstmorde, stach sich ein Messer in Bauch, Brust und Hals und sprang von den Felsklippen.*

*So raste Josef los. Er richtete den Blick in den Scheinwerferkegel, obwohl er Bescheid wußte, trat er auf die Bremse, als er Otto auftauchen sah. Der Wagen schleuderte und überschlug sich, Josef wurde hinausgeschleudert und stürzte in die Schlucht, wo er im Aufprall starb.*

*Voller Vorwürfe zog sich Otto zurück. Ihn bedrückte der Gedanke, daß er sein Leben lang, also unendlich lang, das Bild des aus dem Mund blutenden toten Josef in sich tragen mußte. Nie würde er das Bild vergessen, es war seine Schuld gewesen, er hätte den Versuch nicht gebraucht. Durch seine Fähigkeit versuchte er das Bild zu verdrängen. Immer wieder sagte er sich: "Ich leide, weil er gestorben ist." Da er nicht deshalb litt, gelang es nicht.*

*Auch wenn er das Treffende gesagt hätte, wäre das Bild nicht verschwunden. Der Tod ist stärker als die verlorene Grenze, er ist eine scheußliche Fratze, ähnlich dem Maul eines gefährlichen Tieres. Er überschreitet als einziger die Grenze in beide Richtungen.*

*Otto lief als Gefangener dieses Punktes aus dem Haus, rannte durch die Welt, irgendjemand fand ihn im Winter auf einer Parkbank, schon lag der Schnee hoch auf ihm. Er hatte keine Papiere bei sich, gab keine Antwort und verweigerte das Essen. So steckte man ihn in die Nervenklinik, wo er leben wird, bis sich der erste Schatten eines Vergessens über sein Gedächtnis legt.*

*Ich jedoch weiß, was Otto verloren hat. Er täuscht sich, wenn er glaubt, daß ihn der Tod nicht holen wird. Otto hat sein Grenzreich verloren. Jeder trägt ein winziges in sich, es ist der Moment, in dem man aus dem Nichts ins Leben tritt. In diesem Moment läßt jeder zum ersten Mal etwas zurück, das Zurücklassen bedingt, daß er ist. Das ist der Augenblick, in dem alle Wirkungen beginnen, mit dem Schritt ins Leben läßt sich das erste "weil" finden. Weil er nicht tot ist, lebt er, weil er nicht nicht ist, ist er.*

*Das hat Otto verloren und von da an tat er, als wäre es nicht für alle Lebenden so. Überzeugt spielte er den Unbestimmten, so überzeugt, daß er selbst die Materie täuschen konnte. Den Tod aber wird er nicht täuschen können.*

Anhang Zwei (2)

# Protokoll der Sprechprobe

# Einführung

Das Protokoll in Anhang Eins bestätigt meinen Schluß, es verwirrt mich, was den rekonstruierten Lebenslauf angeht.

Nimmt man Otto für Karl, dann lebt er noch, nimmt man Josef für Karl, wäre Josef nicht der erzählende Zwillingsbruder, sondern Karl Ömperdinger und nach meinen Ergebnissen nicht am Leben.

Natürlich machte der Mann einen wirren Eindruck. Er hat normal gegessen und ich sah keinen Hinweis auf eine bemerkenswerte Begabung. So kann er nicht der bedeutende und zweifellos glückliche Karl Ömperdinger sein, der Mann, der immer frei entscheiden konnte. Überlebt hat dessen Zwillingsbruder. Der Erzähler vertauscht wohl aus schlechtem Gewissen die Rollen, wenn er berichtet, daß der schlurfende Gang eine Folge eines Unfalls ist. Da der verstorbene Karl Ömperdinger und der Mann in der Klinik schlurften, muß es angeboren sein.

Um diese Wermutstropfen zu beseitigen, entschloß ich mich zu einem wissenschaftlich äußerst zweifelhaften Vorgehen: Mit Hilfe eines Mediums wollte ich Kontakt mit Karl Ömperdinger aufnehmen.

Die als Medium fungierende Frau C. erklärte mir, daß ihre Stimme, wenn sie von einem Verstorbenen stamme, nicht mit einem Tonband aufzuzeichnen ist. Es handelt sich also wieder um ein Gedächtnisprotokoll. Gleichgültig, ob der Sprecher Karl Ömperdinger war oder nicht, er spricht klare Worte und weiß etwas von der Sache. Leider war er wegen der Störung ungehalten und wortkarg.

Drei Tage vor dem Abgabetermin der Druckfahne hielt ich die Adresse der medial begabten Frau in Händen. Sofort vereinbarte ich einen Termin. Die Sitzung fand in der Mittagszeit in ihrer Wohnung statt, eine Stunde später sollte ihre Tochter von der Schule heimkommen. Zu meiner Überraschung war das Zimmer weder verdunkelt, noch enthielt es irgendwelche Hinweise auf die Begabung der Frau, abgesehen von zwei Büchern zu diesem Thema.

Frau C. setzte sich in einen Lehnstuhl, ich nahm mit Zettel und Bleistift am Eßtisch des Wohnzimmers Platz. Sie bat mich, die Kristallkugel aus dem Schrank zu holen, sie hatte das Utensil vergessen. Als ich aufstand, schlug ich mir am tief hängenden Luster eine Beule. Für einen Augenblick war ich wie benommen, dann öffnete ich den Schrank und unbeschreiblicher Gestank schlug mir entgegen. Er nahm mir den Atem, die große, schwere Kugel entglitt meiner Hand und fiel mir auf den rechten Fuß. Frau C. lachte und meinte, daß ich mit dieser Nummer auftreten könne.

Ich humpelte durchs Zimmer, legte die Kugel auf den Tisch vor dem Lehnstuhl, als Frau C. rief: "Um Himmels willen, die Milch - in der Küche!" Ich raste humpelnd hinaus, packte den Milchtopf und riß ihn so entschlossen vom Herd, daß ich mir mit der überschwappenden Flüssigkeit die rechte Hand verbrühte. Erst unter dem Strahl des kalten Wassers ließ der Schmerz nach, dabei tauchte aus meinem Gedächtnis der Geist des Hauses auf, gegen den ich die gleichen Kämpfe bestanden hatte. Mir war klar, daß ich bei Frau C. auf der richtigen Spur war, wie ich damals im Haus auf der richtigen Spur gewesen bin.

Durch die Zwischenfälle waren bereits zwanzig Minuten der einstündigen Sitzung vergangen, als wir endlich begannen. Frau C. fragte mich um Namen, Geburts-und Sterbedaten, dann schloß sie die Augen und versenkte sich. Zuvor erklärte sie noch, daß ich alles notieren müsse, sie könne sich nach dem Kontakt an kein Wort erinnern. Wenn sie mit veränderter

Stimme spräche, sollte ich meine Fragen stellen, dann säße der von mir Gesuchte da.

Nach fünf Minuten forderte sie mich auf, ihr beim Rufen zu helfen, es schien schwierig zu sein, mit ihm Kontakt aufzunehmen. Endlich sagte sie mit unglaublich tiefer Stimme:

**“Wer ruft mich?”**

Ich stellte mich vor und fragte, ob er Karl Ömperdinger wäre, was er durch Nicken bejahte. Dann stellte er fest, daß er seine Ruhe wolle und er mir drei Fragen beantworten würde. Ich hatte eine Liste mit siebzehn und mußte in aller Eile die wichtigsten herausfinden.

Frage Eins: “Können sie ihre Rolle in der Firma Hartner beschreiben?”

**“Ich war Verkäufer und später Mitbesitzer.”**

Frage Zwei: “Stimmt es, daß sie jederzeit frei entscheiden konnten?”

**“Was geht dich das an? Kümmere dich nicht soviel um andere, noch dazu, wenn sie gestorben sind. Vielleicht.”**

Frage Drei: “Sie konnten es also fallweise? Fühlten sie sich dadurch freier und glücklicher als ihre Mitmenschen?”

**“Die Frage ist so dumm, daß ich dir ausnahmsweise eine Vierte erlaube.”**

Frage Vier: “Wie sehen sie heute die schwarzen Tiere mit den roten Nagezähnen?”

**“Ist dir das ein Problem? Es interessiert mich nicht. (leiser) .....man kann immer Ursachen konstruieren, wenn man welche finden will... (leiser, bald unverständlich) ...... du stocherst im Dunkel ...... sinnlose Gedanken wälzen .........”**

Frau C. kassierte und fragte, ob dieser Ömperdinger ein großer, kräftiger Mann mit Glatze gewesen sei, vermutlich auch mit einem Bart, so einen habe sie als Bild gesehen.

Enttäuscht über das Ergebnis verließ ich die Wohnung. Ich fühlte mich in meiner Skepsis gegenüber Kontakten dieser Art bestätigt. Der Vollständigkeit halber füge ich das Protokoll ein und gebe zu bedenken, daß ich möglicherweise mit einem Cousin Ömperdingers gesprochen habe. Dieser Karl Ömperdinger starb 1979.

Als ich zur Tür hinausging, war die Türschnalle glühend heiß und ich verbrannte mir die Handfläche der rechten Hand.

*Verehrte Leser!*

*Dieser in das Buch vorsätzlich eingefügte Brief wird mich den Arbeitsplatz kosten. Der Beweggrund für die Partisanentat ist, daß der Autor wiederholt behauptet, die Wahrheit zu schreiben, darum geht es auch mir.*

*Er hat die Wahrheit nicht geschrieben, obwohl ich ihn aufmerksam machte.*

*Ich stamme aus X., war damals Mitglied der "Schluchtenbande" und kannte Karl und Josef Ömperdinger, besser Josef und Karl vom Reiterer z-Edt. Der Autor weigerte sich, mit mir darüber zu sprechen, wohl aus Angst, ich könnte ihm sein schönes Konzept zerstören. Meine beiden Hinweise im letztmöglichen Augenblick, das Märchen von Melitta Angsen und die von mir erfundene Geschichte von den zwei Büchern, hat er einfach eingeschoben, statt sie zu bedenken. Doch der Reihe nach:*

*Die Sprache meiner Heimat ist ein gefräßiges Tier. Sie verschluckt Laute, Silben und Worte, macht aus Sätzen eine Klangwurst, gefüllt mit dumpfen Urlauten. Feinheiten wie Ömperdinger-Ömperlinger-Ömerlinger-Ömerdinger gehen darin naturgemäß unter. Das bringt nur einem Ortfremden Schwierigkeiten, handelt es sich dabei doch um ungebräuchliche Schreibnamen. Die Menschen kennen einander unter dem Hofnamen.*

*Es gibt den Karl Reiterer z-Edt, den Josef Reiterer z-Edt, den Karl Reiterer z-Leiten, den Karl Bachinger z-Leiten und den Karl Bachinger z-Gruab.*

*Reiterer sind die Höfe auf dem Rücken zum Haubenstock, Bachinger stehen am Bach, Edt kommt von "öde" und meint den kargen Landstrich in der Gemeinde, Leiten ist der steile Hang des Haubenstocks. Grub heißt der Teil der Gemeinde, der am Bächlein liegt. Einem Ortsbewohner ist alles klar, er weiß, wer wo wohnt und findet das Haus auch, wenn er es nicht kennt.*

*Ömperdinger und Eder finden sich nur in den Urkunden und amtlichen Schreiben, die Namen sind lebensfremd und keiner legte Wert darauf. Es war gleichgültig, wenn sich der Pfarrer verschrieb, wußte man doch selbst nicht genau, wie der Name zu schreiben war. Der kleine Karl war der Sohn des Karl Reiterer z-Leiten, gleichgültig, ob im Taufschein Ömperlinger oder Ömperdinger stand.*

*Das erklärt, warum der Autor das Wohnhaus verwechselt hat. Der von ihm Gesuchte lebte in dem Haus, das in der Einleitung zum dritten Teil erwähnt wird und nicht im Tal. Dort wohnte ein 1977 verstorbener Cousin. Womit er den Trugschluß belegt, ist mir nicht bekannt, der grobe Fehler wirft jedoch ein deutliches Licht auf die Effizienz seiner Arbeit. Deshalb hat er wohl auch den Zwillingsbruder Josef übersehen, obwohl dessen Einlieferung ins Krankenhaus Ortsgespräch war. Jeder wußte, daß er von der Unterstützung durch seinen reichen Bruder lebte.*

*Mir stellt sich der Lebenslauf der Brüder so dar:*

*Josef wurde aus den Akten gelöscht und lebte bei seiner Mutter versteckt. Karl kämpfte auf der Seite der Amerikaner und kam 1950 zurück, dann gründete er mit den Brüdern Hartner die Firma. 1968 verließ er sie, da er das baldige Ende voraussah. Er betrieb von der Landeshauptstadt aus einen Südfrüchteimport, was die Besuche der Dunkelhäutigen, seine Reisen und die Geschichte mit den Frühkartoffeln erklärt.*

*Die Sache mit seinem Tod stimmt nicht. Er übersiedelte 1978 mit seiner Lebensgefährtin Sabine Ömperlinger an einen unbekannten Ort, vermutlich in Italien. Josef arbeitete in den 60ern kurz als Totengräber, es gab immer wieder Beanstandungen wegen der zu geringen Grabtiefe. Einige Zeit übersah man das aus sozialen Gründen, dann wurde er entlassen.*

*Einer der Schlüssel zur absurden Arbeit wurde bereits genannt. Der Autor hat die Wohnorte verwechselt, die Namensgleichheit brachte ihn dazu, zwei, wenn nicht drei Personen zu einer zusanmmenzumischen: Josef und Karl Ömperdinger sowie deren Cousin Karl Ömperdinger aus dem Haus in der Schlucht. Ich wies ihn darauf mit der Geschichte der vermischten Bücher hin.*

*In der Einleitung zum ersten Teil sagt es der Autor selber: Er hat die Bruchstücke mit aller Gewalt zusammengefügt.*

*Der Beweis dafür ist die Einleitung zum Anhang Eins und das Protokoll: War das Schlurfen angeboren oder das Ergebnis einer Verletzung? Wenn die Geschichte stimmt, zeigte nur einer diesen Gang, dann ist der Schluß des Autors falsch, daß er den Zwillingsbruder vor sich hatte. Die Ungereimtheit fällt jedem Leser ins Auge, der Autor hat sie nicht bemerken wollen.*

*In 2.4. meint er, daß die Wissenschaft nie ein objektives Bild zeichnet. Sind es wie in diesem Fall vermischte oder falsche Daten, hat die Arbeit mit Wissenschaft nichts zu tun.*

*In 2.7. gibt er zu, daß er selbst mit einem Maximum an Daten eine Person nicht erfassen kann. Die Arbeit sagt also nur über den Autor etwas.*

*Leider hat er sich selber mit der Aussage unmöglich gemacht, wenn man sie in Verbindung mit der erwähnten Datenflut sieht. Nicht nur der Schwindel des Vaters von Ömperdinger hat den Autor verwirrt, er stützt sich überdies auf Gerüchte und sagenhafte Berichte. Dazu sucht er absurde Quellen, wählt keine der seriösen aus und lenkt alles in eine absurde Richtung, wobei er sich in der selbstgemachten Datenflut verliert. Leider hat er Märchen erzählt, oder besser: Leider hat er nicht nur Märchen erzählt, sondern glaubt an seine Mischung aus Erfundenem und Falschem, als wäre es die Wahrheit. Es wäre besser, er hätte die in der Zusammenfassung des zweiten Teils erwähnte "Widerspruchsmethode" angewandt.*

*Die Arbeit ist das Ergebnis seiner Unzufriedenheit, er hätte lieber andere Eigenschaften. In der Einleitung beschreibt er den Schlüsselreiz: Es war das Gefühl des Autors, ein Getriebener zu sein. Um jemand zu finden, der außerhalb der Kausalketten steht, nahm er einen Toten und dichtete ihm die Eigenschaft an, dafür mußte er vermischen und verwechseln.*

*Die Befragung über das Medium gab dem Toten die Möglichkeit, sich gegen die Vereinnahmung zu wehren und er spricht eine deutliche Sprache, die Ausflucht in die Unwissenschaftlichkeit solcher Experimente nützt dem Autor nichts.*

*Vielleicht hilft ihm dieser Brief.*

*Hochachtungsvoll*

*Ihr bald arbeitsloser*

*Karl Ömerdinger*

# Bibliographie


1.1. Clivy, Dr.Harris: "Claustrophoby in basic flats". Psychomedical Tribune, Chicago 1936, p.34 ff.

1.2. Anonymus: "Tractatus viarum". 15.Jahrhundert, Handschrift in der Bibliothek des Stifts Vorau, Steiermark, Österreich

1.2.3. Alla-chaim, Dr.Abu: "Die Pfade der Vögel". Jahrbuch der aktuellen Forschungen der Universität Kairo 1982, p.196 ff.

1.3. Abaca, Zwutow: "Die Lösung der Mammutfrage", Gobiblätter vom 13.9.1897, Alma Atar, p 7.

1.4.4. Angsen, Melitta: "Das Märchen von den zwei Brüdern", Stockholm 1958

1.5.1.1. Travoir, Gerard: "Der Deckenbegriff", Documentation Geologique, Paris, 14.Jahrgang, Heft 14., p.12 ff.
Travoir, Gerard: "Ich korrigiere!", Documentation Geologique, Paris, 20. Jahrgang, Heft 23, p.37 f.

1.5.1.2.1. Battivi, Dr.Maria: "Der Irrtum im ersten Blick", Monographie, Mailand 1972

1.5.1.2.2. Wischitzniewsky, Dr.Zbignjew: "Die tektonischen Brüche", Poznan 1974, p.236 f.

1.5.1.3. Hacker, Gerfried: "Die Sage vom Krumperer Lois", in "Deutsche Erde, Deutsche Märchen", Berlin 1934, p.57 ff.

1.6.1. Montavista, Dr.Luigi: "Alpigeralp", Lugano 1967

1.6.2. Lornsay, Patrick: “Vom Leuchten”, Inverness 1892
Lornsay, Patrick: “Die Vegetation” Inverness 1907

1.7.1. Potzkow, Raisa: “Geschichten aus den kaukasischen Bergen”, Leningrad 1926, p. 123 ff.

1.8.1. Kakkippos: gesammelte Arbeiten in Fragmentform, Original verschollen, in lateinischer Übersetzung verschollen, ins Deutsche übersetzt von Friedrich Mitterauer, Privatsammlung

1.8.2.4. Reinprechtsperge, Franciscus: “Aufzeichnungen einer Testreihe” in:
Gerhartner, Kuno: “Alchemie des Wassers”, Köln 1969, p.36 ff.

1.8.3. Wugasa, Dr.Ngomo: “Wasserverdichtung”, Mitschrift einer Vorlesung an der technischen Universität Belgrad, Privatbesitz

1.8.4. Knechtl, Karl Gottfried: “Monographie der Flösserey”, Innsbruck 1864, p.46 ff.

1.9.1. Moirat, Jeanne: “Sagen der Ecrins”, Barcelonette 1953, p. 86 ff.

1.9.2. Knechtl, Karl Gottfried: “Monographie der Flösserey”, Innsbruck 1864, p. 114 ff.

1.9.3. Denante, Charles: “Die Grenzen der Bewegung”, Amsterdam 1967

1.10. Zweistein, Helmuth: “Das Wesen der Zeit”, gesammelt und herausgegeben von Karl Godel, Braunschweig 1887

1.11.1. Pontigneux, Gerard: “Details der Bretagne”, Brest 1977, p. 231 ff.

1.11.2. Birkesheim, Karl Gottfried von: “Lieder der Plätze”, Hameln 1846, p.25 f.

1.12. Überer, Heinz: “Heimatglück”, Wels 1928, p.76 ff.

1.13. MacDonaldson, Gustav: “Das Licht, die Dämmerung und das Dunkel”, Stockholm 1985
MacDonaldson, Gustav: “Das Licht, die Dämmerung und das Dunkel, Ergänzung”, Stockholm 1986

1.13.2. Abatschnigg, Dr.Karel: “Farbtheorie”, Ljubljana 1961

1.14.1. Vasilos, Georgos: “Der Nasensinn”, Sparta 1932

1.14.2. Bastolo, Giovanni: “Berichte aus den Bergen”, Trento 1902, p.96 ff.

1.15.2. Köröstetetek, Dr.Janos: “Die hitzige Krankheit”, Szeged 1973

2.1.1. Nuku, Mala: “Tierverstand, Menschenverstand”, Palembang, 1982

2.1.2. Mechaltl, Edoardo: “Die Vogelscheuche”, Punta Arenas, 1977

2.1.3. Sundvist, Gerholm: “Der Sehstrahl”, Växjö, 1980

2.1.5. Opareille, Francois: “Über das Gehör”, Handschrift aus dem Nachlaß, Französische Nationalbibliothek, Paris

2.1.6. Palati, Angelica: “Inselmärchen”, Potenza 1955, p. 165 ff.

2.1.7. Alvitobal, Cristovao: “Die Dreifaltigkeit im Mund”, Evora 1884

2.1.8. Lonamore, David: “Gesichtsstudien”, Limerick 1936

2.2. Dübke, Karl-Heinz: “Über den Wind”, Leipzig 1837

2.2.1. Krotzy, Florian: “Balkinesische Märchen”, Triest 1898, p. 212 ff.

2.2.2.1. Blöndmann, Urs: “Der Weg der Handarbeit”, Bern 1911

2.2.2.2. Dimitrov, Aleksandar: “Statistik der Gräser”, Bukarest 1949
Dimitrov, Aleksandar: “Fingerlisten”, Popovo 1953

2.2.3.1. Sundvist, Gerhom: “Wie klein ich bin”, Stockholm 1924

2.2.3.2. Hansmann, Charles: “Intelligenzforschung”, Oxford 1962

2.2.3.3. Poruzzi, Mario: “Eilerei”, Neapel 1936

2.2.3.4. Hinterwegner, Sepp: “Festina lente”, Klagenfurt 1957

2.2.4. Vassendal, Dag: “Studie über die Füße”, Oppdal 1948

2.3.1. Zaostrics, Naum: “Die Menschen der Inseln”, Split 1961

2.3.2. Öglemenu, Yussuf: “Das Märchen von den Drei Kamelen”, in:
Ortmann, Josef: “Wüstenmärchen”, Bielefeld 1936

2.4. Prosoki, Kasimir: “Farbige Pamphlete”, Pinsk 1902 bis 1904

2.5. Gasforscher, Verein der: “Jahresbericht 1986”, Triesenberg 1986

2.6. Javalam, Cristobal: “Sprachstudien”, Tavalera de la Reina 1928

2.7. Meudonnet, Veronique: “Erzählungen der Haselmaus”, Pontarlier 1987, p.59 ff.

2.8.2. Heumann, Ruth: “Sagen vom Toten Meer”, Revivim 1977, p.164 f.

2.10.1. Unterwaldner, Georg: “Vom Liegen”, Leifers 1928

Einleitung Teil Drei
Glawley, Arther: “Reisetagebuch”, Perth 1931
MacGregor, Harold: “Inzest”, Salia Levu 1957

3.3.2. Ömperdinger, Katharina: “Göttliche Dramatik”, Fragment 1969

Andreas Renoldner

1957 in Linz geboren
10 Jahre Wien
1/2 Medizinstudium
Gastgewerbefachschule, Abschluß als Koch/Kellner
1 Jahr Pächter einer Betriebskantine
seit 1988 freischaffend
Hörspiele und Romane

Im Schreiben entstehen oft formal kompliziert vernetzte lebensnahe Geschichten, die stets an der Grenze zum Ironisch-Phantastischen entlangbalancieren, wobei ich immer wieder feststelle, daß die "echten" Lebensgeschichten schon jenseits dieser Grenze liegen – irgendwo drüben im Irrealen.

Pieslwang 7
A- 4421 Aschach an der Steyr

Gerhard Haderer

1951 in Leonding geboren
lebt mit Frau und vier Kindern in Linz
seine Cartoons erscheinen im Profil, Trend, Stern,...
Titelbild: Cartoon "Der Lauscher"

blackthorn
mit der sichel das korn
reisejournal
richard wall

*

in tiefste nacht
in hellstes licht
kurt mitterndorfer

*

Das Linzer Kochbuch
aus dem Jahre 1827

*

Das Linzer Räthselbuch
aus dem Jahre 1835

*

Alt - Urfahr
Liebe zu einer kleinen
Welt
Anna Sonnleitner

*

Unser Urfahr
Erzählungen und Bilder
Anna Sonnleitner

*

Querland
eine Erzählung
Franz Rieger

*

Aufgebote des Zweifels
Lyrik
Franz Rieger

*

Gmünd
Randbedingungen
Franz Drach

*

Hauptdarsteller
Selbstdarsteller
Portraits zur
Kunst Österreichs
Sepp Dreissinger

*

Thomas Bernhard
Portraits
Bilder aus seinem Leben
und seinen Theaterstücken
Sepp Dreissinger

*

Vergiß die Rose nicht
Ein Märchen
Theodor Storm

*

Einschicht
Dialoge
Fritz Lichtenauer

*

sogi sogi
Dialektgedichte
Fritz Lichtenauer

*

Zweite Liebe
Sieben Geschichten
André Müller

*

Gespräche
mit Thomas Bernhard,
Peter Handke und
Ernst Jünger
André Müller

*

Karl Ömperdinger
eine Rekonstruktion
Roman
Andreas Renoldner

*

Auf dem Taubenmarkt
Roman
Franz Kain

*

Das Brennesseldickicht
Erzählungen
Franz Kain

*

Der Schnee war warm
und sanft
Erzählungen
Franz Kain

*

Das Gewölbe
Roman
Elisabeth Praher

*

Der Freiwald
Dorfbilder um Rainbach,
Grünbach,
Windhaag, Sandl, ...

*

Die Zauberflote
von Apollo Mozzart
mit den ältesten Kupferern
zur Zauberflöte
von A.W. Küffner
1794

*

Sagen und Erzählungen
aus der Vorzeit
von dem
Erzherzogtume Österreich
ob der Enns
1834

*

Mitternachtswüste
Gedichte
arabisch - deutsch
Khalid Al Maaly

*

Der Keksfresser
Eine Erzählung
Franz Tumler

*

Freistadt
ländliche Stadtbilder
Fritz Fellner

*

*publication P N° 1*
Bibliothek der Provinz

Schmalvertikal
Eisenplatten Aufzugstüren
Paravents
Manfred Hebenstreit

*

Kefermarkt
Sagen, Erzählungen
und Andeutungen

*

Burgen und Nagelein
Sagen aus
Königswiesen
und Umgebung

*

Die lindene Monstranze
zu Kefermarkt
zur Restaurierung
Adalbert Stifter

*

bruch/stücke
variationen
Waltraud Seidlhofer

*

bild/er/betrachtungen
waltraud seidlhofer

*

Laß den Mund
Gedichte
Gregor M. Lepka

*

Die Freude und
der Schmerz
Bilder
Wolfgang Böhm
Texte
Franz Krahberger

*

7-Stern
Fotografien aus
der Sammlung
Gerda & Erich Walter

*

Das Florenzpapier
Grafische Partituren
Wolfgang Stifter

*

Jedes Sandkorn ist ein
Stück
Felsenbilder
Adalbert Stifter
Wolfgang Goethe
Richard Pils

*

In deinem Arm in frohem
Lächeln eilen
Briefwechsel zwischen
Amalia und Adalbert
Stifter

*

Weitra
in alten Ansichten
ein Stadtbuch

*

LiteraTour
Skriptum 1
Welser Anthologie

*

Die Zauberflöte
Apollo Mozzart 1793

*

Der daumenlange Hansel
mit dem ellenlangen Barte
1716

*

Dorfgeschichten
Manfred Chobot

*

Nur das Leben lassen wir
Briefe Adalbert Stifters
mit Holzschnitten von
Christian Thanhäuser
Vorwort von Uwe Dick

*

Wechselvoll
verrauscht das Leben
Lyrik
Adalbert Stifter

*

Wenn dich fern von mir
der Abend kühlet
Briefwechsel zwischen
Amalia und Adalbert
Stifter

*

Winterbriefe aus K
Adalbert Stifter

*

Nåchtfahrt
Dialektgedichte
Hans Viehböck

*

Ich bin du und ich
Kindertexte

*

Die Lagune
unter dem Herzen
Richard Pils

*

Scheinbar ohne Bewegung
Roman
Günther G. Krenner

*

und der Titel gibt's noch
mehr
nur Courage
und Prospekt anfordern

*

Dank
sage ich allen,
die mein Verlagsanliegen
unterstützen
und mithelfen
Richard Pils

*

*publication P N° 1*
Bibliothek der Provinz

Und
Provinz
ist das Verhinderte, Lebendige, Gleißende, Unpädagogische, Wurzelige, Nichtpostmoderne, das Neugierige, das Erfundene, Kranke, Geniale, Hungrige, Wütende, Glückliche, Rostige, Stumpfe, Kleine, Frierende, Freilassende, Mühsame, Nächtliche, die Moosbeere, die Kruste auf dem Apfelstrudel, das Muttermal auf Deinem rechten Schulterblatt, das Schweigenmüssen und Nichtverraten und natürlich die Nagelwitz- und Lorenzibirne, der Marschanzkerapfel, der Brätling, der blauviolettschillernde Mistkäfer, der Raunersalat, …